# 연소일기

삼십 대 편

# 然少日記

## 연소일기

서기슬  지음

바른북스

: 책을 여는 편지

첫 독자가 생긴 것은 열여섯 살, 중학교 3학년 때입니다, 담임 선생님이 국어 선생님이었는데, 아이들과 소통하기 위한 창구로 '생각 노트'라는 것을 쓰게 시키셨죠, 숙제라는 생각을 하진 않았습니다, 즐거웠으니까요, 특별한 내용은 아니고, 저는 교실에서 화분 담당이었는데, 화분에 물을 주는 물조리개의 끝부분의 곡선이 얼마나 화분에 물을 주는 것을 즐겁게 하는지에 대한 생각 같은 것을 적었습니다, 누군가에게는 사소해 보이지만 저에게만은 중요한 것들에 집중하고, 또 그런 것에서 미학을 찾는 성격은 그러니까 아주 어릴 때부터 있었던 것 같네요, 선생님은 제 일기에 색깔이 있는 펜으로 짧은 답장을 남겨 주셨습니다, 그리고 어느 날은 선생님께서, '네가 오늘은 어떤 내용을 썼을지 궁금해서, 쉬는 시간에 쌓여 있는 공책 중에서 네 것만 먼저 꺼내서 읽어 봤다'라고 고백하셨고, 그것이 저에겐 제 글을 기다리는 첫 번째 독자가 생긴 순간이었습니다, 선생님께 늘 감사드려요,

스무 살 이후로는 늘 인터넷상에 글을 쓰며 지냈습니다, 당연한 듯 스스로 작가라는 인식으로 살았는데, 등단하여 문인으

로 활동을 한 것도 아니고, 창작을 생계로 삼으려 했던 적도 없지만, 독자가 있다면 그것이 한 사람이라도 제가 작가가 아닐 수는 없는 일이었으니까요, 최소한 언제나 '글을 쓰는 사람'이었고, 지금도 매일 하고 있지만 아마도 죽음을 맞이하게 되면 그 마지막 날에도 하고 있을 일은 역시 글을 쓰는 일일 겁니다, 싸이월드 일기장에, 인터넷 게시판에, 블로그에, 페이스북이나 인스타그램에, 여기저기 옮겨 다니며 제 생각을 글로 표현했고, 고맙게도 많은 분들이 읽어 주셨습니다, 주로는 친구와 지인들이었지만, 서로 얼굴을 한 번도 본 적 없지만 수년 동안 읽어 주시는 분도 있습니다, 제가 특별히 예고하지 않고 한참 동안 글을 쓰지 않으면 안부를 묻거나, 다른 채널로 찾아와 연락을 주시는 분들도 있었습니다, 그때마다 다시금 작가의 삶이란 독자로 인해 성립한다는 것을 생각합니다, 예술에서 어떤 창작은 고독한 것이라고 하지만 저에게 글을 쓰는 일이 고독한 적은 한 번도 없었습니다, 늘 소통의 안락함이 있었고, 그러므로 제가 이만큼 글을 써 온 것은 모두 읽어 주신 독자들 덕분입니다, 유명하지도 않고, 글로써 큰돈을 번 것도 아니지만, 글을 쓰며 자주 행복했고 그러므로 작가로서는 성공한 삶이라고 생각합니다,

이렇게 제 일기를 모아 한 권의 책으로 엮을 생각을 하게 된 것도 모두 독자분들의 제안과 의견 덕분입니다, 저에겐 그 나름으로 용기가 필요한 일이었죠, 어떤 면에서는 사적인 얘기에서 벗어나기 힘든 글이 많은데, 그것들을 책으로 만든다는 것은, 역시 좀 부끄럽고 무안한 면이 있으니까요, 그래도 더 늦기 전에 저의 삶과, 읽어 주시는 분들의 삶에 괜찮은 기념품을 하나 만

들고 싶었습니다, 그것이 제가 서른 살로부터 수년의 일기를 모아서 『연소일기 삼십 대 편』을 만든 이유입니다, 사실 감정을 원색 그대로 담아 놓은 글은 제가 이십 대에 쓴 일기장에 더 많고, 그것이 더 날것으로 살아서 펄떡이는 얘기일 수 있겠습니다만, 그것들은 편집되지 않고 어질러진 모양으로 더 남겨 두고 싶었습니다, 그래도 서적이 되어 세상에 나올 이야기로는 좀 더 보편적인 공감을 나눌 수 있고, 정돈된 것들이 좋겠다고 생각했습니다,

한국식 세는 나이로 서른을 넘어가며, 좀 더 어른스럽게 자신을 반성하는 방법을 익히게 된 것 같습니다, 서른다섯 살 무렵이 되어서야 저는 제 자신이 어떤 사람인지 좀 알게 되었고, 세상에 꺼낼 얘기를 추릴 수 있게 된 것 같습니다, 큰 틀에서 일기라는 장르 자체의 주된 주제는 '성장'에 대한 것입니다, 그러므로 이 책이 어떤 분들에게는 스스로의 성장을 위한 영감이 되는 것이길 기대합니다,

이후의 각 일기들을 읽어 가기 위한, 형식과 배경에 대한 안내를 짤막하게 '자주 묻는 질문'에 대한 응답 위주로 답하자면 다음과 같습니다,

-이 책은 제가 한국 나이로 30세에서 35세 사이에 쓴 일기를 편집한 것입니다,

-이 책에 담긴 일기를 쓰던 시기의 전반부는 대전에서 대학원

생이었고, 후반부는 서울에서 프리랜서 컨설턴트와 사업가를
했습니다, 전반부 얼마 동안은 사랑하는 사람인 여자 친구가
있었고, 그 이후 후반부에는 없었습니다, 이 책이 세상이 나오
는 시점에 저는 스타트업을 창업하여 또 다른 새로운 삶을 살
고 있고, 새로운 사랑하는 사람이 생겼으며, 이미 책 속의 제
자신이 어떤 면에서 멀게 느껴지기도 합니다,

-글쓴이인 저는 학부에서는 철학을, 대학원에서는 융합 전공
으로 석박사를 거치며 미디어 심리, 인간과 컴퓨터 상호 작용,
비정형 데이터 분석, 기술 경영 등을 공부했습니다, 인간에 대
한 몇 가지 연구 분야에 프로페셔널 연구자이거나 아마추어
애호가입니다,

-이 책에 담긴 일기의 대부분은 제가 페이스북이나 블로그 등
인터넷에 게시한 것이고, 이 책을 통해서만 공개되는 일기도
일부 있습니다,

-일기日記라고 하지만 실제로 한 편의 글을 하루에만 쓴 적은
별로 없습니다, 며칠의 고민이 누적되어 한 편의 글로 나오는
경우가 훨씬 많습니다, 그러므로 저 스스로는 대략적인 작성
일자를 알고 있지만, 저에게도 일자에 대한 정보 자체가 중요
한 것은 아닙니다, 다만 어떤 계절에 쓰였는지는 종종 필요한
정보이기 때문에, 작성 시기는 연월만 표기했습니다,

-연소然少는 제 아호雅號이고, '늘 그대로 어리다'는 의미입니다,

'불탈 연燃'에 '사를 소燒'가 아니라 '그럴 연然'에 '어릴 소少'이고, 영어로 표현하자면 'Combustion'이 아니라 'Stay Young'이라는 의미지요, 이 외에도 저는 '평화'라는 이름으로도 자주 친구를 사귀고 글을 썼습니다,

-이 책의 표지를 디자인할 때의 주문 사항은 크게 두 가지였습니다, 첫째, 다채로운 보라색으로 해 줄 것, 둘째, '불편한 기분'을 담아 줄 것, 그리고 그 불편한 기분을 표지 디자인에 참고하기 위해 디자이너에게 보여 주었던 글은 책에 담긴 글 중 '세상에 대한 적성'이라는 글입니다,

-이 책의 정확한 구분은 『연소일기 삼십 대 편(上)』이라 할 수 있고, 수년 후에는 36세에서 39세까지의 기간을 엮어서 『연소일기 삼십 대 편(下)』를 만들게 될 예정입니다,

-마침표를 쓰지 않고 쉼표를 쓰는 이유는 '나쁜 버릇'일 뿐, 특별한 기능이나 의미는 없습니다, 20대에는 일부러 읽는 사람의 숨이 가빠지게 만들기도 했고, 그런 호흡까지 소통의 일부분이라 생각하던 때도 있었으나, 지금은 가급적 늘 편한 숨으로 글이 읽히도록 쓰려고 합니다, 나중에 붙인 의미 부여로, 종종 저는 '내 일기장 속의 쉼표만큼 사랑해'라는 표현을 쓰기도 합니다,

-문단에 번호를 붙이는 방식은 기능과 의미가 있습니다, '연소

일기체'는 문단마다 번호를 붙여서 명확히 나눠 쓰되, 떼어 놓고 읽어도 각각 말이 되는 문단 여러 개가 합쳐져서 한 편의 글이 되도록 하는 수필 쓰기 방식을 뜻합니다, 공감을 표하거나 의견을 제시할 때에, 3번 문단, 5번 문단, 이렇게 지칭하기도 하고, 연소일기 전체를 보면 '2020년 5월 두 번째 일기 3번 문단' 이렇게 고유 주소가 되기도 합니다,

이 글은 책의 서문이지만, 제가 이 책에 담긴 모든 글 중에 가장 마지막에 쓰는 글입니다, 마지막으로 제가 수많은 일기들을 한 권의 책으로 편집하며 느낀 감상과 약간의 교훈을 나누고 싶습니다, 일기를 쓰고 시시때때로 다시 읽을 때에도 느낀 것이 많았지만, 다시 몇 년치를 모아놓고 한 권의 책으로 편집하며 또 무척 새로운 것을 많이 느꼈거든요, 저는 '한 권'으로 만들기 위해 4-5권 정도의 분량 되는 길고 짧은 일기들을 약 6개월에 걸쳐 모두 읽었습니다, 그리고 느낀 것입니다,

첫째는 '기억은 생각 외로 정확하지 않다'는 것입니다, 이 책 안에 담긴 글 중에 이 주제에 대한 일기도 따로 있을 정도입니다만, 역시 과거의 기록을 되짚을 때마다 드는 생각입니다, 기억이 정확하지 않다는 사실을 잊지 않으려 애써도, 잘못 인지하고 있던 기억들이 있다는 것을 늘 다시 발견하게 됩니다, 흘러간 일들은 아마도 이후의 경험과 합쳐져서 계속해서 각색됩니다, 그러므로 우리가 기억하는 과거의 한 순간은, 정말 그 순간 자

체가 아니라 이후의 시간 누적까지 합쳐져서 계속해서 각색되어 온 것이지요.

둘째는 앞선 첫째의 사실로 인해 우리는 자기 자신에 대해 자주 오해하게 된다는 것입니다. 약간 좋았던 기억은 시간이 지나면 커다란 행복의 순간처럼 과대평가되기도 하고, 반대로 조금만 나빴던 기억인데 여러 요인이 합쳐져서 큰 트라우마처럼 오해할 수도 있습니다. 지금 삶에서 큰 충격처럼 다가온 일이 시간이 지나고 나면 '그런 일이 있었던 줄도 잊고 있었네' 하는 일처럼 될 수도 있습니다. 작은 오해는 상관이 없고 긍정적인 오해도 우리의 일부입니다만, 혹시라도 자기 자신에 대한 나쁜 오해 때문에 불편하거나 불행할 일은 여러분 모두에게 없었으면 합니다. 매번 '새로 고침' 한다는 마음으로 오늘의 나를 찾고 내일의 나를 그려 가는 것이 훨씬 중요한 것 같습니다.

셋째로 모든 하루는 중요하지만, 어떤 하루는 더 중요하고 그런 것들이 모여 '나'를 만든다는 것입니다. 저는 한 사람의 삶 안에서 시간의 흐름은 선형적인 것이 아니라 탄력적인 것이라 이해하고 있고, 어떤 행복한 하루는 다른 며칠을 보상할 만큼 우리 삶에 작용한다고 생각합니다. 그러니까 주관적 체험 속에서 시간은 수도꼭지에서 물이 졸졸 흐르는 것처럼 일정하게 우리에게 다가오는 것이 아니라, 밀물에 들이치는 파도처럼 잠시 잔잔하다가 갑자기 온몸이 젖도록 우르르 쏟아질 때도 있다는 것이지요. 이런 식으로 생각하다 보면 여러분들도 종종 '오늘이 바로 그런 날이구나' 하고 바로 자각하게 되는 날을 느끼실 수도 있습니다, 저에겐 '오늘은 일기 쓸 것이 많겠어' 하는 날이 그런 날들이었거든요, 깨달음이 오고 어쩐지 성장하는 기분을 느낄 수 있는 날들이죠, 한 달이 나쁘고, 한 해가 나빠도, 그런 날을 기다리며 살면, 삶이 앞으로 나아간다는 것에 조금은 뿌듯함과 즐거움을 느낄 수 있습니다, 지난 일기를 정리하며 저도 그렇게 몇몇 하루를 딛고 여기까지 왔다는 것을 좀 더 선명히 알게 되었어요,

저는 지나간 것들을 정리하고 더욱이 새 삶으로 나아가기 위해 이 책을 만들기 시작했고, 크고 작은 반성과 자각 자체로 이미 제법 성공한 것 같습니다, 이 책을 낸 이후로 새로운 일에 도전하며 제 삶은 실제로도 여러 변화를 맞이할 예정입니다,

저는 주로는 골목 코너에 위치하고 있으면서 몇몇 단골손님에 의지하여 생계를 유지하는 두어 평 남짓한 테이크아웃 커피점 같은 글쟁이로 수년을 살았습니다, 제가 모두 언급하지 않아도 그 단골손님들은 스스로 알고 계시리라 생각하고, 혹은 저와 매번 인사 나누지 않았어도 어떤 시기에 종종 들렀던 분들도, 여기서 언급한 '독자'에 자신이 속하신다는 것을 아실 겁니다, 예전에 책을 내고 가장 즐거웠던 것 중의 하나는, 제 책에 대해 다른 사람과 얘기 나누는 것이었습니다, 이미 대화 나눈 적이 있는 독자분들이든, 새로운 독자분들이든, 어떤 일기가 재미있었는지, 무엇을 느꼈는지, 색깔 있는 펜으로 공책에 짧은 답장을 남겨 주시듯 누구라도 저에게 메시지를 남겨 주신다면 더욱 반가울 것 같습니다, 개인 편지함 주소를 적어 둘게요, 책을 다 읽

으시게 되면 쪽지를 보내 주세요

**kiseul.suh@gmail.com**

그럼, 재미있게 읽어 주세요, 모든 문장이 끝나거나 이어지는
자리만큼, 모든 호흡이 머물렀던 자리만큼, 그러니까 제 일기에
담긴 쉼표만큼 감사드립니다.

-연소 서기슬 드림

# 목차

# 연소선생 인간학

# 깨달음과 인생의 지혜

# 치우친 생각

# 나의 꿈

# 타인에 대한 생각

# 일상다반사

# 새벽반 일기

# 어른 되기

# 연소일기
## 삼십 대 편 시작

1

반성하고 사과하고 싶은 것이 하나 있다,

2

이십 대 중반에는 서른이 된 형 누나들에게서, 서른병이 어떻네 나이가 어떻네 하는 얘기를 들으면, 속으로 그 얘기가 참 유난 하게 구는 것이라 생각한 적이 있다, 나로부터 두어 살 차이인 데, 나이 서른이면 얼마나 먹었다고 파릇한 청년이 나이가 어떻 네 하는 소리를 괜히 한다고, 그렇게 생각해 본 적이 있다, 심히 반성 중이며 나보다 먼저 서른을 거쳐 간 모든 이에게 사과와 위로를 전하고 싶다, 죄송합니다, 몰랐습니다,

3

정말로 한 해, 한 해가 다르다, 또 이것이 몇 년이 지나면 수년 간은 비슷비슷한 날들이 계속될지 모르겠지만, 이십 대 후반에 서 삼십 대 초반으로 전환하는 시기에는 정말 신체적으로 하루 가 다르다고 느낄 정도로 내 몸이 변하고, 또 그로 인해 몸과 연

결되어 있는 마음의 어딘가가 변하는 듯한 느낌이 든다,

4

나는 처음에 이것을 '서른병'이라 지칭하고, 마치 춘곤증처럼, 실제로 그런 병이 존재하는 것은 아니지만 모두가 계절의 변화로 인해 공감하는 마음과 마음으로의 병 같은 것, 이라 생각했었다, 약간 감상에 잠긴 부분도 없잖아 있었다, 그런데 조금 더 이성적으로 생각해 보면 이것은 꼭 서른의 문제는 아니며 실은 이십 대 후반부터 나타나는 증상으로, 단지 신체가 성장이 완료되고 노화로 진행될 때에 발생하는 일반 현상이 아닐까 추측한다,

5

그렇다, 성장이 끝났다는 것은 미리 느끼고 있었고, 어쩐지 긁힌 상처 같은 것이 예전보다 더디게 낫는다고 생각하기 시작한 것은 제법 된 일이지만, 이제 늙음에 직면하게 되는 것이다, 젊다는 형용사이고, 늙다는 동사이다, 젊음을 향해서 삶이 움직일 수는 없지만, 늙음은 현재 진행형으로 쓸 수 있다,

6

개인적인 체험과 주변의 증언으로 취합해 본 서른병의 증상, 이라고 쓰고 노화의 시작 단계에서 발생하는 공존 증상, 이라 읽는 현상들은 다음과 같은 것이다, 몸에 이전에 없던 알레르기나 피부병 등이 발생한다, 갑자기 이유 없는 우울감에 휩싸인

다, 대개 이 우울감은 원인을 특정할 수 없고 이전에 체험해 오던 감정 기복과는 다르며 주로 무기력을 동반한다, 몸에 이전에 살이 찌지 않던 부위에 살이 찌기 시작한다, 음식을 이전에 먹던 양만큼 많이 먹을 수 없게 된다, 성적 욕구에 변화를 겪는다, 이것은 성욕이 감퇴하거나 갑자기 특정 취향이 생기거나 등 다양한 양상으로 나타난다, 이전에 즐겨 먹지 않던 음식(주로는 야채류)을 더욱 좋아하게 된다, 피부나 모발의 질이 갑자기 변한다, 등등

7

나 자신의 노화에 대해 탐구할 수 있고, 그에 대한 감상을 서술할 수 있다는 것은 신선한 일이다, 신기한 일이기도 하다, 이제는 정말이지 치아가 소모품이고 더 한참 노인이 된다면 이는 모두 빠질 것이고 앞으로 남은 여생 동안 얼마나 어떻게 치아를 아끼면서 잘 살아가야 하나, 이런 생각까지 하게 되었다,

8

아직 나의 지적 자아와 사회적 자아는 한창 성장기라 생각하지만, 신체가 점차 변화하고 있으며 정말이지 삶이 특정한 끝을 향해 가고 있다고 생각하니, 삶을 바라보는 마음도 어쩐지 달라진다, 물론 넉넉히 40-50년은 더 살겠지만, 그 끝을 생각하지 않고 막연하게 살아 온 이십 대와, 아아 그냥 살아도 삶은 언젠가 끝나는 것이구나 하고 생각하게 되는 삼십 대는 다른 듯하다, 모쪼록 어리고 몰랐던 나에 대해 반성하며, 이제는 서른다

섯 살인 형 누나가 자기 늙었다고 불평을 하든, 마흔 살이 자기 늙었다고 쓸쓸한 얘기를 꺼내든, 창창하고 젊은 사람들이 괜한 소리 한다고 생각하는 것이 아니라, 그 나이 때에는 또 그 나이 에 직면하는 감회가 있을 것이라 생각하기로 했다,

2015년 12월

# 과정과 목적지

### 6

한편으로는 어른스러움에 대해 생각할수록, 더 어린 아이처럼 살고 싶다는 생각도 많이 든다, 어린아이처럼 산다는 것은 어떤 의미로는 자꾸 가던 길에서 엇나간다는 의미이다, 국민학교를 처음 들어갔던 나이 때에는 그랬다, 학교 가는 길에 옆에 보이는 모든 것들이 신기했고, 낯선 것들은 자주 발길을 붙잡았다, 목적지까지 한눈을 팔지 않고 똑바로 가는 것은 어른의 방식이다, 하지만 살아가면서 추억을 쌓는다는 것이, 출발지에서 목적지까지 성실히 가려고만 해서는 그 끝에 가서 단조로운 여정만 남는 것이다, 과정이 즐거워야 한다거나 과정도 중요하다는 얘기라기보다는, 오히려 과정이 아닌 것도 더 즐겁고, 과정이 아닌 것도 더 중요했으면 좋겠다,

### 7

어쩌면 나는 목적지를 정해 두지 않고 출발한 여행을 가장 즐거워했던지도 모른다, 하지만 그러면 같이 가는 사람이 불안해할 수 있다는 것도 새롭게 더 많이 배웠다, 혼자 사는 인생이 아

니라면 늘 자유로울 수 없다는 것도 인정하고 마주해야 하는
문제,

8
그래도, 어른이 되기로 한 이상은 멋진 어른이 되려고 해 봐야
지, 안녕? 반가운 새로운 시간들,

2018년 1월

# 어른의 방법

부모님 집에 왔다, 엄마가 별일 없냐고 묻기에 기침이 좀 난다고 했더니, 마침 도라지와 한약재 끓여 놓은 물이 있다고 하셨다, 이것이 가족이 사는 집에 온 기분이구나 하는 생각이 들었다, 엄마는 약물을 끓이고 있는 전기밥솥과, 그리고 식탁의 국자와 꿀병을 차례로 가리키며 꿀을 타서 먹으라고 하고는 자러 들어가셨다, 나는 주섬주섬 샤워를 하고 나와서, 경건한 마음으로 전기밥솥을 열었다, 뜨거운 김과 한약방 냄새가 올라왔다, 성분명을 알 수 없지만 아마도 건강에 좋을 것이라 막연히 추정되는 시커먼 물을 컵에 떠 담다 보니, 나는 문득 어른스러움에 대해 생각하게 되었다, 엄마는 당연하게 꿀을 타 먹으라고 했지만, 나는 이제 만 30세가 지났으니까, 왠지 꿀을 타 먹지 않아도 될 것 같은 기분을 느꼈다, 게다가 밥솥을 열었을 때에 언뜻 눈에 보였던 대추 몇 개는 나의 자신감에 보탬이 되었다, 나름으로 맛의 균형을 맞춰 줄 수 있는 재료들도 담기지 않았을까 하는 생각이 내심 찾아왔다, 그렇게 꿀 없이도 한 컵을 다 마시고 나면, 더 어른이 되는 쿨한 기분에 사로잡힐 것만 같았다, 망설임은 없었다, 나는 제법 어른스러워졌고, 빼빼 말라서 툭하면 코피를 흘리고 엄마가 한약을 먹이기 위해 다가오면 무서워서 도망가던 일곱 살 꼬꼬마 서기슬이 아니니까, 나이 들고 몸 구석구석 살이 쪘다는 것이 오히려 건강함의 증거는 아닐 텐데, 어쩐지 그 빼빼 마르고 허약한 어린 서기슬로부터 멀리 왔다는 생각에, 더욱 어른의 기분을 느꼈다, 그러므로, 망설임 없이 들이켰다, 한 모금, 크으, 도대체 무얼 넣고 끓이면 이런 맛이 나는 것일지 이게 인간이 흔히 먹는 자연물 재료에서 날 수 있는 맛인가 싶은 오묘하고 깊은 쓴맛이 올라왔다, 누군가 혀를 흙발로 밟고 지나가는 것 같은 괴로운 맛이었다, 노오란 꿀을 큰 숟가락으로 세 숟가락 컵에 넣고 저으며 생각했다, 쓴 한약물을 거침없이 들이켤 수 있는 것이 어른의 방법이라면 80살까지는 어린아이처럼 살아야겠다고,

2017년 1월

# 후회의 효과

2

서른쯤 살아 보니, 잘 잊는 성격은 아니었던 것이다, 하지만 변화하는 힘은 정말이지 후회가 단단해지는 과정에서야 나온다, 일기에 적어 두고, 두고두고 돌이키고, 한참을 곱씹어서 맛도 향도 빠지고 뱉어 내도 하얀 껍질만 남을 것 같을 때에, 지난 잘못들은 가벼워진다, 조금씩 조금씩, 아주 조금이라도 더 나은 선택을 해 나가려 애쓰면, 더디고 고되지만 한 뼘 반 토막만큼이라도 생각이 자란다,

2017년 2월

# 새로운 것을
# 만났을 때

1

여자 친구와 밥을 먹으러 호텔 뷔페에 갔을 때의 일이다, 나는 정체를 알 수 없는 수프 같은 것을 떠오게 되었다, 나는 아직까지 그 음식의 이름이 무엇인지 모른다, 소고기스튜에 물을 흥건하게 풀어 놓은 것 같은데, 약간 매콤한 듯한 기운도 있으면서 토마토페이스트의 맛이 난다, 나는 그 붉고 멀건 국을 한 입 떠 먹고는 '무슨 이렇게 끓이다가 그만둔 육개장 같은 맛이 다 있지'라고 생각하고 한 번 찡그리고는 손도 대지 않았다, 이때에만 해도 개별적인 재료의 맛을 모두 감지하지 못했기 때문에 정말로 뭔가 잘못 만들어진 육개장 같은 것이라고만 생각했다, 그런데 여자 친구가 그 수프를 떠 와서 내 눈앞에서 무척 맛있다며 계속 먹고 있는 것이 아닌가, 그래서 내가 좀 이상하지 않냐고 물었더니, 자극적이지 않고 부드러운 맛의 소고기수프라며 평화로운 표정으로 음미하는 것이었다, 그래서 나는 다시 그 정체를 알 수 없는 수프를 떠먹어 봤는데, 그제서야 조금 다르게 느껴지기 시작했다, 여전히 내 입맛에는 안 맞았지만 같은 음식이 전혀 다르게 보였다, 내 인식 체계는 딱 한 입 먹어 본

후에 가장 비슷한 기준점인 육개장을 기억 속에서 검색해서 찾았고, 그 육개장을 기준으로 그 음식을 판단했던 것이다, 물론 육개장을 기준으로 보면, 끓이다 말고 간도 못 맞춘 맛이다, 하지만 그건 나의 휴리스틱(불충분한 정보에 의한 직관적 판단)에 불과하다, 사실 그 수프는 나에게 자신이 육개장 비슷한 것이라고 주장한 적이 단 한 번도 없음에도, 나는 '넌 실패한 육개장이야'라고 덮어 두려 했던 것이다, 사람들은 그렇게 자신에게 익숙한 경험을 토대로 기준점을 잡고, 너무 불필요하게 빨리 무언가 낙인찍으려 할 때가 있다, 반성의 마음이 들었다, 그런 판단 방식은 늘 비슷한 것들을 접하고 사는 상황에서는 별문제가 없을지도 모른다, 하지만 가끔 전혀 새로운 것을 만날 때에는 오류를 일으킨다, 그러므로 새로운 것을 받아들이는 태도의 원천으로는 열린 마음뿐 아니라 다양한 기준점이 중요하겠지, 늘 나와는 다른 생각을 지닌(하지만 인간적 애정을 갖고 신뢰할 수 있는) 사람을 옆에 두는 것도 중요하고,


*나중에 검색해서 알게 된 것인데 해당 수프는 '미네스트로네' 일종인 것으로 추측함

2018년 3월

연소일기 삼십 대 편

# 자기 자신과
# 잘 지내기

취미나 취향에 대해 최근 칭찬을 두 가지나 들었다, '다 커서 계속해서 자기가 뭘 좋아하는지 발견했다는 듯이 말하는 사춘기 같이 이상한 애'라는 얘기와, '내 주변에서 자기가 뭘 싫어하고 뭘 좋아하는지 가장 잘 아는 사람'이라는 얘기였다, 자기 자신을 잘 아는 것은 '자기 자신과 잘 지내기'에 중요하다, 나는 모든 사람들이 '잘 지내려고 노력해야 하는 사람' 첫 번째가 자기 자신이어야 한다고 생각하는데, 굉장히 자의식 과잉 같은 얘기지만, 우리는 스스로 모르는 사이에 충분히, 자기애가 있는 만큼, 자기혐오도 있으며, 자기 합리화나 자기 타협을 하며 살아가기 때문이다, 누구에게든 자기애와 자기혐오 사이에서 크게 출렁이는 날이 온다, 내 경우는 나이 먹을수록 나 자신과 잘 지낼 수 있는 부분이 늘어 가는 만큼, 한편으로는 나 자신과 잘 지내기 어려운 부분도 분명히 생겼다, 다른 많은 이들도 마찬가지리라 생각한다, 성인이 되어, 특히 중년으로 가는 시기에 많은 '어른'들이 겪는 우울이나 위기는, 자기 자신과의 불화에서 온다, 자기 자신이든, 남이든, 잘 지내려면 잘 알아야 한다, 나이 들며 변해 가는 사이에 스스로에 대해 착각하다 보면 쉽게 자

신에 실망하거나 상심하기도 한다, 사춘기만큼 골똘히 고민해
야 하는 이유이다,

2019년 12월

# 세상에 대한 적성

1

생각을 해 봤는데, 나는 그저 이 세상이 적성에 좀 안 맞는 것
같다, 때로는 그것을 두고 사회생활이 적성에 맞지 않는다거
나, 혹은 학교생활, 회사 생활 등의 한정적인 영역이 적성에 맞
지 않는다는 식으로 오해해 왔으나, 나이가 서른이 넘고서야 깨
달은 것은 애초에 세상살이 자체가 별로 내 적성이 아니었다는
것이다, 그렇다고 굳이 세상과 불화하거나, 불만과 불의를 갖고
살아온 것은 아니지만, 딱히 세상이 굴러온 대로 남들이 다 사
는 대로 살려고 애쓴 적도 돌이켜 보니 별로 없다, 내가 이 얘
기를 무엇이나 깨달은 듯이 지난 주말에 가족들과 밥을 먹다가
얘기했는데, 엄마가 세상살이가 다 적성에 맞는 사람이 어딨냐
고 자기를 내려놓고 사는 거지, 이런 취지의 답변을 하는 것이
아닌가, 그러니까 실은 내심, 아들아 너 정도면 잘 적응하며 사
는 편이라고, 문제없이 잘 살아 놓고 왜 그런 소리냐고, 이런 종
류의 응답이 나오길 기대한 부분도 없잖아 있으나, 순간 스쳐
가는 엄마의 반응에서, 나의 짐작의 마음이 좀 더 확신 쪽으로
기울어 버렸다, 키우고 관찰하면서 영 모르셨던 것은 아닐 테

지, 그래도 아버지가 보여 준 도덕적 재능과 엄마의 크나큰 사랑 덕분에, 그리고 좋은 친구들을 만난 덕분에 비교적 사회화에 실패하지 않은 삶을 살았다고 생각하지만, 역시나 돌이켜 보면 세상으로부터 조화롭다는 느낌이나 원래 그 흐름에 속한 양 자연스럽게 흘러간다고 느낀 적은 별로 없었다, 그렇다고 세상이 싫어 당장 삶을 포기하고 떠나가겠다는 것도 아니고, 도시와 문명을 등지고 자연인이 되겠다는 것도 아니지만, 이유 없는 불편함의 실체에 대해 그 불편함의 종류를 명확히 인지하며 사는 것은 이제 필요한 시점이다, 세상의 어떤 부분은 멀쩡히 나와 교감하며 잘 흘러가면서도 종종 나에게 그 불편함의 영역을 꼭 확인시키려 하기도 한다, 사람들이 다 적성에 맞는 일만 하는 것은 아니듯이, 그리고 적성에 맞는 일만 한다고 해도 항상 즐거운 것은 아니고, 적성에 안 맞는 일이라고 해서 늘상 괴롭기만 한 것은 아니듯이, 세상이 적성에 안 맞는다는 인식이 꼭 불화나 불만, 불의로 이어져야 하는 것은 아닌 셈이다, 이를 두고 내가 사랑하고 나를 사랑하는 많은 사람들은, 그런 불편함에 대한 과잉 지각 자체가 나쁜 것이고 때로는 무디게 잊고 지내는 것이 좋겠다고 진심으로 조언했으나, 아마도 정확하게는 그 불편함을 무시할 수 없다는 것 자체가 내가 세상이 적성에 안 맞는 부분인 것도 같다, 사람도, 배경도, 문화도, 문명도, 사실 나의 태생적 불편함을 자극하는 것 투성이지만, 학교 공부가 좀 적성에 맞지 않는다고 하여 꼭 내일 당장 자퇴해야 하는 것은 아니듯이, 불편함이 불편함대로 있다고 해도 당장 죽어야 할 일은 아니라고 생각한다, 오히려 그 불편함까지 포함하여 거창하게는 실존의 일부분이라거나, 이런 식으로 지칭해 볼 수도 있다, 역시나 돌이켜 보면, 나는 세상과 불화하는 사람들과 가까웠던 적이 많다, 세상과 조화롭게 사는 다른 친구들은 그걸 잘 이해하지 못했다, 아마도 내가 사랑하고 나를 사랑하는 친구라고 하여도 영영 이해하지 못할 것이다, 뻔히 세상과 불화하는 이들은 반대로, 늘 내가 번듯한 사회생활과 건강해 보이는 인간관계를 유지하며, 특히 친구도 많은 것에 대해 신기해하거나 그것을 부러워했다, 옛날이나 지금이나, 그렇게 보이는 것은 내가 사람 '하나'에 그리고 또 '하나'에, 그 무수한 각각에 호기심과 관심을 갖고, 그들과 우정이나 신뢰를 나누기 때문이라고 생각한다, 나는 집단을 좋아해 본 적이 별로 없다, 심지어는 그렇게 사랑하는 이들도 동아리로 묶여 있거나 회사로 묶여 있거나 그러면 좀 싫기도 했다, 소속감이라는 단어를 열여섯 살쯤에 처음 들었는데, 그 단어는 그때부터 지금까지 나에게 계속 생경하다, 아직도 그 단어를 들었을 때의 어리둥절함을 기억한다, '학교를 그만두면 소속감이 없어서 힘들어질 거야'라는 말이었다, 어떤 단어든 직관적으로 이해하지 못한다면 그에 대한 스키마 schema가 없는 것이다, 내가 그런 원리는 나에게 작동하지 않는 것 같다고 말하자, 그 선생님은 진심 어린 조언의 말투와 애정을 담아서, 그건 네가 소속감이 없어 본 적이 없어서 그런 것일 뿐이라고 말했다, 당시에는 어렸기 때문에 그 말도 맞는다고 생각했고, 실로 지금도 나는 소속감에서 모종의 애착을 느끼기도 하기 때문에 영 소시오패스인 것만은 아닐 것이다, 오히려 세상과 불화한다느니 하는 표현을 쓰는 것치고는 멀쩡히 사회생활을 하며 사는 쪽이다, 하지만 좀 더 정확히는 소속감이 반드시 필요한가 아닌가가 아니라, 그것이 다른 삶의 영역에 비해 얼마나 더 중요한가 물었어야 하는 것이었다, 어쩌면 나는 아주 작은 연대감에서도 소속감을 잘 느끼는 사람이기에 역설적으로 집단의 필요를 못 느끼는 것일 수도 있다, 올바른 질문법을 알려주는 사람이 인생에서 별로 없었고, 대부분의 경우 답을 잘못 갖고 있는 것이 아니라 질문을 잘못하고 있었다는 것을 깨닫는 데에 많은 시간을 썼다, 얘기가 추상적이고 불필요하게 거창해지는 표현일 수도 있지만, 사실 세상은 무엇이고 나는 누구인가에 대해, 더 많은 어른들이 질문하는 법을 알려 췄어야 했던 것이 아닌가 생각했다, 크게 한 번 아프고 나서야 세상과 적성이 맞지 않는다는 의미가, 단지 모종의 기분, 규범, 관습에 대한 것이 아니라 '나'라는 사람의 동물적이거나 물리적 속성과 연관된 것임을 생각할 수 있게 되었다, 인간 집단을 만나면 정신과 몸이 모두 피로했고 그것은 돌이켜 보니 어려서부터 늘 마찬가지였다, 뒤늦게 마침내 자각은 온다, 왼손잡이 나라에 살게 된 오른손잡이의 삶이나, 빨간색 초록색만 있는 나라에 살게 된 적록 색맹의 삶이라면, 그것은 사회성이니 규범이니 관습이니 이런 문제가 아니라, 감각과 인지로 다가오는 생생한 현상과 실존의 문제일 것이다, 나는 지금은 오른손잡이지만 어릴 적 왼손잡이인 적이 있었기 때문에 그 기분을 기억하고 있다, 세상이 내게 요구하는 것이 종종 반대 방향인 기분, 나는 여섯 살밖에 안 되었고 그냥 태어나서 살다 보니 그런 것뿐인데 그걸 교정해야 하는 기분, 나는 색맹이었던 적은 없지만 가까운 지인

연소일기 삼십 대 편

이 그 기분을 얘기해 준 적이 있다, 분명히 세상과 불협이 있지만 그게 또 그런대로 살 만한 기분, 적록 색맹이 세계적으로 남성 기준으로 5-8%인데, 그런 것은 전혀 신경 쓰지 않고 오랜 시간에 걸쳐 92-95%에게 당연하도록 문명이 발달해 버린 것이다, 그래서 나도 어떤 각도에서는 빌어먹을 재수 없게 문명이 나를 편하게 살지 못하게 놔두는 5%에 걸려 버렸구나, 이렇게 생각하면, 꼭 불편함에 대한 과잉 지각이 나를 더 괴롭게 만드는 것만은 아니다, 오히려 내가 원인도 모르고 그냥 세상은 그렇게 생기고 나는 이렇게 생겼다는 이유로 느꼈던 불편함이, 질문의 대상도, 타협의 대상도, 개선이나 노력이나 극복의 대상도 아니고, 그냥 그런 것인데 뭐 어쩌겠어, 색맹의 삶을 얘기해 준 그 지인은 말했지, 보행자 신호등의 위아래 위치나 주변 차량과 사람 흐름으로 아 이게 초록불이구나 하고 사는 거지, 그게 꼭 길을 건너지 못할 이유나 외출을 전혀 못할 이유는 아니니까, 라고 생각하는 것이 삶을 지속하는 데에는 도움이 되지 않겠냐는 것이다, 아 맞아 그래, 너도 내 기분을 전혀 모르고, 나도 너희가 너무도 쉽게 잘 구분하는 것을 죽을 때까지 알지 못할 테지만, 그게 적성이 다른 거지, 라고 생각하고 말면 그만인 것이다, 다만 농담처럼 던지는 얘기로, 굳이 풀어서 그 괴로움을 설명하는 것이 더 괴로운 일들에 대해, '제가 그냥 세상이 적성에 좀 안 맞는 것 같아요'라고 말할 수 있는 것, 으레 던지는 듯 넘기는 사회적인 말투이면서, 실은 주관적 직관과 아마도 객관적 실체까지 포괄하는 그 뚜렷하고도 명쾌한 설명을 자유롭게 할 수 있게 되었다는 것은, 겨우 그만큼 깨닫기까지 고통이 적었던

것은 아니나, 한편으로는 오히려 그 이해의 덕분에 불화 하나가
균형점에 있게 되는 기분인 것이다,

2019년 3월

# 우리가 주고받은 말들

# 주고받은 말들 -1

1

-사람들이 너에게 '할 수 없다'라고 얘기하는 건, 보통은 자기들이 할 수 없기 때문에 그러는 거야, 너무 신경 쓸 필요 없는 말이지

2

-내일까지 마감이라며?
-이건 일을 미루기만 하고 있는 게 아니야, 창의력이 충전되길 기다리고 있는 거지

3

-벌금 500만원이면 그냥 내고 마는 게 변호사 선임비보다 훨씬 덜 들었을 텐데, 왜 굳이 대법원까지 간 거예요?
-그야 억울하니까 그랬지

4

-어떤 사이비 종교 전도는 정말 인간적이어서 빠져나갈 수가 없는 거예요, 내 말을 세상에서 가장 잘 들어 주고, 가장 잘 공

감해 주고, 나를 가장 이해하며 위로해 주고 버팀목이 되어 주던 사람이 어느 날 자기의 믿음에 대해 얘기하는 거지

5

-그런 식으로 브레인 워시를 해서 뇌를 말랑말랑하게 한 다음에 교리 얘기 같은 걸 하면 자기도 모르는 사이에 그 얘기를 계속 듣게 되는 거예요
-아 기슬이 형 지금 저를 뇌를 말랑말랑하게 하고 계신 거 아니죠?

6

-그러게 너 어렸을 때에는 약간 남들 시선을 굉장히 의식하는 그런 모습도 있었던 것 같은데 말이야, 언제부터인가 사라졌음
-엄청 의식했어, 싸이월드 투데이도 매일매일 확인했다니까, 그런데 언제 사라졌는지 그런 게 진짜 사라짐
-서기슬이나 김성태같이 이상한 애들이랑 친하게 지내서 그럼

7

-차라리 아무 말 안 하면 모르겠는데 '거봐'로 시작하는 그 말을 듣기가 참 괴롭더라고, 어떻게 두 글자부터 이렇게 전개가 예상되면서 듣기 괴로울 수 있지
-원래 꼰대는 자기가 꼰대라는 걸 모르잖아요

2016년 3월

# 주고받은 말들 -2

1

-네가 모르는 사정이 있을 수도 있지

-사정? 무슨 사정?

-그거야 나도 모르지, 다만 가끔은 '내가 모르는 사정이 있을 수도 있지'라고 생각해 보는 건 중요한 것 같아

2

-저는 성격 내성적인 여자 좋아해요, 조용하고, 차분하고, 낯가리고 그런 내성적인 성격요

-의외네?

-믿기 힘드시겠지만 놀라운 걸 하나 알려 드리자면, 제가 내성적인 여자를 좋아하는 이유는 제가 사실 상당히 내성적인 사람이기 때문입니다

3

-사람을 경계하고 조심하는 마음가짐을 가질 때에는, 우선 자기가 그 정도로 불쌍한 사람인지에 대해서 잘 생각을 해 봐야 돼

-불쌍한 사람?

-그렇지, '내가 그 정도로 불쌍한 사람인가', '아무 이유 없이 도와줄 정도인가' 잘 생각해 보고, 그게 아니라면 어쨌든 상대 방은 너를 통해서 얻고 싶은 게 있는 거야, 네가 젊은 여자이고 순전히 호감을 느껴서 너를 도와주는 거라고 해도 말이지, 아, 오히려 호감을 느낀 경우라면 더욱이 너에게서 얻고 싶은 게 있는 거지,

4

-이제 보니 정치적으로 올바른 발언을 너무 좋아하네요

-앗 아니에요, 가식은 아닙니다

-그 말을 듣기 전까지는 가식이라고까지는 생각 안 했는데, 그 말을 듣고 나니 엄청 가식처럼 들리는데

5

-서기슬의 좋은 점은, 같이 얘기를 하다 보면 새로운 관점을 계속해서 준다는 거야

-꼭 나라서 그런 것은 아닐 수도 있어, 단지 자기 생각을 다른 사람과 교환하는 과정 자체가 중요할 거야,

2016년 5월

# 주고받은 말들 -3

1

-누가 호구였는지는 끝까지 가 봐야 아는 거지,

2

-나쁘다고 보기 때문에 나빠지는 거야, 세상에는 나쁘다고 판단하지 않으면 실은 나쁘지 않은 일도 많아,

3

-알맹이 없는 애들이지, 유명한 걸로 유명하신 분, 성공한 걸로 성공하신 분,

4

-그 한 문단을 썼다는 것만으로 오늘 할 일을 다 했다는 마음이 드는 그런 글,

5

-시어머니 관상도 보지 않고 결혼을 결정하겠다니, 무슨 용기냐,

6
-사실 내가 제일 좋아하는 제목은 '제목 없음'이야,

7
-"걔가 내 제자야" 선생질이 별거 있냐 그 말 한마디 하려고 그렇게 사는 거야

9
-재물 운은 그 사람의 탐욕과 긴밀히 연결되어 있지, 보통은 바라지 않으면 오지도 않아,

10
-그게 거짓말이면?
-어쩔 수 없죠, 믿고 속는 거죠, 심정적으로 섭섭하긴 하겠지만 바뀌는 건 없을 거예요, 사실 저는 기본적으로 사람을 잘 안 믿어요, 믿는다고 얘기하는 건 애초에 그 사람에겐 속아도 괜찮다는 각오인 거죠

11
-밥 사 드릴게요 라고 말하지 말아 줘, 나의 고급 노동을 밥 한 끼로 치환하려고 해선 안 돼, 대신 연소선생에게 지불해야 하는 값은 항상 '감사하는 마음'이지,

2016년 9월

# 주고받은 말들 -4

1

-중독은 많은 경우 중독자 한 명의 문제가 아니라, 그 가족이 지니고 있는 본질적인 문제가 한 명의 중독이라는 증상을 통해 드러나는 것,

2

-지금까지 무임금 텍스트 노동을 너무 많이 했어, 다른 사람들 자소서 써 준 만큼 야설을 썼으면 지금쯤 돈 좀 벌었을 텐데,

3

-네 의견의 방향성을 문제 삼는 게 아냐, 합리성을 문제 삼는 거지, '다른 것'과 '틀린 것'은 다른 거야, 생각이 다른 부분은 인정할 수 있지만, 틀린 말을 해선 안 돼,

4

-경제적인 선택, 그러니까 가격이 싼 선택을 한다는 것이 결코 볼품없는 것을 선택하고 싶다는 의미는 아니야, 가격이 쌀수록

연소일기 삼십 대 편

겉으로 보이는 게 그래서 중요한 거지,

5

-멋지다거나, 감동적이라거나, 그런 말도 분명 좋지만, 나는 내 글을 읽고 나서 사람들이, 숨찬다고 했을 때, 그때에 가장 기분이 좋더라고, 요즘은 그런 글을 잘 쓰지 않지만, 고작 쉼표 몇 개로 호흡과 리듬을 전달할 수 있다는 거,

6

-어떤 형태로든 사랑이 있는 것은 나쁜 게 아냐, 사랑이 없는 것이 주로 나쁘지,

2016년 10월

# 꿈을 설명하는 방법

"왜 철학을 전공했어?"

"어렸을 때에는 인문대 교수가 되는 게 꿈이었습니다, 아주 구체적으로는 이렇게 카이스트나 포스텍 같은 곳의 교양학부, 인문사회학부에서 강의하는 교수가 되고 싶었어요, 지금은 그런 생각은 온전히 접었고요"

"지금은 꿈이 뭔데?"

"노동으로부터 해방되는 것요"

"이야, 우리도 놀고먹고 싶다는 얘기를 저렇게 철학적으로 할 줄 알아야 하는데!"

2017년 4월

# 주고받은 말들 -5

1

-마음의 빚에도 부채 탕감과 회생이 필요해, 언제까지 무한 책임일 수는 없는 거라고

2

-둘째를 낳고서야 알게 되었지, 부모님이 우리를 똑같이 사랑하지 않으셨단 걸

3

-감사의 말을 안 쓸 거면 학위 논문은 왜 쓴단 말이지
〉참고로 대학원 안 다녀 보신 분들은 잘 모르실 수도 있는데, 동료에게 학위 논문 제본한 것을 받으면 보통은 맨 뒤의 '감사의 말Acknowledgments'부터 본다, 종종 그 내용의 전개는 연말 시상식의 수상 소감 같다, 보통은 보스boss의 이름을 처음이나 끝에 언급하며, 고마운 사람들과 사랑하는 사람들을 나열하고, 가끔은 하늘나라에 있는 강아지의 이름을 언급하는 사람도 있다는 뜻이다,

4

한 해의 마지막 날, 엄마와 아버지의 대화,

-아버지 "인생에 한 번뿐인 거니까 제대로 해야지"

-엄마 "인생에 한 번뿐이 아닌 게 어딨어, 지금 이 순간도 인생에 한 번뿐이야"


5

-너에겐 모든 일에 선생님 기질 연구자 기질이 있는데, 나는 그게 좋아, 너무 재밌어


6

-그 아이에게도 구원 같은 좋은 사람이 나타나 주면 참 좋겠지만, 그걸 꼭 네가 해야만 하는 건지는 잘 모르겠어'

>이런 말을 어쩐지 여러 명에게 했다, 내가 아끼는 당신이 꼭 마음이 부자인 사람만 만났으면 좋겠다는 얘기는, 어쩌면 돈이 많은 사람을 골라서 만나라는 얘기보다 더 속된 얘기 같다, 하지만 내가 아끼는 사람들은 여전히 어려운 행복보다는 편한 행복으로 살았으면 좋겠는걸,


7

-'원래 그런 것'을 과도하게 비난해선 안 돼, 물론 원래 그렇다고 해서 늘 정당한 것도 아니지만

8

-장점은 혼자서 그만큼 했다는 걸 수도 있는데, 아무튼 단점은 그걸 혼자서 했다는 거죠

2018년 1월

# 주고받은 말들 -6

1

"얘는 원래부터 남자 같으면서도 여자 같은 사람이었고, 애인데 어른인 사람이었어", 오늘 들은 말이다, 서기슬보다는 연소에게 좀 더 어울리는 설명 같은데,

3

학교의 기업가 정신 연구 센터에서 인사 노무 관련한 특강을 해서 동료분과 함께 들으러 갔다, 이런저런 구체적인 내용이 있었지만, 막상 딱 한마디만 기억에 오래 남았는데 '자신을 돌아봐야 합니다'라는 농담 섞인 말이었다, 자기가 창업한 회사에서 임금도 잘 챙겨 주고 복지도 나쁘지 않고 사업도 그럭저럭 되는데 자꾸 직원들이 퇴사하고 이직한다면- '자신을 돌아봐야 합니다'라는 말이었다, 자신을 돌아봐야 합니다,

5

-사실을 얘기해'도' 왜 기분 나빠 하냐고 물을 필요가 없어, 원래 사람들을 불편한 내용이면 사실일수록 기분 나빠 해

6

이건 농담, 김정은 위원장을 보면서 이런 말을 했다, "거봐, 역시 자녀는 유럽에서 키워야 해"

2018년 5월,

# 주고받은 말들 -7

1

-기슬, 술 못 마신다니 정말 부럽다. 나는 내가 술 안 마셨으면 정말 부-자가 됐을 것 같은데,

2

-내가 좋아하는 여자들은 다른 남자들도 다 좋아해, 이미 다 임자가 있어

-아 넌 보편적 취향이라 진짜 피곤하긴 하겠다, 내가 좋아했던 여자들은 심지어 외모가 예뻐도 다른 남자들이 별로 안 좋아했어

3

-혹 입시에서 떨어지더라도 평생 해야 하는 읽기와 쓰기를 옳은 방법으로 배웠다는 점에서 감사할 것 같습니다.

5

-보통 배우자 선택은, 내 딸이 어떤 외모였으면 좋겠다는 기준

위주로 이루어지는 것 아냐?

6

-알아듣기 쉽게 설명함으로써 잃는 것이 분명히 있겠지만, 우리는 그것으로 얻는 것을 더 소중히 여기는 사람들일 뿐

7

-궁금한 게 없으면 사람은 공부를 안 해도 되는 거야

9

-"처음에는 그렇게 생각을 안 했는데 듣고 보니 네 말이 맞는 것 같아"라는 말을 하는 데에 걸리는 시간, 같은 거야, 사람의 개방적 태도 같은 것은 생각 외로 분명하게 측정할 수 있어

2018년 9월

# 주고받은 말들 -8

1

-모든 선택에는 정해진 만큼의 후회가 있는 거야

2

-그 사람에 대한 감정은 따지자면 나에겐 '시적 허용' 같은 거지, 확실히 모순이니까

3

-눈에 보이지 않는 것들 중에, 사람들이 그것을 얻는 데에 오래 걸린 것들, 가능한 한 지키려고 하는 것이 좋아, 인권 같은 거

4

-우리가 인간에 대해 잘 모르는 것은, 보통은 많은 사람을 만나지 못했기 때문이라기보다는, 만난 사람들을 깊숙이 들여다보지 않기 때문이지

5

'전문성보다 객관성'

엄청 묵직한 말이었다, 특히 나 같은 지식 생산 노동자이자, 어디 가서 감 놔라 배 놔라 하는 소위 컨설팅 비슷한 일로 먹고사는 사람에겐 아주 중요한 단서였다, 내가 잘 알아서 하는 말이 아니라, 남이기 때문에 할 수 있는 말의 중요성

6

'천재는 노력해서 쉽게 될 수 있는 것이 아니니까, 자신이 보통이라는 것을 깨달은 순간 가장 먼저 배워야 할 것은, 천재를 알아보고, 천재를 이해하고, 천재와 소통하는 방법이지, 그게 더 빠르게 원하는 것을 얻는 방법일 때가 많아, 그러려면 내가 갖지 못한 것이자 영영 갖지 못할 것을 누군가는 갖고 있다는 것이 나쁜 일이라고 생각하지 않아야 해'

2019년 1월

# 주고받은 말들 -9

1

-교수님들이 쓴 글 혹은 직접 하는 강연 제목에 '직관적 이해' 라는 수식어가 붙어 있는 경우의 특징, 안 직관적임

2

-트위터에서 "개하급 수작을 부리는 놈은 개하급 연애를 할 확률이 높다"라는 문구를 봤는데, 그 사람이 어떤 '방법'을 쓰는지를 통해 전체를 보려는 발상은 생각 외로 신뢰도가 높다고 생각해

3

-역시 등급을 나누고 서열에 집착하는 것은, 취향과 안목이 없음에도 취향과 안목을 흉내 내야 할 때에 나타나는 모습 아닐지

4

-아무튼 세상 절대다수의 사람들은 진실 따위에는 별로 관심이 없고, 진실을 추구하는 것은 인구 중 극히 소수야, 가끔 사람들

은 놀라울 정도로 정말이지 진실이나 사실 같은 데에는 관심이 없다는 것을 수시로 자각해야 해,

5
-세상은 평균이 견인하진 않으니까,

6
-멍청하게 사는 것에 대한 최대 형벌은 멍청한 사람들에게 둘러싸여 살아가는 것이라 생각해, 똑똑하고 착하게 살려고 노력하는 것의 최대 보상은 똑똑하고 착한 사람들을 친구로 삼고 살아갈 수 있다는 점이지,

7
-'언제부터 어른인가'에 대한 대답 중 하나는, '질병이라 인식했던 수많은 것들이 실은 노화의 자연스러운 작용이라는 것을 이해하게 되었을 때'

8
-평생 젊게 살기는 어렵겠지만 평생 젊게 살 수 없다면 젊은 동안만이라도 젊게 살자, 젊은 몸으로 늙은이처럼 살지 말고,

2019년 9월

# 들었던 칭찬들,

1
-나는 나이 들면 우리 엄마 같은 사람이 되고 싶어, 엄마는 사랑이 많은 사람이거든
-너는 충분히 그렇게 될 듯, 이미 그럴 자질이 충분해

2
-역시 헛소리도 차분하고 논리정연해

3
-나 같은 골수 빨갱이가 네 말을 들으며 특별한 이유 없이 기분 나쁜 것을 보니 너는 우파가 맞는군

4
-사회생활 진짜 많이 늘었네, 아는데도 모른 척하고 있는 거 어려운 거잖아,

5

-너는 데이터나 디지털이나 그런 일을 하고 있지만 인문학을 사랑한다는 게 느껴져, 스스로 인문학이니 인문학자니 하고 다니는 사람들보다도 훨씬,

2019년 11월

# 주고받은 말들 -10

1
-감사하는 마음을 가져야지, 그런 방법으로는 행복해질 수 없어
-어차피 어떤 방법으로도 쉽게 행복해질 수는 없어

2
-특히 그것이 사람과 함께하는 일이라면, 인간의 이기심을 거스르는 방법이 성공한 적은 별로 없어, 아무것도 안 주고 있다고 생각했던 곳에서도 실은 심리적 보상이라도 주고 있었던 거야

3
-저 은행나무는 저기 같은 자리에서 몇 번이나 저렇게 잎이 우수수 떨어졌을 텐데, 왜 이렇게 매번 가을은 새로 오는 것처럼 새롭지

4
-다들 능력이 있고 기회가 있는데, 충분히 더 큰 일을 할 수 있는데 왜 하지 않는 걸까요

-그건 당신에게는 타고난, 내재된 기업가 정신이 있으니까 하는 소리지

5

-정말로 관상이 변했어요, 제가 십 년 넘게 봤던 형 얼굴에서 처음으로, 그 쫓기는 듯한 불안과 강박이 없어졌어요, 저도 무엇에 그리 쫓겨야만 했는지는 모르겠지만, 막연한 불안도 아니고 꼭 쫓기는 듯한 그런 얼굴이 있었거든요, 근데 그게 없어졌어요, 그래서 좀 실례되는 질문일 수도 있지만 혹시 가족 계획이 있냐고 물어본 거예요

6

-진심이에요? 오기 부리지 말고요
-저는 처음부터 그럴 생각이었어요

7

-나는 돈 많이 벌면 할 일을 이미 100개 정도 정해 놨어, 그중 하나는 물론 서울 한복판에 동아리방을 만드는 거지

8

-날카로워지는 일이 스스로 좋았던 만큼, 무뎌지는 일이 스스로 좋아지는 지점도 있었지, 이제는 쓰지 못하는 글도 있지만, 한편으로는 더 많은 말을 배웠고, 그때에 사랑한다는 말을 더 많이 하지 못한 것은 늘 후회스럽지만, 이제는 사랑한다는 말의

의미를 각기 다른 색깔의 호흡으로 좀 더 말할 수 있게 되었으
니까,

2020년 11월 씀

# 연소선생 인간학

# 관상과
# 치과 선생님

1

최근 한 달 사이에 최고로 잘한 일 중의 하나는, 다니는 치과를 바꾼 것이다, 이 얘기가 너무 뿌듯해서 최근에 만나는 사람마다 하고 다녔다, 이전에는 대전에서 집 가까운 곳에 있는 치과에 다니고 있었다, 하지만 썩 마음에 들지 않았다, 대단히 불친절한 것까지는 아니지만 의사가 자세히 설명도 안 해 주고 이렇게 해라 저렇게 해라 어쩐지 말도 약간 짧게 하는 것이 썩 편하지가 않았다, 치료에 불만인 부분도 있었다, 치료에 대해선 내가 의학적으로 판단할 수는 없지만, 치아에 불편함이 있는 것은 사실이었다, 그래서 치과를 바꾸기로 마음먹었다,

2

치과를 바꾸기로 마음먹고서 내가 무슨 일을 했냐면, 대전 번화가 지역의 치과 20여 곳을 검색해서 홈페이지나 블로그 등등을 통해 얼굴이 나와 있는 의사 선생님들 관상을 다 봤다, 그리고 가장 친절하고 꼼꼼하게 생긴 관상의 선생님을 찾아서 그분 성함을 대고 예약을 했다, 결론만 얘기하자면 결과는 대만족이

었다, 정말이지 관상 같은 것 공부하길 잘했다는 생각이 샘솟는 순간이었다, 역시나 치료에 대해선 내가 의학적으로 판단할 수 없지만, 똑같은 것이라도 내가 묻는 것에 다 친절하게 설명해 주시고, 이렇게 저렇게 할 때에 부탁하듯 말씀하시고, 나한테 물어봐 주기도 하고, 똑같은 치료일지 모르지만 굉장히 심리적으로 안정이 되었다, 계산을 하고 나올 때에 기분이 좋아질 정도였다, 어쩐지 데스크를 보시는 분도 더 친절한 것 같았다, 약간의 우연의 일치로 어찌 친절한 선생님을 만나게 된 것일 수도 있다, 하지만 대단한 관상론을 들먹이지 않아도, 사람 인상은 거짓말을 하지 않는다는 것을 또 한 번 생각하게 된다, 그 병원에서 사랑니도 별로 안 아프게 잘 뽑음,

8

요즘 주말에 대전에서 서울에 올라오면 깜짝 놀랄 때가 있다, 맞아 세상에는 이렇게 다양한 사람이 있었지, 하고 놀라는 것이다, 그러니까 대전 그것도 유성구 주변에 있을 때에는 막상, 그 안에 살아가는 사람들이 굳이 단조롭다고 느끼진 않는다, 그런데 대전 유성구에서도 내가 주로 오가는 지역(카이스트와 연구 단지 인근)은 정말로 대충 비슷비슷한 사람들 사이에서 살아가고 있는 것 같다, 그걸 주말마다 서울에 올라오면 깨닫는 것이다, 서울에서는 길을 지나가며 보거나, 버스와 전철에서 마주치는 수많은 사람들 남녀노소의 관상은, 다채롭고 형형색색이며 풍부한 입체적 면들을 갖고 있다,

11

관상 보는 방법을 가르쳐 달라는 얘기를 많이 들었지만, 이것이 전수 가능한 감각인지에 대해선 아직 명확히 답을 내리지 못했다, 내가 보는 관상법은, 처음 내가 접했던 책이나 세미나로부터 제법 멀리 와서, 나름의 인간학과 분류법을 접목한 '연소류 관상법'이 되어 버리기도 했다, 돌이켜 보자면 나는 처음 손금 관상 공부를 시작하던 때에, 서점에서 손금 관상에 대한 책을 우선 6권 사다가, 각 책의 공통점과 차이점을 비교해 가며, 가능한 한 공통점에 해당하는 것만 추려서 정리하고 적용해 보며 공부를 시작했다, 그 6권이라는 숫자는, 우리 동네 서점에 나와 있는 손금 관상 책 중에서 제대로 된 책처럼 보이는 것 전부의 숫자였다, 그러니까 애초에 의지가 있는 사람이라면 이미 나처럼 손금 관상 책을 대여섯 권 샀겠지, 어쩌면 누군가 관상을 배운다고 해도, 그 사람은 또 그 나름의 관상법을 세울 것이기 때문에 대화를 나눠도 나와 별로 공감을 못 하게 될 수도 있다, 20대 때에 관상 관련 동호인이나 실제 길거리에서 관상도 보는 분들과 잠시 교류한 적이 있으나, 서로 보는 방법이 달라서 대화와 공감이 불가능한 지점이 많았다, 어찌 보면 사람을 보는 관점이란 그렇게 크게 다른 것이 당연한 일일 수도 있다, 하지만 나는 여전히 '사람 보는 관점'에 대해 대화 나누고 공감할 동반자가 있었으면 하는 마음이 있다, 딸이나 아들을 낳으면 한 번 관상 보는 법을 가르쳐 볼까

2016년 1월

연소일기 삼십 대 편

# 관종, 노출증,
# 나르시시스트

0

관종, 노출증, 나르시시스트,

1

내 주변에는 밴드 피플이 많다, 악기 연주와 공연을 취미로 하는 사람들이 많다는 얘기이다, 학부 시절 재즈 연주 동아리를 했고, 박사과정 중에도 학내 밴드와 직장인 밴드를 하기도 했다, 그래서 연소선생 인간학 번외 편으로, 오늘은 연주 악기 유형별 성향에 대한 농담을 해 보려고 한다,

2

아시다시피 관종은 '관심병 종자'라는 뜻이고, 노출증은 '노출장애'라는 이름으로, 나르시시스트는 '자기애성 인격장애'라는 이름으로 정신 병리학적 진단명이 있기도 하지만, 여기서는 그런 진지한 얘기가 아니라 단지 그런 성향이라는 일반적 의미로 얘기하는 것이다, 오해 마시길, 왜 하필 이 세 가지냐면, 관종, 노출증, 나르시시스트는 온라인 커뮤니케이션이 폭발하는 현대

사회에서, 현대인들의 자기 전시 욕구를 잘 설명하는 개념적 도구들이라 생각하기 때문이다, 실제로 나는 관상을 볼 때에 종종 '관종이긴 한데, 노출증은 아니고' 같은 표현을 관용구처럼 쓰기도 한다, 지금 농담하는 중이라는 메타적 설명을 다시 한번 덧붙인다,

3

보컬, 이들은 확실히 노출증이다, 재미있는 것은 생각 외로 많은 보컬들이 그다지 관종이거나 나르시시스트는 아니라는 것이다, 단지 그들은 노출증이다, 현실 세계에서는 제법 낯을 가리거나, 엄청난 자신감 자존감에 빠져 살지 않음에도 불구하고, 노래방에서 불러도 될 노래를 굳이 무대 위에서 조명 받으며 부르고 싶어 하는 성격, 이런 걸 노출증이라고 한다, 또한 재미있게도, '뻔히 보이는 관종'인 보컬은 특히 인디 밴드계에서는 인기가 별로 없다, 사람들은 '오혁'같이 말도 어눌하고 내성적으로 보이지만 마이크만 잡으면 분위기 뿜뿜하는 스타일을 좋아한다, 나르시시스트인 보컬은 건반과 보컬 둘만의 조합으로 이루어진 곡으로 무대에 서 본 적이 있다, 다만 보컬이 팀 내 제일의 나르시시스트라면 밴드에서 좋은 연주자들을 구하기 어렵기 때문에, 종종 보컬들은 팀 내 제일의 나르시시스트 자리를 기타리스트에게 넘겨준다,

4

드럼, 나는 겉보기와 다르게 드럼을 친다, 왜 겉보기와 다르다

고 하냐면, 심지어 내가 드럼 치는 것을 여러 번 본 사람들도 내가 드럼을 친다는 사실을 종종 까먹기 때문이다, 드러머들은 대개 노출증이 없는 사람들이다, 보컬과는 반대라고 할 수 있다, 관종이거나 나르시시스트일 수는 있지만, 기본적으로 무대 뒤쪽에 배치되는 구도를 즐기지 않고서는 드러머가 되기 힘들다, 다만 솔로 드럼 중에 굳이 스틱을 돌려 본 적이 있다면 노출증에 해당된다, 가끔 성공한 드러머 중 노출증적 기질을 지닌 이들이 드럼 세트를 전면에 내세우는 만행을 저지르기도 하는데, 극소수일 뿐이다, 드러머들 중에는 상당히 순도 높은 관종이 많이 발견된다, 드러머가 노출증은 없지만 관종인 포인트는 이런 부분인데, 기타리스트들이 '나는 기타를 친다'라는 말을 굳이 하고 다니지 않는 것과 달리(물론 그들은 기타 가방이나 하드 케이스로 말할 수 있다), 드러머들은 '나는 드럼을 친다'라는 것을 얘기하고 싶어 하는 경우가 많기 때문이다, 이 문단 앞줄의 나처럼,

5
기타리스트, 가장 관종인 부류를 고르자면 역시 기타라고 할 수 있다, 기타리스트인데 인생에서 한 번이라도 머리를 길러 본 적이 있다면 그는 죽을 때까지 관종인 것으로 판정된다, 기타리스트는 대개 나르시시스트이지만 종종 아닌 자들도 있는데, 구분하는 방법은 어렵지 않다, 이를테면 자기 얼굴이 클로즈업되지는 않더라도, 자기가 아끼는 기타 보디에서 아무도 알아주지 않는 부분의 때깔이 주목받기는 바라는 기타리스트가 나르시시스트 아닌 경우이다, 기타를 치면서 한 번이라도 굳이 다리를 넓

게 벌리고 서지 않아도 되는 포인트에서 다리를 벌린 적이 있다면 그는 나르시시스트인 데다가 노출증인 기타리스트다, 관종 기질과, 노출증, 나르시시스트 기질을 가장 골고루 갖고 있고 그 총합이 가장 큰 포지션이라면 역시 보컬보다는 기타리스트 쪽이다,

6

베이시스트, 이 포지션은 누군가가 '야, 관종, 노출증, 나르시시스트, 그런 건 누구나 다 조금씩 갖고 있는 거 아냐? 그런 거 없는 사람들이 어딨어?'라고 물었을 때에 '베이스가 있잖아'라고 대답할 수 있도록 존재하는 포지션이다, 보컬을 겸하는 베이스를 제외하고는 이들은 무대에서 가장 눈에 띄지 않으며, 가장 몸을 적게 움직이는 이들이다, 하지만 그들은 관종도 아니고 노출증도 아니고 나르시시스트도 아닌데, 왜 굳이 무대에 서는 취미를 유지하는 것일까? 비밀은 사실 이들이 겉으로는 그렇게 보이지 않지만, 앞선 모든 포지션보다 강력한 나르시시스트일 수 있다는 데에 숨어 있다, 그런 이들은 자기가 음악을 '컨트롤 오버' 한다고 생각한다, 수많은 관종들과 함께 밴드를 하면서 개인의 인기에는 별로 관심이 없어 보이지만, 눈 감고 리듬 타며 목을 움직이는 모습을 보자면, 역시 나르시시스트라는 동기 없이 나오기 힘든 장면들이다, 5현 베이스까지는 보통인 범주이지만 6현 베이스부터는 관종을 의심해 봐야 한다, 굳이 프렛리스를 쓴다면 백 프로 나르시시스트다, 정말로 셋 중 아무것에도 해당하지 않는 베이시스트들도 많이 있는데, 이들은 모든 밴

드 멤버를 등에 이고 산을 오르는 지게꾼 같은 존재들이다,

7
색소폰, 밴드를 하면서도 꾸준히 정통 관악단이나 관현악단에
서 활동하는 이들은 아주 준수하고 건실한 인물들이니 남편이
나 아내로 삼아도 좋은 이들이다, 하지만 색소폰을 불면서 한
번도 관악단 공연은 해 본 적이 없고 빅 밴드에서도 본인의 솔
로 연주 파트가 없는 공연은 서지 않는 부류가 있는데, 기타리
스트보다 심한 관종, 노출증, 나르시시스트의 경우이니 조심하
는 게 좋다, 알토, 소프라노 색소폰을 연주한다면 더욱 그렇다,
테너는 아닐 확률이 높다, 바리톤은 더욱이 그런 사람들이 아니
며 조직을 위해 헌신할 줄 아는 건실한 인물들이다,

8
스트링, 바이올린이나 첼로 같은 클래식 악기를 다루면서, 재즈
나 퓨전 등등을 하며 밴드와 어울리는 자들은 상당한 노출증을
갖고 있는 부류이며 그중에서도 좀 더 변태적인 취향을 갖고
있을 확률이 높다,

9
키보디스트, 건반 악기를 연주하는 이들은 앞서 언급한 세션들
과 달리 농담으로나마 일반화하기 어려울 정도로 아주 보통이
고 선량한 사람에서부터, 아주 악질적인 관종, 노출증, 나르시시
스트까지 다양하게 분포한다, 굳이 필요 없는 자리에서 한 번이

라도 일부러 메이저 세븐이나 디미니시 세븐 코드를 잡아 본 적이 있다면 후자 쪽에 가까워지고, 메트로놈 틀어 놓고 본인 파트를 연습해 오는 사람이라면 전자 쪽에 가까워진다, 물론 나르시시스트가 특정 수위를 넘어서면 아주 열심히 연습을 해 오는 모습으로 드러난다, 노출증은 퍼포먼스나 솔로 테크닉 위주로 연습해 온다, 관종이기만 하면 연습을 안 해 온다, 아주 내향적이며 보통 사람처럼 보이지만 어떤 면에서 섬뜩할 정도로 나르시시스트인 자들이 있는데, 이들은 직장인 밴드나 아마추어 수준치고는 상당한 연주 실력을 갖고 있기도 하며, 누가 잘 친다고 칭찬하면 굳이 '어렸을 때에는 전공하려고 했었다' 같은 말을 덧붙인다,

10
농담이니, 괜히 뜨끔하시거나, '난 아닌데?' 같은 진지한 반응은 보이지 않으셔도 됩니다, 이건 어디까지나 관종, 노출증, 나르시시스트의 교집합과 여집합을 설명해 보기 위한 저의 예시였는데요, 실로 사회생활을 하며 만나는 인간 군상들을 상대하는 데에 괜찮은 생각의 틀을 제공해 줍니다, 관종에겐 관심을, 노출증에겐 스포트라이트를, 나르시시스트에겐 칭찬과 아부를 주면 됩니다, 물론 삼박자는 조금씩 상관관계를 갖고 비슷한 방향으로 움직이는 경우가 더 많은 듯합니다,

2018년 4월

연소일기 삼십 대 편

# 리더, 프로페셔널, 매니저

0

오늘 밥 먹다가 한 얘기인데 글로 적어 보는 단상,

1

나는 매니저 재능이 있는 사람들을 좋아한다, 여기서 매니저는 직장에서의 상사와 같이 내가 하는 업무와 일정을 '관리'하는 사람이라는 의미와, 연예인 매니저나 야구부 매니저처럼 어떤 프로페셔널 활동을 지원하고 매니징해 준다는 의미를 동시에 갖고 있다,

2

나는 어려서부터 천재들을 찾거나 알아보는 일만큼이나 좋은 매니저 혹은 서포터를 찾는 데에 관심을 기울였다, 그 이유는 내가 지닌 지적 활동이나 정신적 활동의 능력 대비 셀프 매니지 능력이 상대적으로 부족하다는 것을 알고 있었기 때문이다, 비교적 창의적인 일이나 논리적인 일 양쪽 모두를 잘하지만, 그에 비해 일정과 약속을 지키는 능력은 부족한 나 같은 사람들

은 늘 훌륭한 매니저와 함께 일해야 한다.

3

한국 기업에서의(다른 나라도 그런지는 다른 나라에 안 살아 봐서 모를 뿐, 꼭 '한국이라서' 그렇다는 얘기를 하려는 것은 아니다. 다른 나라도 마찬가지일 수 있다) 고질적 문제는 지위와 책임이 높은 사람, 보통은 관리직이나 임원들에게 요구되는 역량으로서, 리더, 프로페셔널, 매니저의 능력이 각각 잘 구분되지 않는다는 것이라 생각한다.

4

권오현 옹의 저서에서 가장 와닿은 내용 중 하나는, 승진시키지 말아야 할 상황에서 보상으로 승진을 제공하지 말고, 차라리 보상으로 돈을 많이 주라는 내용이었다. 다른 맥락의 이야기였지만, 연구 역량이 뛰어난 사람을 관리직 임원으로 만들지 않고 별도의 연구 전담 임원 트랙을 만들었다는 얘기도 와닿았다. 그분께서는 연차가 차고 권한과 책임이 강해지면서 관리직이 되어선 안 될 사람이 관리직 임원이 되는 문제를 정확히 간파하고, 그 해결법을 실천에 옮긴 몇 안 되는 경영가라고 생각한다.

5

좋은 리더가 되기 위해선 전문 지식이나 능력도 출중해야 하고, 매니저로서의 역량도 갖추면 좋을 것이다. 그러므로 관리자의 리더십, 전문성, 매니저 역량은 온전히 떼어 놓고 얘기하기 힘들다. 하지만 현실에서는 한 개인의 역량 안에 온전히 리더십,

전문성, 매니저 능력이 고루 분포하는 경우는 드물다, 뛰어난 프로페셔널이 꼭 뛰어난 리더가 아니라는 것 정도는 흔히 공감할 수 있는 일이겠지만, 더 중요한 발견은 꼭 뛰어난 리더십이나 전문성 없이도 훌륭한 매니저가 될 수 있다는 것이다,

6
물론 매니저는 자기가 관리해야 하는 사람들의 전문 분야를 잘 이해하고 있을수록 좋을 것이고, 때로는 앞장서서 비전을 제시하거나 사람들을 동기 부여 하는 리더십도 있다면 더욱이 좋을 것이다, 하지만 때로는 온전히 매니저로서의 재능만 갖고 있는 이들도 있다, 내가 생각하기에 이 재능은 대한민국에서 가장 과소평가받는 재능 중 하나이고, 천재나 전문가들이 모인 작은 기업들은 종종 훌륭한 매니저가 없어서 망한다, 좋은 리더십을 지닌 리더들은 자신들이 매니징도 잘한다고 착각하거나, 전문 지식이 없는 이들을 과소평가한다, 큰 기업일수록 내외적으로 어떠한 평판을 얻는지를 중심으로 리더십을 판단하여 인사 고과를 하려는 경향이 있고, 적극적으로 나서지 않는 '매니저 재능'들은 본인의 매니징 역량을 발휘해 볼 기회도 없기 때문에 묻히고 만다, 안타까운 일이다,

7
오늘 낮에 요즘 나를 잘 매니지해 주시는 동료분(여성분으로, 함께하는 신사업의 공식 직함은 '사무총장'이다)을 포함하여 점심을 먹다가, 그분과 매니징 리더십에 대해 좀 더 얘기 나눴다, 참고로 그분은 프

로페셔널로도 뛰어나지만 적절 효율로 서기슬이 돌아가도록 많은 도움을 주신다. 특히 중요한 부분으로는, 나같이 정리 못하는 사람들이 전체 자료를 체계화하도록 도와주거나, 나같이 시간 가는 줄 모르는 사람들이 일정 밀리는 것을 붙잡아 준다. 어떤 일에 대해 '너무 가지 말고 적당히 해'라고 끊어 주는 일이기도 하다. 무언가를 하지 말라고 하는 것은 굉장히 어려운 커뮤니케이션 중 하나이다. 상대방의 동기 부여를 상실시킬 수도 있고, 자칫 무시한다는 인상을 줄 수도 있다. 하지만 한정된 인원으로 진행하는 하나의 사업에서는 가장 중요한 커뮤니케이션 중 하나이다.

8

열심히 한다고 하지만 실은 집중과 매몰의 '역효과'를 겪는 사람에게는 누군가가 '끊어 주는 것'도 정말 중요하고 필요하다. 요즘은 서로 다른 신사업 팀에서 각각 노련하고 동료를 배려할 줄 아는 분들과 함께 일하기 때문에 많이 배운다. 좋은 '매니저'들 덕분에 여러 채널의 일을 하면서도 스트레스가 적고 효율이 나는 듯도 하다. 감사할 일이다.

2019년 4월

연소일기 삼십 대 편

# 좋아하는 것과
# 잘하는 것

1

좋아하는 것을 해야 할까요, 아니면 잘하는 것을 해야 할까요, 최근에 비슷한 질문을 두 번이나 받았다, 이런 경우 내 대답은 간단하다, '그건 네가 어떤 사람인가에 따라 다르지',

2

한 친구에게는 좋아하는 일을 하라고 했고, 다른 한 녀석에게는 잘하는 일을 하라고 했다, 좋아하는 일을 해야 하는 종류의 인물들은 기본적으로 약간은 예술가적 기질을 갖고 있다, 자기 주관이 뚜렷하거나 성취욕이 큰 것을 막연히 예술가적 기질이라고 부르는 것이 타당한가 싶기도 하지만, 좀 더 '남들이 알아주지 않아도' 본인이 신나서 무언가 할 수 있는 종류의 사람들, 이런 사람들을 나는 예술가적 기질이 있다고 부른다, 무엇이 예술이고 무엇이 실용인지 이분법으로 나눌 수 있는 것은 아니지만, 설명을 위해 예술가적 기질을 다음과 같은 의미로 한정하여 써 보자, '자기가 하고 싶은 얘기를 중심으로 자기표현을 만들어 가는 사람'이라고 말이다, 분야에 관계 없이 이런 기질이 있는 사람은, 자기가 좋아하는 일을 하면 된다, 혹은 자기가 좋아하는 일을 해야만 한다, 이건 제법 명쾌하다,

3

한편, 예술가적 기질이 있지 않은 이상, 대다수 사람들은 '잘하는 일'에서 좋은 결과를 얻는 경우가 많다, '잘하는 일'에 집중해서 작은 성취를 큰 성취로 확장한 후에 점차 좋아하는 일로 넘어가면 된다, 이번에 '잘하는 일'을 하라고 얘기해 줬던 친구의 경우는 한편으로 흔한 성격은 아니지만 큰 틀에서 마찬가지였다, 예술가적 기질보다는 협상가적 기질을 지닌 녀석이었기 때문에(이 둘이 꼭 반대되는 것도 아니긴 하지만), 잘하는 일을 하면서 다른 사람들이 원하는 일에 더 시간을 들이라고 했다, "너는 '자기표현'에서 만족감을 느끼는 사람이라기보다는, 타인의 마음을 움직일 때에 흥미를 느끼는 사람이니까"라고 세상이 너에게 요청하는 일을 하라고 말이다, 자존감이 극단적으로 높은 경우에 속하는 사람이라면, 전략적으로 '잘하는 일'이며 '세상이 요구하는 일'을 하며 인정과 능력을 쌓은 후에 다시 자기가 원하는 일로 넘어갈 수 있고, 반대로 자존감이 좀 낮은 경우도, '반응'을 이끌어 내고 인정받으면서 할 수 있는 일에서 시작하여, 좋아하는 일로 옮겨 가는 게 좋다고 생각한다, 결국 성취라는 것은 좋아하는 일과 잘하는 일, 그리고 세상이 요구하는 일이 언젠가 한 점으로 합쳐지는 과정이라 생각한다, 황금 비율은 없고 각자의 '기질'에 맞는 방법만이 중요하다,

4

가장 큰 문제는 많은 사람들이, 자기가 무엇을 좋아하는지 혹은 무엇을 잘하는지도 모른다는 것이다, 그러니 자기가 '좋아하는 일'을 해야 하는지 '잘하는 일'을 해야 하는지 모호해한다, 그런 판단은 지금 이 글을 쓰고 있는 나 자신도, 나를 돌아보자면 쉬운 일은 아니다, 비교적 수월한 점은 이렇게 일기를 많이 쓰기 때문에 나 자신을 밖에서 들여다보듯 반성하는 것이 유리하다는 정도일까, 현실 속에서 '좋아하는 일'과 '잘하는 일'의 순서와 비율 전략은 대부분의 경우에 시기와 계절마다 달라진다, 젊은 특정 시절에는 잘하는 일을 하다가 그 이후에 좋아하는 일을 할 수도 있고, 좋아하는 일을 실컷 해 본 후에 잘하는 일로 생계를 이어 갈 수도 있다, 즉, 기질에 맞는 방법을 찾는다고 해서 한 가지 규칙을 평생 따라야 하는 것도 아니다, 뻔한 선문답 같지만, '질문이 잘못되었다'는 아닐지 늘 검토해 볼 필요는 있다, 좋아하는 것을 해야 하는지 잘하는 것을 해야 하는지 묻는 게 아니라, '시점'의 문제를 함께 생각하고, 자기가 어떤 사람인지 먼저 알아보고 포괄적으로 더 좋은 방법을 찾아야 한다는 얘기다,

5

질문을 구체화하고 답을 탐색하는 손쉬운 방법은, 믿을 만한 지인과 대화를 나누는 것이다, 우리는 그런 인적 네트워크 안에서 성장하게 되어 있다, 내 경우에는 주기적으로 혹은 잊혀질 만하면 나에게 전화해서 무료 컨설팅을 요구하며 조언을 청하는 친

구 및 후배, 혹은 연상자이지만 좋은 벗인 지인들이 몇 명 있다 (어떻게 장기적으로 그들에게 비용을 청구할 수 있을까), 그리고 그런 만큼 나에게도 어려운 일이나 고민이 있을 때에 조언을 청할 어른들이 있다(어떻게 그분들에게 감사의 은혜를 갚을 수 있을까), 물론 사람들은 다 각자의 관점을 중심으로 조언을 준다는 점도 잊지 말아야 한다, 자기가 좋아하는 일을 해서 성공한 사람은 좀 더 그쪽으로 생각할 테고, 자기가 남들이 원하는 일을 해서 성공한 사람은 좀 더 그쪽으로 기울었을 수도 있다, 그걸 다 묶어서 적절한 자기 좌표를 찾으려면, 더욱이 서로 다른 다채로운 사람들을 찾아서 묻는 게 중요한 듯도 싶다,

6

우리는 서로 조언을 주고 받거나 또는 토론하는 과정에서, 내가 어떤 사람인지, 무엇을 잘하고 무엇을 좋아하는지, 어떤 일을 해야 하는 사람인지 더욱 잘 알게 된다, 그렇기에 '좋아하는 일을 해야 할까, 잘하는 일을 해야 할까'라는 질문 이전에, 결국 '누구'와 어떤 대화를 주고받아야 그 고민을 풀 수 있을까, 그것을 반 발짝 뒤에서 생각해 보는 일이 때로는 더 중요하다,

2018년 6월

# 반면교사가 알려 준
# 인생학

## 1

오늘은 반면교사에 대해서 써 봐야겠다. 반면교사란, 그 사람의 어떤 면을 보고, 아 저렇게 되지는 말아야 되겠다, 라는 생각이 들게 함으로써 가르침을 주는 대상을 뜻한다.

## 2

첫째, 자신이 모르는 것을 감추기에 급급한 사람이 되어선 안 된다. 생각 외로 많은 사람들이 '모르는 것'을 감추기 위해 상당한 에너지를 쏟는다고 느낀다. 내 인생에 가장 큰 영향을 준 지도 교수님은, 처음으로 나와 얼굴을 마주한 자리에서 '글쎄, 그건 나도 잘 모르는 건데? 나라고 해서 모든 걸 알고 있을 거라고 생각하지 마'라는 얘기로 대화를 시작했다. 상당한 지적 권위를 갖고 있는 분임에도, 내가 묻는 것에 대해 '나도 몰라'라는 식으로 태연하게 대답해서 당혹스러울 정도였다. 하지만 그런 삶을 살아야 하는 것이다. 한 사람이 무엇을 모르는지 자각한다는 것은, 그 사람이 무엇을 분명히 알고 있는지와 연결되어 있다. 자신이 모르는 것을 쉽게 토로할 수 있는 사람이 되어야 한

다, 때로는 모름을 고백하는 것이 자신이 알고 있는 것의 가치를 더욱 분명하게 하기 때문이다,

3

물론 내가 '알고 있는 것'이 극히 좁다면, 그 지식과 경험의 비좁음을 빨리 벗어나야 한다, 내가 박사 과정 공부를 시작한 데에는 그 비좁음의 이유가 컸다, 아직도 공부는 짧지만, 모르는 것을 모른다고 말할 수 있는 용기를 점점 얻어 가고 있다, 어쩌면 박사가 된다는 것은 그러한 상태를 성취하는 과정이 아닐까한다, 내가 아는 것은 분명히 알고 있기 때문에, 모르는 것에 대해 태연하게 모른다고 말할 수 있는 상태가 되는 것 말이다, 공부는 평생에 걸쳐서 할 수 있지만, 좀 더 일찍 어린 나이에 시작하면 유리한 점이 분명히 있다, 그나마 어릴 때에는 잘 몰라도 사람들이 실망하지 않고, 모든 것을 알기를 기대하지 않기 때문이다, 하지만 그저 시간이 흐르고 나이를 먹어서 '지위'가 생겨버려서 본의 아니게 아는 척을 해야 하는 이들의 고충이라는 것도 있다, 그러므로 자신이 어쩔 수 없이 아는 척도 해야만 하는 지위에 오르기 전에 그 비좁음을 빨리 벗어나는 것이 좋다,

4

둘째, 솔선수범 없는 리더십은 설득력이 없다, 개인적으로 솔선수범이라는 말을 그리 좋아하진 않지만, 최소한 리더는 본인이 말하며 지향하는 가치와 본인의 행동이 불일치해서는 안 되는 것이다, 꼭 모든 리더가 직원들만큼 열심히 노동할 필요는 없지

만, 최소한 직원들에게 열심히 노동할 것을 설득하기 위해선 본인도 열심히 노동하고 있어야만 한다. 작은 집단이라면 더욱 그렇다. 리더가 자신은 좀 더 상위의 판단을 하는 존재이기 때문에 본인의 노동은 느슨해도 된다고 생각한다면, 그것은 종종 바보 같은 일처럼 보인다.

5

나는 이십 대 초반에 운이 좋게, 소위 '성공한 벤처 기업'에서 잠깐 일하는 경험을 얻을 수 있었다. 3명의 창업주 중 한 명이자 기획 이사였던 형님은, 말단인 나보다 엑셀 노가다를 훨씬 잘했다. 기획 부서였으므로 엑셀로 자잘한 데이터를 다룰 일이 많았는데, 나는 회사를 그만둘 때까지 그 형님의 엑셀 노가다 능력을 따라잡지 못했다. 대장이 나보다 엑셀 노가다를 많이 하는데, 내가 이건 하찮은 일이라고 게을리할 수가 없었다. 그렇다고 항상 그게 좋은 리더십인 것만은 아니지만(정말로 상급자가 더 중요한 일에 에너지를 쏟아야 할 때도 많으므로), 말단인 내가 느끼기에 최소한 '열심히 하자'는 말은 항상 설득력이 있었다. 언젠가 리더가 되면 저런 사람이 되어야겠다고 생각했다.

6

셋째, 당연한 얘기, 맞는 얘기를 반복하는 사람보다는 '필요한 얘기'를 해 줄 수 있는 사람이 되어야 한다. 당연하고 옳은 말을 반복하는 것은 오히려 쉽다. 원론적인 이야기, 너무나 맞아서 부정할 수 없는 이야기, 이상적인 서술, 이런 것은 참 맞는 말이지만 때로는 쓸모없다. '맞는 말'과 '필요한 말'은 다르다. '된다고 믿고 미래를 바라보고 계획을 잘 세워서 성실함으로 노력하면 좋은 결과를 얻을 수 있다' 같은 얘기는, 때로는 안 하느니만 못한 얘기이다. 그런 얘기를 하는 것 자체는 나쁘지 않은데, 그런 얘기를 꺼내 놓고서 대단한 가르침을 준 것처럼 행세해선 안 된다. 나이 들더라도 그런 사람이 되고 싶지 않다.

7

개인적으로 나는 더욱이 비관론적 현실주의자인 면이 있어서, 계획은 지켜지지 않을 것이고, 나의 의지는 시간이 지날수록 나약해질 것이며, 외부적인 여건과 현실은 점점 더 나를 도와주지 않을 것이라는 생각으로, 그것까지 포함하여 계획하고 움직인다. 물론 결과적으로는 낙관론 또한 갖고 있는데, 다음과 같은 생각 때문이다. 틀어진 계획은 좋은 습관이 보완해 줄 것이고, 나약해진 의지는 자신과 타인과의 약속이 바로잡아 갈 것이고, 어려운 현실을 집중력과 고민으로 헤쳐 나갈 수 있다는 생각이다. 어려운 때일수록 '문제'에 집중해야 한다. 나 자신의 문제를 풀기 위해서도 그렇고, 남을 도울 때에도 문제에 집중해야만 '필요한 말'을 찾아서 조언해 줄 수 있다. 단, 때로는 '필요한 말'보다도 막연한 경청이나 공감이 필요할 때도 있다는 것도 잊어선 안 되고.

8

넷째, 잘한 부분은 잘한 부분이겠지만, 거기에 취해 있는 사람이 되어선 안 된다, 아마도 한 자아가 성장하는 데에 가장 위험한 것 중의 하나가 바로 '좋을 때의 기억'이 아닌가 한다, 사업하는 사람들 중에서 그런 이들을 많이 보았다, 자기가 잘나가던 시절, 자신이 성취했던 것이 주던 달콤함에서 빠져나오지 못한 사람들, 그들은 좋은 시절만 생각하며 무모한 도전이나 쓸모없는 행동들을 반복한다, 혹은 자신의 낮은 성과에 대해서 좋은시절의 기억으로 자위하며 의미 없는 시간을 보내게 되는 것이다, 특히 무언가 잘 해냈다고 생각한다면 그 달콤함에서 빨리빠져나와야 한다, 스티브 잡스가 말했지, Just figure out what's next,

9

지금은 사업이 망했거나 심지어 투자 혹은 투기로 좋은 시절을봤던 중에서 자신만의 '대박 났던 무용담' 안 갖고 있는 사람들을 거의 본 적이 없다, 하지만 그들의 현재는 대부분 별 볼 일없다, 두 가지 교훈이 있는데, 좋은 결과를 냈을 때에 그로 인해얻은 성과들을 잘 지키며 이어 나가야 한다는 것이고(그것이 돈이되었든, 인간관계나 사람으로부터의 신뢰가 되었든, 특정한 일의 성취가 되었든), 그게 아니라면 잘한 일에 취해 있지 말고 빨리 다음 과정으로 옮겨 가야 한다는 것이다, 사람은 잘나갈 때에 가장 조심해야 하고, 그래야 다시 내려왔을 때에 추해지지 않는 것 같다, 나는 그릇이 작아서 아직 겸손이 무엇인지 잘 모르고, 겸손을 떨 만큼대단한 일도 해낸 적이 없지만, 세상의 '운'에 대한 겸허함은 있다, '운'이 이뤄 준 일을 내 성과로 착각하고 취해 있으면 안 된다, 좋았던 일, 잘했던 일 몇 개만 언급하며 현재의 불성실함이나 실력 없음을 포장하는 사람이 되고 싶지 않다, 이것들은 모두, 감추고 포장하고 효용 없는 말들로 자기 위안 하는 '반면교사'가 고맙게도 알려준 것들,

2016년 1월

# 그들도 직장인
# 아니면 자영업자

"저는 변호사나 의사나 교수님이나 뭔가 사회에서 중요한 일을 하는 것 같은 사람들, 나에게 큰 도움을 줄 수 있을 것 같은 사람들 별로 믿지 않아요, 아 꼭 믿지 않는다기보다는, 그들의 일도 결국 그들의 직업이고 생계라는 점을 이해하고 있다고 해야 하나, 그러니까 믿지 않는다는 말이, 의심하거나 불신한다는 의미라기보다는요, 내가 받을 수 있는 혹은 받아야 하는 큰 도움이 그들의 의무나 대단히 특별한 일이라기보다는, 그들도 돈을 벌고 생활을 유지하고 아침에 출근하여 저녁까지 하는 일이라는 것을 좀 더 분명하게 받아들인다는 거죠, 법조인이 항상 정의롭기도 힘들고, 의사가 매일을 사명감으로 사는 것도 아니고, 교수님이 가끔은 학문에 열의가 좀 떨어져도, 먹고사는 일이라는 게 하다 보면 꼭 잘 되기만 하는 게 아니라, 실수도 할 수 있고 가끔 잘못될 수도 있는 거니까"

2018년 5월

# 우리가 사는 세계

2

사람들은 자기가 사는 세계 밖을 대단히 막연하게 생각한다, 그리고 종종 그 막연한 제3 세계에 대해서 무언가 안다고 생각하지만 실은 그렇지 않다, 이를테면 인디언 부족과 아프리카 부족의 사이 같은 것이다, 이 둘의 공통점은 '어디선가 들은 것 같지만 명확히 누군가 했던 것인지는 기억나지 않는 좋은 말의 출처 역할'을 한다는 것이다, 심지어 같은 속담을 어디서는 인디언 속담이라고 하고 어디서는 아프리카 속담이라고 하는 것을 본 적이 있다(지금 생각해 보니 실은 양쪽 모두 출처가 아닐 수도 있을 것 같다), 사실 물리적으로 무척 많이 떨어져 있고 심지어 같은 대륙도 아니며 인종적으로나 문화적으로 크나큰 차이가 있음에도 불구하고, 대충 뭔가 원시적이지만 지혜를 지닌 느낌이면 비슷하게 보는 것이다, 이러니 어떤 인디언 혈통이나 아프리카 대륙 출신이 우리를 두고, 한국이나 중국이나 일본이나 원래는 다 똑같은 나라인 것 아니냐 같은 소리를 해도 어쩔 수 없다,

연소일기 삼십 대 편

3

그런데 이러한 막연한 지리 인식과 세계관은 그 범위를 좁혀도 마찬가지이다. 수도권에서만 나고 자란 대부분 한국 사람들은 '지방'이 무엇인지 잘 모르는 것 같다. 나도 여전히 잘 모르지만, 대전에서 5년간 살아 보는 경험이 없었다면 '지역 균형 발전'이라는 말을 볼 때의 심정이 지금과 많이 달랐을 것이다. 춘천이나 강릉이나 대충 강원도인 것 아니냐라는 식이다. 그나마도 지역감정이 정치적 수단으로 활용되지 않았다면 서울 사람 대부분은 '전라도나 경상도나 남쪽 아냐'라고 했을 것이다. 제3세계에 대한 무지, 그것을 대하는 태도, 그것에 대한 호기심 같은 것으로 쉽게 사람은 분류된다. 늘 무지에 대해 솔직할 것, 그리고 세상을 함부로 다 안다고 생각하지 말 것. 한편 누구나 자기가 사는 세계 밖을 막연하게 생각하지만, 반대로 자기가 사는 그 세계를 얼마나 넓게 상정하고 있느냐로 또한 그 사람의 시야를 알아볼 수도 있다.

2019년 2월

# 하고 싶은 것의 총량

1

서평화 선생님의 저서 '논술형 엄마들'에 나오는 내용인데, '하고 싶어 하는 것의 총량'에 대한 주장이 성인이 된 우리들에게도 많이 중요한 것이 아닐까 생각이 되어서 공유해 봅니다,

2

"종종 자녀가 추구하는 것들이 바보 같다고 여겨질 때가 있다. 그것은 당연하고 자연스러운 일이다, 아이들은 말 그대로 아이일 뿐이고, 부모는 어른 아닌가. 하지만 더욱이 부모이기 때문에 아이들의 바보 같은 행동을 지지하고 존중해 줄 수 있어야 한다. 그것이 아이의 자존감을 키워 줄 수 있는 길이기 때문이다. 아이의 행동이 축구부나 방과 후 클럽 활동이 되었든, 악기 연습이 되었든, 혹은 좀 더 우습게는 유행에 따라 패션에 민감해지고 또래들에게 잘 보이기 위해 애쓰는 일이더라도, 부모는 그런 다양한 모습을 응원해 줄 수 있어야 한다. 왜냐하면 그것이 여러 일에 대한 관심과 호기심, 그리고 자기 주도적 성격을 길러 줄 수 있는 일이기 때문이다.

모든 바보 같은 행동을 지지하고 존중하라는 이야기는 아니다. '그것이 자녀가 분명하게 하고 싶은 일인 경우'에 지지하고 존중해야 한다는 이야기이다. 그런 식으로 아이들이 원하는 것을 존중하는 과정을 통해서, 아이들의 '하고 싶은 것'의 총량을 늘려 줘야 한다. 반대로 아이들이 하고 싶어 하는 것을 우습게 여기거나, 하지 말라고 금지한다면 아이들이 '하고 싶어 하는 것의 총량'도 줄어든다. 이것이 중요하다, '하고 싶어 하는 것의 총량'.

아무리 하찮은 것이라도 자기가 원하는 것을 찾는 모습을 존중해 줄 때에, 아이는 더 많은 욕심을 갖고 자기가 하고 싶은 것을 추구하게 된다. 반대로 어른의 반대에 부딪치고 꺾이는 경험이 누적되면, 새로운 것을 추구하는 성향도 줄어든다. 누누이 강조하는 바이지만, 자기 욕심이 많고, 하고 싶은 것이 많은 아이들이 학습에서도 대개 성공한다. 욕심 많은 아이들이 더 많은 동기 부여를 얻고, 결과적으로는 학업 성취를 이끌어 낸다. 다른 영역에서 전혀 의지나 욕심이 없는 아이들이 공부에서만큼은 의지와 욕심을 가지기는 쉽지 않다. 이 말을 꼭 기억하시기 바란다. 다른 것에는 관심 없고 공부에만 관심 있기를 바라는 것, 이것이 부모들의 착각에서 비롯되는 생각이다.

필자가 만난 논술형 인간인 아이들은 정말 의지와 욕심이 있는 아이들이 많았다. 하고 싶은 것이 뚜렷하고 공부 외에도 관심사를 갖고 있으며, 그렇기 때문에 공부도 하게 되는 것이다. 즉, '하고 싶은 것'에 대한 에너지의 총량 자체가 큰 것이다. 반면에 장래 희망도 불분명하고, 뭘 해야 할지도 모르겠고, 세상살이에 관심도 없는 아이들은 학교생활도 학원 공부도 무기력하다. 다른 것에는 무기력하면서 공부에만 활력이 넘칠 수는 없는 것이다. '진짜로 공부를 잘하는 영리한 아이들은 놀기도 잘한다'라는 말은 근거 없는 이야기가 아니다."

3

모두들 '하고 싶어 하는 것의 총량'을 늘리고 인생의 활력을 찾읍시다, 바보 같은 일이라도 도전합시다, 남들이 우습게 생각해도 원하는 일을 찾읍시다, 그리고 서로가 서로에게, 자기가 좋아하는 친구의 일이라면 바보 같아 보여도 응원하고 격려해 줍시다, 아무리 생각해도 아닌 것 같아도 '솔직히 존나 바보 같아 보이긴 하는데, 그래도 친구니까 응원한다'라는 식으로라도 얘기해 줍시다, '하고 싶은 것의 총량'이 늘어날 때에 성취와 도전에 대한 에너지도 늘어나니까요,

2017년 5월

# 기술적 비유로
# 인간 이해하기

1

유발 하라리가 저서에서 했던 흥미로운 얘기 중 하나는, 사람들이 당대의 최신의 기술에 빗대어 인간을 이해하려고 한다는 것이다, 그 예시로 든 것이 19세기에는 뇌와 마음이 마치 증기 기관과 같다고 표현했다는 것이다, 초기 심리학 용어들은 기계 공학에서 차용한 개념들이었으며, 프로이트는 내부에 심리적으로 가득 찬 에너지가 압력이 되어 분출된다는 식으로(마치 증기 기관이 작동하는 것처럼) 인간의 심리를 설명했다는 것이 유발 하라리의 해석이다, 그리고 사람들은 어디까지나 그저 당대의 최선 혹은 최신 기술에 비유하여 인간을 설명하려고 하므로, 최근에 우리가 인간의 마음을 데이터 처리 프로세서나 컴퓨터 알고리즘으로 설명하려는 것도, 한편으로는 비슷한 한계를 지닐 수 있다는 것,

2

나는 그 얘기를 읽으며 두 가지가 생각났는데, 하나는 하이데거의 망치고, 다른 하나는 노자의 수레바퀴다, 사실 하이데거의 망치는 좀 더 직접적으로 도구성에 대해 설명하려고 끌어온 것

이기 때문에 좀 다른 부분일 수 있으나, 역시나 하이데거에게도 만약 다른 기술적 도구가 있었다면, 다른 비유나 다른 철학을 펼쳤으리라 생각한다, 노자의 수레바퀴는 오히려 당대로 보면 하이테크에 해당하는 것이었다, 노자는 (그 대단한 쓰임새가 있는) 수레바퀴가 작동하는 원리에 비유하여, '비어 있는 곳이 쓰임새를 만든다'는 철학을 펼친다,

3

그러고 보니 나 역시, 컴퓨터 기술에 대한 이해를 바탕으로 종종 인간의 인식 체계나 심리를 설명한다, 이를테면 나는 알파고 이후 '딥 러닝' 기술에 대한 이해가 보편화되면서 나의 관상론을 설명하기가 더 수월해졌다, 컴퓨터 공학의 '머신 러닝' 기술에 대한 반대말로 '휴먼 러닝'이라는 표현을 종종 쓴다, 사실 이것은 상당히 역설적인 서술 방식이다, 애초에 학습Learning은 인간만의 것이었고, 마치 기계가 학습할 수 있다는 의미로 머신 러닝이라는 표현이 쓰이기 시작한 것인데, 다시 마치 그것이 인간에게도 적용될 수 있다는 것처럼 휴먼 러닝이라는 표현을 굳이 쓰니 말이다, 하지만 그런 나는 역설적인 서술 방식을 통해서 '블랙박스(내부의 작동 알고리즘을 알 수 없는 장치)'로 인식되던 나의 경험적 판단 체계에 대해서, 막연함을 한 겹 벗겨서 설명할 수 있게 되었다, 관상은 마치 머신 러닝이나 딥 러닝처럼 내 뇌에서 휴먼 러닝이 작동하는 것이라는 설명을 통해서 나는 두 가지의 의미를 획득한다, '이것은 데이터의 누적과 분석으로 모종의 판단 기준점을 갖게 되는 것이다', '데이터가 충분하다면 기

계도 판단의 정확성을 갖는 것처럼 관상도 비슷하게 작동한다'
는 암묵적 주장이다, 애초에 딥 뉴럴 네트워크 러닝은 인간의
뇌 구조를 모사해서 만들려고 한 것이다, 실은 딥 러닝 알고리
즘이 어째서 기계 인식에 있어 대단한 정확도를 내는지 그 개
발자들도 명확히는 모르는 부분도 있으나, 그에 대한 재귀적 비
유가 한편 인간의 뇌 작동에 대한 보편적 이해를 증진시킨다는
점은 역시 역설적이면서도 흥미롭다,

4
사람들은 좀 더 실체가 있다고 믿는 것을 좀 더 잘 이해하고 신
뢰한다, 물론 그것은 실은 어디까지나 실체가 있다고 '믿는 것'
이다, 딥 러닝이 어떻게 작동하는지 '모른다'고 말할 수 있는 수
준으로 막연하고 어렴풋이 아는 사람도, 딥 러닝에 비유하여 관
상을 설명하면 '아 그렇군!' 하고 좀 더 잘 받아들인다, 그러니
이것은 실제로 딥 러닝을 얼마나 잘 알고 아니고의 문제가 아
니라, 실체가 있는 것에 비유할 수 있느냐의 문제인 것 같다, 물
론 하이데거의 망치나, 노자의 수레바퀴, 프로이트의 증기 기관
은 실제로 눈에 보이는 물건들이라는 점에서 좀 더 우월하다(하
지만 역시나 수레바퀴나 증기 기관을 한 번도 못 보고 얘기만 들은 사람도 더 끄덕였을
것이다), 그러니 사람들은 눈에 보이지 않는 것이면서 충분한 역
공학Reverse Engineering이 이루어지지 않은 대상의 작동 기제에 대
해 좀 더 불신을 갖고 있는 듯하고, 그 설계도가 밝혀졌다고 믿
는 것을 쉽게 받아들이는 듯하다,

5

이런 면에서 나는 혹자들이 굳이 인간을 복제하거나 제조, 혹은
인간의 인식을 모사하려는 시도를 하는 것에 대해, 약간은 응
원하고 지지하는 마음과 입장을 갖고 있다. 하나의 문법 체계를
잘 읽고 이해하기 위해 가장 좋은 방법은 직접 써 보는 것이고,
좋은 음악의 정수를 느끼기 위해 역시 좋은 방법 중 하나는 직
접 연주해 보는 경험을 갖는 것이다. 그와 조금 비슷하거나 다
르게, 하나의 물리적 대상에 대해 잘 이해하는 방법 중 하나는
'분해'해 보는 것인데, 더 나아간 방법은 직접 '제조'해 보는 것
이라 생각한다. 그러므로 나는 당연히 '인간과 같은 감정이 있
는 인공 지능을 굳이 만들어 보려는 시도' 같은 것이, 아직 밝혀
지지 않았던 인간 감정의 숨은 면들을 더 잘 드러나게 해 줄 수
있다고 생각하고 있다. 질병 예방이나 노화 방지도 마찬가지,
존재하는 인간을 분해해 보는 것보다, 새로운 인간을 제작해 보
려는 시도를 통해, 궁극적으로 존재하는 인간에 대한 이해에 더
빨리 도달하게 될 수도 있다. 어쩐지 좀 SF적인 얘기로 흘렀지
만 개념적으로 논리적으로 생각해 보자면 그렇다는 것이다. 물
론 인간 보편의 존엄성을 훼손할 수 있는 연구나 시도에 지지
를 보낼 생각은 없다.


6

유발 하라리의 글을 읽다가 떠오른, 휴먼 러닝 외에 또 다른 내
가 자주 쓰는 표현 중 하나가 '캐시cache 메모리'다. 나는 단기
기억의 사용 방식을 타인에게 설명하기 위해 이보다 적절한 비

유를 아직 찾지 못한 것 같다. 이마저 컴퓨터에 전혀 관심이 없는 사람에게는 통하지 않는 비유이지만, 캐시가 무엇인지 약간이라도 아는 사람에게는 아주 확실한 설명을 제공할 수 있다. 다들 아시다시피 캐시는 접근을 빠르게 해야 할 데이터를 임시로 보관하는 장소 혹은 장치를 뜻한다. 주로는 적은 용량이며, 저장이나 보관이 목적은 아닌 메모리 영역이다. 어디까지나 연산을 빠르게 하기 위한 것이다. 인간의 단기 기억 작동 방식은 인지 과학이나 심리학의 이론적 틀에서 설명해도 되지만, 나는 그저 인간 외부에서 작동하는 컴퓨터 기술 방식에 대한 비유로 간단하게 설명해 보는 것이다.

7

다음 문장들은 실제로 내가 빈번하게 쓰는 표현들이다. '생각이나 관점을 바꾸려면 머릿속 캐시 메모리에 있던 것들을 다 내리고, 새로운 것들로 채워야 해. 뇌는 최근에 입력된 것들에 영향받으며 판단하는 경향이 있으니까. 중요한 작업을 최소 2-3일을 갖고 몰입해서 연속 작업을 해야 하는 이유는, 점점 많은 내용을 캐시에 올릴수록 분석과 판단이 빨라지기 때문이거든. 그리고 잠이야말로 캐시를 비우거나 정리하기 위해서라도 반드시 필요한 활동이지', '"정말 중요한 것이 무엇인가"라고 스스로 되물어 보기 위해서 일부러 캐시를 비우는 활동들, 이를테면 목욕이나, 음악 감상, 운동 같은 것을 하고서, 무엇이 떠오르는지 생각해 볼 때도 있어', 이렇게 나는 컴퓨터 공학에서 연산 장치의 속도를 빠르게 하기 위해 발명해 낸 캐시 메모리라는 방식이, 실제로 일면 인간의 뇌 작동과 유사한 부분이 있다고 믿고 있는데, 그것은 유기체이건 유기체가 아니건 상관없이, 비슷한 공학적 문제에는 비슷한 해법이 적용될 수 있다고 생각하기 때문이다,

2018년 1월

# 잘 살아간다는 것

1

사람이 태어나서 자기 자신이 어떤 사람인지 명확히 아는 데에 30년 정도 걸리면 그래도 적게 걸리는 편인 것 같다, 수많은 사람들은 그 나이가 되어도 모르거나, 혹은 죽을 때까지 자기 자신이 어떤 사람인지 영영 모르고 살다가 죽는다, 여기서 자기 자신이 어떤 사람인지 안다는 것은 단지 개체로서 어떤 특징을 지녔는지를 넘어서, 자기 자신이 다른 사람 혹은 환경과 어떻게 상호 작용 해야 하는지 명확히 알게 되는 것까지 포함하는 얘기이다, 실질적으로 그리고 철학적으로 한 인간이 다른 그 어떤 대상과도 상호 작용 하지 않고 온전히 독립적으로만 존재하는 것은 불가능하기 때문이다,

2

이를테면 직장 생활을 해 봤거나 사업을 경영해 본 사람들 중에, 내가 생각하기에 충분히 현명하고 반성 능력이 있으며 인생 경험이 있다고 생각했던 이들도, 나이 먹기로 30대 중반이 넘어서야 결국 자신이 어떤 사람과 어떤 방식으로 일해야만 더

좋은 성과를 낼 수 있고, 행복하게 일할 수 있는지, 겨우 깨달았다는 경우가 많았다. 하물며 자신이 어떤 배우자를 만났어야 했는지도, 결혼하고 한참 지나고 나서 깨닫거나, 혹은 한참 지나도 깨닫지 못해서, 답답함과 원망 속에 살게 되는 이들도 있었다. 뒤늦게 깨닫고 나니 운 좋게 마땅한 사람이 곁에 있었던 경우도 있고, 뒤늦게 깨닫고 보니 자기 자신에 대해 잘못 알고 있었던 경우도 있다. 이렇듯 한 자아를 온전히 이해한다는 것은 독립된 개체로서 어떤 호불호를 갖고 있거나 물리적 특징을 갖고 있느냐를 넘어서, 당연하게도 그가 어떤 이들과 어떤 방식으로 상호 작용 해야만 건강하고 행복하게 살아갈 수 있느냐를 함께 이해하는 것이다.

3
한편으로는 한 사람이 '잘 살아간다'는 것은, 타인과의 관계를 포함하여 자신이 처한 환경과 어떻게 상호 작용 해야 하는지 스스로 조절할 줄 안다는 것에서 크게 벗어나지 않는다.

4
성인이 된 이후로 대부분의 사람은 자기 자신이 처한 환경을 능동적으로 선택하고 바꿀 수 있다. 이를테면 보통의 경우 '가족'이라는 관계, 그리고 '가족'이라는 '환경'의 경우, 태어난 순간 주어지는 조건이고 성장기 동안 그것을 의지로 극복하긴 어렵다. 하지만 성인이 된 이후라면 가족과의 공동 주거부터 시작하여 어떻게 소통하고 어떻게 관계 맺음을 이어 나갈지를 본인이 선택할 수 있게 된다. 관습에 의해 주어진 당위(이를테면 가족이란 마땅히 어떠해야 한다는 명제)는 그 자체로 꼭 한 개인을 억압하도록 만들어진 것은 아니지만, 보통의 경우 자신이 처한 환경을 스스로 바꿀 수 있다는 그 발상의 자유를 저해하고 있다는 점에서 또한 대부분의 사람들에게 억압으로 작동한다. 역설적이게도 '가족'이라는 말이 수많은 사람에게 행복의 근원이며 동시에 불행의 근원인 이유는, 상호에게 부자유를 강요하기 때문이다. 이것은 가족을 해체해야 한다는 급진적 제안과 달리, 그저 가족과의 관계 설정에 있어서 각 당사자가 의지와 선택권을 발휘할 때에만 인간이 더 건강하고 행복하게 살아갈 수 있다는 얘기이다. 독립하는 것이 마냥 좋은 줄 알았더니 가족과 긴밀하게 살아야 더 건강했다는 것을 뒤늦게 깨달은 경우도 있고, 가족과 동거하는 것에 불편함을 느끼지 않았지만 따로 살아 보니 더 행복했더라는 경우도 있다. 그런데 우리는 보통의 경우, 한 종류의 가족, 많아야 두 종류의 가족 형태만을 서른 살쯤까지 경험해볼 수 있다. 이것이 또한 사람이 태어나서 자기 자신이 어떤 사람인지 명확히 아는 데에 오래 걸릴 수밖에 없는 이유이기도 하다.


5

가족이라는 거대하고 긴밀하며 강력한 관계 외에도, 사람들은 종종 그리 거대하지도 긴밀하지도 강력하지도 않은 관계에 의해, 자신의 감정, 성과, 의미 같은 것에 영향을 받는다. 겪어 보지도 않은 모든 경우의 수를 미리 추론하여 자기가 어떤 사람인지 다 알아낼 수는 없는 것이지만, 인간이 다른 동물에 비해 지닌 가장 뛰어난 능력 중 하나는 소통을 통해 간접 경험을 하고 서로 지혜를 나눌 수 있다는 것이다. 타인으로부터 배우면서 좀 더 노력하고 좀 더 고민한다면 자기 자신이 어떤 사람인지 명확히 아는 일에 좀 더 빨리 도달할 수 있다.

2020년 11월 씀

연소일기 삼십 대 편

# 깨달음과 인생의 지혜

# 교환의 오류

1

내 마음대로 '교환의 오류'라고 이름 붙여보았다, 몇몇 사람들은 '실은 등가 교환 되지 않는 가치가 서로 교환적이라고 생각하는 오류'를 갖고 있는 듯하다, 트레이드오프(trade off)가 아닌 것을 트레이드오프라고 생각하는 오류이다, 아주 간단하게 예를 들자면 이런 사고방식이다, '얼굴이 못생긴 남자는 얼굴값을 하지 않을 테니 비교적 겸손하고 성격이 좋을 것이다'라고 생각하는 것이다, 이는 얼굴은 잘생겼는데 굉장히 자아도취적인 모습을 보였던 몇몇 재수 없는 남자들, 혹은 여자의 애정을 하찮게 생각하는 몇몇 인기 있는 남자들을 보면서 학습된 결과일 수도 있으나, 하지만 남자가 얼굴이 못생겼다고 해서 평균적으로 굳이 더 겸손하거나 성격이 좋을 리는 없다, 그러니까, 실은 외모가 좋은 이들이 성격도 좋다거나, 그렇지 않으면 성격 나쁜 애들이 많다거나, 그런 방향성에 대한 주장을 하려는 것이 아니라, 애초에 사람의 외모와 성격은 서로 독립이라는 것이다, 그 조합이 상관관계의 경향성을 갖지 않는 경우가 더 많다,

연소일기 삼십 대 편

## 2

그러므로 사실 '교환의 오류'란 서로 상관이 없는 것을 어떤 상관관계가 있다고 여기는 일반적 편향과 크게 다르지 않을 수도 있다, 다만 그 편향이 발전하면 구체적으로 우리 스스로를 멍청한 선택으로 이끌기 때문에 '교환의 오류'라고 명명하고, 그 사례들을 분석해 본 것이다, 주변을 관찰해 보니, 실제 의사 결정을 할 때에 자기가 포기한 무언가 때문에 다른 측면이 보상될 것이라고 생각해서, 어처구니없는 악수惡手를 두게 되는 경우가 있다, 위에서 말한 것처럼 못생긴 남자니까 성격은 좋을 것이라고(성격으로 보상될 것이라고) 착각하는 경우이거나, 한편으로는 또 자신이 우선적으로 선택한 가치 때문에 다른 어떤 면은 포기해야 한다고만 생각하는 경우가 있다, 불안정한 특정 직업을 선택하면 결혼은 포기하는 셈이라고 생각하는 경우, 좋아하는 일을 하니까 돈은 적게 벌어도 된다고 생각하는 경우 등등,

## 3

이에 대한 처방으로 내가 역시나 마음대로 이름 붙여 본 사고방식은 '최고 조건 최대 효율 최우선주의'이다, 창업자 입장에서 흔히 최고급 인력은 연봉이 비쌀 것이라고 생각하고, 그것은 실제로도 맞지만, 생각 외로 최고급 인력인데 가치관이 남달라서 무척 적은 인건비에 데려다 쓸 수 있는 경우도 많이 있다, 외모가 단정하고 성격이 좋으며 인성까지 바른 여학생들이야 너무 많이 보았고, 연봉이 높은데 복지도 좋고 자기 계발까지 할 수 있는 회사도 얼마든지 있다, 자기가 하고 싶은 것만 골라서 이상한 프

로젝트를 벌이면서 돈도 많이 버는 사람 역시 많이 있고, 남들이 보기에 영 불안정한 직업을 가졌는데 어떻게 그 상황에 맞는 멋진 배우자를 만나서 행복해진 경우도 많다, 이렇게 선택의 문제에 있어서, 단순하게는 가장 좋은 최고 조건을 추구하고 최대 효율을 추구하는 것을 최우선으로 삼는 사고방식이라는 것이다,

4

그런데 매사에 그렇게 생각한다면, 이상주의적이라거나 욕심이 많다거나 눈이 높다거나 이런 비판과 조언에 직면하게 되는 시점이 있다, 그리고 대개 그런 비판과 조언은 다 맞는 말이고, 이상주의에는 늘 좌절감이 따라다닌다, 최고 조건 최대 효율을 추구한다고 해서 막상 그런 결과를 얻게 될 확률도 높지 않다, 하지만 나의 주장은, 그 빈틈, 그 어떤 최고치, 행운이거나, 혹은 사기적이라고 보이는 최적의 조합이라는 것이 세상 곳곳에 존재하는데, 그런 것은 특히나 그것을 강렬하게 찾고 추구하는 사람 눈에 먼저 보인다는 것이다, 게다가 처음에 지적했듯이, 무언가를 포기했다고 해서 쉽게 교환적으로 어떤 보상이 돌아오는 것도 아니다, 하기 싫은 일을 한다고 해서 꼭 돈을 많이 벌게 되는 것은 아니고, 돈을 포기하고 예술의 길을 간다고 해서 대단한 작품을 할 수 있는 것도 아니다, 보상을 얻는 것은 그 보상을 얻기 위해 노력하느냐의 여부에 달려 있을 뿐이다, 반대로 내가 지레 다른 무언가를 포기하느냐 여부에 그 보상이 달려 있지 않다,

5

이렇게 '교환의 오류'를 벗어나는 것과 더불어 가져야 할 태도는, 무언가를 추구할 때에 '자신이 갖고 있는 자원'을 자신이 먼저 디스카운트하지 않는 것이다, 최고의 회사에 들어가기 위해 내가 갖고 있는 이력이나 스펙을 스스로 무시한다거나, 최고의 배우자를 만나기 위해 내가 갖고 있는 인적 속성이나 물적 자원을 낮잡아 본다거나, 최고의 직원을 뽑기 위해 내가 줄 수 있는 연봉이나 조건, 최고의 거래처와 함께 일하기 위해 내가 제안할 수 있는 협상 카드, 이런 것들을 스스로 먼저 과소평가하지 않는 편이 좋다, 물론 그 수많은 것들이 막상 협상과 판단의 테이블에 올라가면 아주 적나라하게 평가받으면서 자신이 초라해지는 시점도 올 때가 있을 것이다, 입사 지원에서 떨어지거나, 소개팅에서 애프터 신청을 거절당하거나, A급 인재를 놓치거나, 비즈니스가 풀리지 않는 여러 일들이 발생할 것이고, 그러면 기분도 많이 나쁠 것이다, 하지만 역시나, 그런 좌절 때문에 협상 테이블에 올라가기 전에 먼저 자신이 갖고 있는 자원의 값을 깎고 있을 필요는 없다, 협상 테이블에 올라가길 꺼릴 필요도 없다, 즉, 오직 우리에게 필요한 것은 '결과가 나쁠 때의 실망과 좌절'을 견딜 용기일지도 모른다, 그 용기야말로 정말로 가치 있다는 것을 인식해야 한다, 다시 맨 처음으로 돌아가서, 그런 염려와 걱정 때문에 먼저 머릿속에서 트레이드오프를 잔뜩 만들어 놓는다면, 그런 의기소침함이나 타협의 심리 때문에, 외모도 자기 취향이 아닌데 성격까지 더러운 남자친구와 잘못 엮이게 되는 결과들을 감당해야 한다면 조금 가혹하지 않은가,

2017년 8월

# 타인의 시간

0

타인의 시간 사용을 줄여 주는 방식으로 일하기

1

나는 바쁜 보스들 아래에서 사회생활을 시작했다, 덕분에 잘 훈련받은 것이 있다면 '보스의 시간 사용을 줄여 주는 방식으로 일하기'이다, 운이 좋았던 것은 무작정 다그치지 않고 방법을 잘 일러두는 보스를 만났다는 것이다(실은 혹자가 보면 심한 말로 혼나고 있다고 생각했을 수도 있는데, 나는 그런 면에서 둔감하거나 생각이 긍정적인 편이다), 어떻게 하면 내가 모시는 분의 시간 사용을 줄여 줄 수 있을까, 이런 것들을 수시로 고민했다, 보스의 시간 자체가 엄청 소중한 자원이고, 실제로 당장 돈으로 치환해도 무척 비싼 것이었기 때문에 필연적으로 거기에 주의 집중이 머물러 있었다, 지금도 여러 명의 엑스보스ex-boss들과 비교적 잘 지내는 편이고, 소속이 바뀌고 헤어진 이후에도 다시 만나 일을 하기도 하니, 다행히 내 행동은 낙제점은 아니었던 것 같다,

2

최근 깨달은 게 있다면, 사실 '타인의 시간 사용을 줄여 주는 방식으로 일하는 것'은 리더에게 더 중요한 덕목이라는 것이다, 어찌 보면 당연한 얘기인데 20대에 조교나 인턴 같은 것에 머물러 있던 시기에는 잘 보지 못하던 것이다, 동료의 시간 사용을 줄여 주려는 노력은 모든 경우에 있는 모든 사람에게 더 중요하겠지만, 그중에서도 가장 꼭대기에 있는 리더에게 가장 중요하다, 리더와 팔로워follower의 시간 사용 관계를 보면 3단계가 있을 것 같다, 1단계는 리더와 팔로워가 서로 시간을 허비하는 단계, 2단계는 팔로워의 시간을 잘 사용하여 리더의 시간 사용을 줄이는 단계, 3단계는 리더의 시간을 잘 활용하여 팔로워의 시간 사용을 줄이는 단계,

3

그러니까 사실 2단계만 되어도 대단한 것이다, 수많은 리더들이 갈망하는 바이기도 하다, 자신의 일을 팔로워에게 위임해서 자신의 시간 사용을 줄이거나, 혹은 팔로워들을 왼팔 오른팔처럼 자유자재로 사용하여 자신의 시간 사용을 줄이는 것, 10년 경력이 쌓여도 이런 관계와 팀워크 정립에 도달하지 못하는 사람도 많다, 나는 워낙 절대적 시간이 심각하게 부족한 리더와 일했고, 그들은 정말로 동일 시간에 다른 사람들보다 압도적인 부가 가치를 생산해 내는 사람들이었기 때문에, 내가 팔로워로서 해야 하는 일이 바로 내 시간을 써서 그들의 시간 사용을 줄여 주는 일이라 생각했다, 이렇게 어린 시절 정립된 멘탈 모델

때문에, 흔히 리더와 팔로워, 보스와 부하의 관계에서는 그러한 시간 함수가 미덕이라 생각했다, 내 시간이 하루에 10시간씩 불타 없어져도 상관없었다, 그래서 보스의 시간을 1-2시간 아끼면, 그게 우리 양쪽 모두가 얻는 부가가치의 총량을 크게 만드니까,

4

그런데 요즘은 3단계에 대해 생각하게 되었다, 리더가 자신의 시간을 써서 팔로워의 시간 사용을 줄이도록 일하는 것 말이다, 5인 이하의 팀에서는 불필요한 논의일 수도 있다, 팀원이 소수일수록 차라리 모든 팀원들이 리더의 역량을 증폭시키는 데에 집중하여 일하는 것이 효율적인 경우도 많기 때문이다, 하지만 10명 이상의 팀원이라면 얘기가 달라진다, 이때가 되면 리더는 직접 무언가 결과물을 창출하는 존재라기보다는, 그야말로 관리자, 혹은 경영자, 같은 메타적인 존재가 되어야 할 것이다, 어쩌면 어느 단계를 넘어가면 리더는 단지 그것만 고민하면 되는 것 같다, 어떻게 하면, 어떤 전략으로, 어떤 구조를 짜고, 어떤 방침을 통해, 자신을 따르는 수많은 사람의 시간을 줄일 수 있을까 하는 것, 역시나 뻔한 얘기겠지만, 수많은 엘리트들이 관리자로 넘어가는 단계에서 겪는 홍역이 이 2단계와 3단계 사이에 있을 것이다,

5

또 하나의 깨달음은, 팔로워로서 리더의 시간을 줄여 주던 방

식과, 리더가 되어 팔로워의 시간을 줄여 주는 방식이, 공통의 원리를 정말 많이 포함하고 있다는 것이다, 노예를 해 봐야 군주가 될 수 있다는 역설인데, 이런 식상한 비유가 은근히 적절하다, 예를 들어 내가 대학원에서 기업 과제 프로젝트를 할 때에, 교수님의 시간 사용을 줄이는 방법의 핵심은, 내가 리서치에 수십 시간을 쓰고 자료를 도맡아 정리하는 것들에 있지 않았다, 물론 충분히 리서치하고 숙고하면 교수님의 시간 사용을 줄이는 데에 도움이 되겠지만 그게 핵심은 아니라는 얘기이다, 더 중요한 핵심은 '내 머릿속에만 있고 교수님 머릿속에는 없는 것'을 최대한 빠르게 파악하여 커뮤니케이션하고, 반복될 수 있는 시행착오를 줄이고, 교수님이 나에게 어떤 결정을 해 주시거나 어떤 조언을 주시면 좋을지 구체적으로 요구하는 것 등이다, 실제로 대부분의 시간의 낭비는 '가지 않아야 할 길'을 가는 데에서 비롯된다, 나는 늘 이것을 도보 여행에 비유하는데, 정말이지 길을 잘못 들어서 그대로 다시 돌아 나와야 하는 기분은 아무리 도보 여행이고 풍경 좋은 산책이어도 사람을 피곤하게 만든다, 그러니 팔로워가 리더를 서포트할 때에는, 안 해도 되는 일을 찾고, 안 해야 할 일을 가려서, 딱 해 주셔야 할 일만 발라서 대령하는 것이 아주 중요한데, 이것이야말로 사실 리더가 팔로워에게 해 줘야 하는 일이 아니던가, 하지만 리더가 스스로가 2단계 멘탈 모델에 갇혀 있다면 그 당연한 생각도 쉽지 않다, 팔로워의 시간을 써서 자기 시간을 줄여야겠다는 태도로는 그런 데에 세심하게 신경 쓰기가 쉽지 않은 것이다,

6

보시다시피 이제는 좋은 리더가 되는 훈련도 조금씩 하고 있다, 오래 고민하고 준비한 것은 실패하지 않는다는 생각으로, 그동안 나에게 부족했던 경험들을 채우고자 하는 중, 반드시 필요한 종류의 어떤 경험들은, 고되고 어려운 과정을 동반한다,

2017년 9월

# 외워 두면 편리한
# 삶의 원리들

0

설명이 아니라 암기를 목적으로 하는 것들이다, 무순서, 무분류
이며, 사용법은 간단하다, 모두 외울 필요는 없고 자신이 좋아
하는 문장만 골라서, 목록을 만들고 내용을 떠올리기를 반복하
여 외우면 된다,

0

이 목록은 나 자신을 위해서 쓰기 시작한 것으로, 실제로 중용
같은 고전에서 비롯된 내용도 있지만, 현대 사회 과학 연구 결
과나 최신의 인문학 저술에서 비롯된 부분이 더 많다, 내용은
모두 '인간'에 대한 것, 개인적인 통찰도 포함되어 있고, 개인의
가치관 및 편향이 담겨 있으니 주의 바람,

1

경험을 함축한 문장은 경전처럼 외우다 보면 그 아이디어가 삶
으로 침투한다, 한 명의 인간과 가까워지는 일처럼, 하나의 이
야기와 가까워지는 것에도 비슷한 원리가 작동하기 때문이다,

깨달음과 인생의 지혜

항상 옆에 함께하는 것이 중요하다,

2

성장기까지 당신의 긍정성이 '사랑받음'의 크기와 성질에 의해서 결정되었다면, 성인이 된 후 당신의 긍정성은 '사랑함'의 크기와 성질에 따라 결정된다,

3

기억의 품질은 입력의 횟수에 따라 결정되는 게 아니라 출력의 횟수에 따라 결정된다, 많이 읽은 내용보다 많이 시험 본 내용이 더 오래 기억된다,

4

다른 사람의 잘못을 솔직하게 지적하는 것은 좋은 의도일 수 있지만, 다른 사람의 잘못을 또 다른 수많은 사람 앞에서 지적하는 것은 전혀 다른 종류의 일이다, 웬만하면 둘만 있을 때에 해야 한다,

5

불편한 생각을 물리치기 위한 가장 효과적인 방법 중 하나는, 특정한 감각 한 가지에 단순하게 집중하고 몰입하는 시간을 갖는 것이다, 소리, 냄새, 감촉, 어떤 것이든 자신이 가장 좋아하는 것을 골라도 좋다,

6

집단으로 보았을 때에 인간이 지닌 대부분의 특성은 정규 분
포 한다, 대부분의 사람들이 중앙값에 몰려 있으며, 가장 높은
값을 지닌 사람과 가장 낮은 값을 지닌 사람은 비슷하게 소수
이다,

7

우리의 부모도, 우리의 아이 세대도, 우리와는 전혀 다른 시대
에 태어나서 성장했다,

8

돈은 행복을 가져다주지 않지만, 특정 수입까지는 비교적 확실
하게 불행을 예방해 주는 것으로 알려져 있다, 행복은 삶의 태
도와 인간관계에서 오지만, 돈은 그것을 위한 현실적 문제를 해
결해 준다,

9

공감적 이해로 모든 사람과 소통할 수는 없다, 말이 통하지 않
는 고양이의 행태를 관찰해서 고양이가 좋아하고 싫어하는 행
동을 알게 되는 것처럼, 때로는 관찰자적인 분석적 이해가 나와
전혀 다른 사람들과 더 친하게 지내는 방법이다,

10

'이건 우리만의 비밀이니 아무리 가까운 사이라도 다른 사람에

게는 얘기하지 말라'라고 말하는 모든 사람을 경계하라,

11
당신은 좋은 방향으로든 나쁜 방향으로든 전혀 특별한 사람이 아니라는 것을 누구보다 더 잘 받아들일 때에, 자기 자신에 대해 더 잘 알게 된다,

12
위급한 때일수록 서두르기보다는 착오를 줄이는 데에 모든 것을 집중해야, 결국은 총비용을 더 줄일 수 있다,

13
때로 어떤 잘못은 감추려고 할수록 더욱 드러난다, 실수를 용서받는 가장 괜찮은 방법은 상대방이 눈치채기 전에 먼저 고백하는 것이다,

14
커뮤니케이션의 채널channel, 볼륨volume, 프리퀀시frequency는 상대에 따라 달라져야 한다, 당신이 비싼 선물 하나를 준비할 때에, 받는 사람은 작은 선물을 여러 번 받는 것을 더 좋아할 수 있다, 선물을 준 날 저녁에 한 번 더 전화하는 것으로 채널channel을 늘리는 것은 보통은 더 좋다,

15

현대 의학에 저항하는 구호를 외치는 이들이 있다면, 그들이 무엇을 팔고 있는지 먼저 살펴보라. 사람들을 속여 쉽게 돈을 벌거나, 공동체적 영향력을 발휘하거나, 혹은 두 가지를 모두 얻기 위해 가장 쉬운 방법 중 하나가 과학적 지식을 부정하고 음모론을 펼치는 것이다.

16

혼자 송곳같이 들고 일어서서 문제 제기하는 사람들을 존중하자. 지지하거나 찬성하지 않더라도 존중할 것. 우리 모두가 언젠가는 그런 사람들이 만든 더 좋은 세상에 살게 될 것이다.

17

스트레스는 그 스트레스가 건강을 해친다고 믿고 있는 사람에게 더욱 해롭다. 똑같은 긴장된 상황에서 흥분과 흥미를 발견하는 사람은 더 건강하다.

18

모호한 기대와 믿음으로 연결된 사이라면, 아무도 배신하지 않더라도 결국 누군가는 배신당한다. 비즈니스가 명확하다는 것과 인간적 애정이 있다는 것은 반대 관계가 아니다.

19

내가 하기 싫은 것을 남에게 요구하지 않는 것에서 배려는 시작되지만, 나에게 좋은 것이라고 해서 상대에게도 좋으리라고 생각하는 것에서 무례함은 시작된다.

20
모든 시작은 자연스러울수록 좋지만, 모든 끝에는 의례와 합의가 있는 것이 좋다.

21
갑자기 큰 재화나 지위를 얻었을 때에 가장 필요한 일은, 아무 것도 하지 않고 충분한 시간을 보내는 것이다. 당신에겐 가진 것을 제대로 다룰 수 있을 정도로 생각이 깊어질 시간이 필요하다.

22
안구, 치아, 관절은 소모품이라고 생각하고 아껴 쓸 것, 쓸수록 재생되는 근육과는 다르다.

23
창의성에 때로는 정성보다 정량이 중요하다. 창의적 결과물은 소수 작품에 혼신을 다할 때보다, 절대 다수 작품을 통한 실험 과정에서 더 많이 나온다.

24
사람과의 관계는 '거래 아니면 기부'라고 생각하는 게 좋다. 거

래에서 부당하게 손해 보거나 양보만 하면 안 되듯이, 기부한 일에 대해 간섭하거나 대가를 바라선 안 된다,

25
같은 조건에서 더 많이 성장하고 발전한 사람들은, 늘 스스로가 성장하고 발전할 수 있다고 믿은 사람들이다, 실제로 '성장 마인드셋'이 학습 성과에 미치는 장기적 영향은 사회 과학으로 여러 차례 규명되었다,

26
완성하지 못하더라도 완결할 수 있다, 대부분의 일은 잘하는 것보다 끝내는 것이 중요하다,

27
가끔은 본인이 속한 범주를 최대한 넓게 상상하라, 소속 집단 내에서 성장하는 전략과, 세계인의 한 명으로 '나'를 정의하고 살아가는 방법은 전혀 다르다,

28
당신이 약자를 대하는 태도를 누군가는 반드시 관찰하고 기억한다, 당신이 실제로 그렇게 선한 사람이 아니라도, 비즈니스에 성공하기 위해서라도 운전사나 식당 웨이터에게 친절하게 대하는 것이 좋다,

30

좋은 코치coach, 티처teacher, 멘토mentor는 각각 다르며, 각
각에 맞는 사람을 삶에 채워 둘 때에 당신은 더 빠르게 성장할
수 있다, 그들을 찾고 도움을 구하는 데에는 돈도 시간도 아끼
지 않는 것이 좋다,

2017년 12월

연소일기 삼십 대 편

# 몰입과 건강

1

어렸을 때에는 몰입이 좋은 것이라고만 생각했다, 이 생각은 제법 오래 지속되었다, 만성 위장병으로 위내시경을 했다가 궤양을 시각적으로 확인하는 약간의 충격 요법이 작동할 때까지 계속됐다, 특별히 스트레스를 받는다거나 인생이 괴롭다고 생각하진 않던 때였다, 다만 할 일이 조금 많다는 느낌, 그때에 내과 선생님이 중요한 말씀을 해 주셨다, 기분이 나빠서 스트레스인 것이 아니라, 너무 집중하거나 몰입하는 것도 몸에는 스트레스라는 얘기였다, 이걸 이해하게 되는 데 오랜 시간이 걸렸다,

2

나는 인간의 동기 부여 전반을 연구하는 만큼, 그 반대편의 역동기 부여, demotivation, 국문으로는 흔히 의욕 상실이라고 하더군, 이것에 대해서도 자주 공부한다, 의욕 상실이라는 번역은 demotivation의 어감을 명확히 반영하지 못하는 느낌이 있다, 의욕 상실은 내적 요인의 비중이 크고 뭔가 스스로 내려놓는 느낌인데, demotivation은 외적 요인까지 포함해서 무언가 가

로막고 있거나 끌어내리고 있는 어감이기 때문이다, 어쨌든 포함해서 연구한다, 디모티베이션,

3
최근 내가 주목하고 있는 것은 '노력-보상 불균형 모델'이라는 패러다임이다, 유럽 학자 J. Siegrist 옹에 의해 고안된 이 모델은, 간단하게 얘기하자면, '직장에서 노력하는 만큼 보상을 못 받으면 심리적 신체적 소진이 일어난다'는 주장을 포함하고 있다, 그런데 이 모델이 고안된 초기 연구의 종속 변인들이 살벌하다, 돌연사, 심근 경색, 관상 동맥 질환, 이런 식이다, 공공 보건이라는 관점에서 접근해서 몇백 명, 몇천 명씩 추적 조사를 한다, 로지스틱 리그레션<sup>logistic regression</sup>을 쳐서<sub>(나는 언제부터 회귀분석에 '친다'라는 술어를 사용하기 시작했을까)</sub> 대충 이런 결론을 이끌어 낸다, '노력-보상 불균형이 있으면, 그렇지 않은 경우에 비해 심근 경색으로 사망할 확률이 6배 늘어난다',

4
노력-보상 모델은 이후 연구에서 Low-High, Low-Low, High-High, High-Low로 분류된다, 적게 일하고 많은 보상을 받는 게 가장 좋고, 많이 일하고 적은 보상을 받는 게 가장 안 좋다, 이건 뭐 뻔한 얘기이다, 재미있는 포인트는 Low-Low와 High-High의 관계이다, 적게 노력하고 적은 보상을 받는 경우는 일단 생명 보존의 차원에서 비교적 안전하다, 직무 스트레스에 연관된 요인으로 사망할 확률이 적다는 얘기이다, 말 그대로 가늘

연소일기 삼십 대 편

고 길게 사는 인생이다, 심리적 만족도는 오히려 High-High가 높은 경우가 많다, 빡세게 일하고 많은 보상을 받는 것, 그런데 이 경우는 심리-신체적psychosometic 질환이 발생할 확률이 높다, 이때에 이런 연구와 관련해서, 몇몇 논문에서 드러나는 흥미로운 변인이 바로 몰입immersion이다,

5

매체 연구를 했던 입장에서는, 보통 어떤 활동에서 immersion 이 일어난다는 것을 좋은 것이라고 본다, 내가 게임을 만들었는데 사람들이 이렇게 재미있게 몰입하다니, 내가 교육 도구를 만들었는데 아이들이 이렇게 몰입해서 열심히 공부하다니, 이렇게 보는 것이다, 물론 몰입 자체는 가치 중립적인 조절 변인일 수 있지만, 많은 연구에서 결과의 함의를 얘기할 때에는 가치 판단이 들어간다, 몰입은 좋은 것이라고 말이다, 그런데 앞서 얘기한 패러다임처럼, 공공 보건 관점에서 이루어진 심리-신체적 연구에서 보면, immersion은 종종 우리의 사망 확률을 높이는 변인으로 나타난다, 누가 시켜서 억지로 하는 것도 아니고 상당한 내적 동기 부여 때문에 발생하는 몰입이라고 하더라도 말이다, 긍정적 심리 상태에서의 몰입이라고 해도, 목과 허리의 만성 통증, 소화 불량 등 온갖 심리 신체적 질환에 연관이 있다, 그러므로 몰입은 좋은 면도 있지만 나쁠 수도 있다, 자신을 어떻게 보호하고 건강한 삶을 사느냐에 있어서 '몰입하는 자신'에 만족하는 것은 괜찮지만, 그런 '몰입하는 자신'에 심취하며 신체를 나쁜 상태로 방치해선 안 된다,

## 6

그러니까 흥미로운 부분이 바로 이 부분이다, '내적 동기'는 맥락에 따라 종종 마법 같은 단어다, 학업에 내적 동기가 크다고 하면, 모든 엄마들이 바라는 이상적인 상태가 된다, 목적을 갖고 재미있어하면서 능동적이고 자발적으로 공부를 열심히 한다는 것이다, 내적 동기가 충만하면 행복도도 높다, 그런데 데이터가 시사하는 바로는, 아무리 내적 동기에서 유발된 몰입이라고 해도, 몰입이 우리의 사망 확률을 조금씩 높이고 있다는 것이다, 하긴 그도 그럴 것이, 기분 좋아서 하는 과로라도, 과로는 과로이기 때문일 것이다, 이런 결과는 나의 지난 삶과 연결해서, 나를 반성하게 만들었다,

## 7

연구들을 보면서 문화권의 인식 차이도 있지 않나 하는 생각도 들었다, 직무 스트레스에 대한 다양한 연구는 주로 유럽 쪽에서 활발하다, 다른 심리 패러다임에 비해 미국 샘플의 연구가 놀랍도록 적다, 정책이나 연구 지원 차이일 수 있다, 정책 방향도 결국 문화 차이인가, 아시아에서는 일본 샘플의 연구가 좀 있어 왔고, 최근 몇 년 들어 중국 샘플의 연구가 있는 듯하다, 이 '노력-보상 불균형 모델'과 관련하여, 국제적 학술지에 게재된 연구 중에서 한국인을 대상으로 한 연구는 극히 드물다, 사람을 갈아 넣어 경제를 일으켜 세운 나라를 자랑스러워하는 사람들이 많은 환경에서, 괜히 과로와 사망률 연관 짓는 연구 하고 공표하는 것은 내외적으로 미운털 박히는 일일 수도 있다,

8

물론 상대적으로 적다 뿐이지, 국내에서도 직무 스트레스 연관하여 연구를 하시는 많은 교수님과 연구자분들이 있다, 그리고 우리나라는 문화적으로 심신 일원론적 사고가 곳곳에 스며들어 있기 때문인지, '그 모든 것은 마음의 문제'라는 말이 흔하게 퍼져 있고, 사실 비전문적 차원에서의 관심이라면 '스트레스'라는 키워드로 오가는 비즈니스가 무척 많을 것이다, 스트레스는 일상에 자주 등장하는 단어이지만, 논문을 보다 보니 정말 스트레스에 대해 모르고 쓰고 있었다는 것을 한 번 더 느끼게 되었다, 더욱이 최근 공부를 하며 데이터를 보고 새삼 다시 돌아보고 반성하게 된다, 나 또한 과로 공화국이 만들어 낸 신화적 이데올로기에 종속되어서 내 삶에 가치 부여 하고 사는 것은 아니었는지, 밤늦게 연구실에서 나오며 뿌듯해하지만, 유럽 애들과 인생을 바라보는 관점 자체가 다른데 한쪽의 가치만이 전부라고 생각했던 것은 아닌지, 반성해 본다는 얘기이다,

9

그래서 적당히 일하자는 게 결론이냐면, 꼭 그런 얘기는 아니다, 몰입하되 균형을 찾고 과로해도 건강을 챙겨야지, 내가 원래 이쪽에 관심을 갖게 된 것은 Low-High, 즉, 적게 노력하고 많은 보상을 얻는 상태에 대한 관심 때문이다, 우리 모두 이런 상태를 찾아야 한다, 여기서 보상은 금전이나 지위를 뜻하는 것만은 아니다, 심리적 지지나 격려도 포함한다, 역시 사람은 서로 칭찬을 잘해 주는 게 중요하다, 돈으로 못 주면 칭찬이라도

많이 해 줍시다, 나는 '적게 노력하고 많은 보상을 얻는 것'이, 소위 사람들을 너무 '버려 놓는spoiled' 것이 아닐까 약간 혐의도 갖고 있었는데, 그런 걱정은 필요 없는 것 같다, Low-Low나 High-High보다도, 적은 노력으로 많은 보상을 받는 Low-High가 대부분 서로 다른 지표에서 거의 항상 개인에게는 이롭다, 리뷰 논문을 계속 봐도 반례를 아직까지는 찾기 어렵다, 심지어 적게 일하고 많은 보상을 받으면, 업무 효율이나 효능감도 더 오른다고 한다, 그도 그럴 것이 인간은 '자기 위주self-serving' 편향이라는 것이 있어서, 자기가 별로 일 안 해 놓고도, 좋은 보상을 받으면 마치 자기가 대단한 일을 해낸 것처럼 스스로 합리화하고 의미 부여를 하는 동물이기 때문이다,

9

우리나라는 문화적으로 종종 Low-High의 추구가 나쁜 것, 이기적이고, 무임승차처럼 인식되는 듯하다, 자기는 같은 집단 내에서 High-High하고 있는데(혹은 심지어 High-Low인데, 즉 과로-저보상인데), 누군가 Low-High하면(적게 일하고 많은 보상을 받으면) 굉장히 기분 나빠 하며 끌어내리고 싶어 한다, 모두를 High-High 기준에 맞추려 한다, 조직 생활을 생각하면 그런 관점도 약간은 이해가 가기도 한다, 특히 스타트업이나 몇몇 특수 환경에서는 과로가 경쟁력이기도 하다, 다만 하나의 집단이, 다같이 Low-High를 추구하는, 생산성 증대에 대한 아이디어와 혁신으로, 모두가 적게 일하고 많이 얻을 궁리만 하는 집단이 될 수 있다면, 그건 제법 이상적 집단이 아닐까 생각도 해 본다, 열심히 하는 걸로 경

쟁하는 게 아니라, 적게 일하고 최대 효율을 내는 것을 경쟁 지
표로 삼는 집단, 나는 그런 집단을 만드는 인생 실험을 시도해
보고 싶기도 하다,

2017년 3월

# 유연함에 대하여

### 1

인간사에 대한 본질적 이해를 갖는 데에 필요한 것은, 그리 많은 지식은 아닐 수도 있다, 라는 생각을 요즘 좀 하고 있다, 물론 학이불사즉망學而不思則罔이지만 또한 사이불학즉태思而不學則殆이므로(공부와 고민을 늘 같이 해야 한다는 의미), 고민만 하는 게 아니라 공부를 하는 것이 많은 지점에서 중요할 테지만, 열린 태도, 반성, 사고의 유연함, 같은 것의 중요성을 요즘은 좀 더 자주 체감하고 있다,

### 2

그중에서도 최근 한국 사회에 가장 부족한 것은 '사고의 유연함'이 아닐까 생각한다, 여기서 내가 말하고 싶은 '사고의 유연함'이란 단지 생각이 말랑말랑하여 융통성이나 개방성을 지녔다는 의미와는 조금 다르다, 최근 맨몸 운동의 원리 같은 것에 빠져서 여러 유튜브 동영상을 보고, 원데이 클래스에 가서 프리웨이트도 배우고 오고 했는데, 그러니까 '사고의 유연함'이란, 몸의 유연함처럼 복합적 기능을 한다는 생각을 하게 됐다, 이를

연소일기 삼십 대 편

테면, 가동 범위가 넓다, 일상적인 가동 범위를 넘어서는 자세를 취해도 부상의 위험이 적고 안전하다, 더 불편한 자세에서 끝까지 힘을 줄 수 있다, 근육과 관절을 유기적으로 효과적으로 사용한다, 처럼 그런 복합적인 의미,

3

그러니까 중량 운동에 필요한 역량에도 '힘'과 '유연함'이 있는데 더 좋은 결과를 위해 힘만 길러서 되는 것이 아니라 유연함도 함께 길러야 한다, 그처럼 생각을 하고 통찰을 할 때에도, 넓은 가동 범위가 필요하다는 것, 일상적인 사고의 범주에서 좀 멀리 벗어나서 요상한 태도나 관점을 취해도 삐끗하지 않고 올바르게 생각할 수 있는, 문자 그대로 유연함, 각종 지식과 경험을 효과적으로 연결하여 사용할 수 있는 균형, 이런 것들이 많이 중요하지 않겠나 하는 생각이다, 그런 식으로 치자면 한국 사회에서 대부분의 교육이란, 웨이트 중량을 늘리는 데에만 초점이 맞춰져 있는 운동 프로그램처럼 집요하게 지식의 총량에 집착한다, 그나마도 웨이트 중량을 건강하게 늘리는 방법도 아니고 꼼수를 섞어 어떻게든 고중량을 몇 개 더 들 수 있는 상태로 소년 청년들을 만들기 위해 혈안이 된 트레이닝과 같다, 하지만 교육에 있어서 지식의 배양이란, 건강을 위한 몸의 운동과도 비슷한 면이 있어서, 지금 한 종목에서의 최대 중량만 중요한 것이 아니라, 다양한 자세로 다양한 종목에 잘 적응할 수 있는 기초 체력을 기르는 것이 첫 번째여야 한다고 생각한다,

4

유연함을 위한 연습은 평소에 취하지 않던 자세를 점진적으로 취하는 것을 통해 달성된다. 지식에서도 비슷할 것이다. 조금은 낯선 관점과 태도를 계속 연습해 보는 것 말이다. 불편함이나 힘든 점 없이 몸이 발전하지 않듯이 우리의 두뇌 활동도 마찬가지일 것이다. 그 불편함이 고중량 운동으로 인한 근육의 통증처럼, 지식 학습량에 의한 피로감인 것뿐 아니라, 평소와 다른 자세를 취해 보는 낯선 기분과 평소에 쓰지 않던 근육과 신경을 사용할 때에 오는 통증처럼, 새로운 자세와 태도를 지녀 보면서 오는 불편함이기도 해야 한다. 원래 타인의 관점에 서 보는 일이란 종종 불편함을 동반하게 마련이다. 다만 스트레칭을 하며 손끝에 힘을 주고 한 번 더 밀어내는 것처럼, 평소에 하지 않을 생각이라도 좀 끝까지 가 보는 것은 평소에 할 수 있는 내 생각을 더 유연하게 만들 것이다.

2019년 11월 씀.

# 비정형적
# 암묵적 지식

## 1

인간에게는 unstructured implicit knowledge라는 것이 있다, 비정형적 암묵적 지식, 전문 용어로는 '짬'이라고 한다, 이 능력치에 대해 사람들은 종종 '내공'이라는 좀 더 무협지적인 표현을 사용하기도 한다, 그것은 명시적이지 않고 암묵적으로 작동하고 복합적인 결과로 관찰되기 때문에, 개별적인 단위로 지칭하기 어렵다, 하지만 분명히 이 세상에 존재하는 것으로, 교과서에서 배울 수 있거나 강의로 배울 수 있는 것이 아니다, 적절한 '깨짐'을 겪어 가며 쌓이는 것이라는 점에서 개인적으로는 역시 '짬'이라는 표현이 좀 더 포괄적이면서도 함축적인 듯하다, 시간이 쌓여야만 생기는 경험적 능력치, 이것은 명백히 '실력'과는 달라서, 실력도 있고 짬도 있는 경우, 실력이 있지만 짬이 없는 경우, 실력이 없지만 짬은 있는 경우, 이렇게 그 사람의 퍼포먼스를 예측할 수 있는 또 하나의 축인 듯하다,

## 2

이것은 이력서에 잘 담기지 않으며 직무 평가에 항목으로 드러

나지 않는 것이지만 분명히 존재한다, 사람을 뽑고 동료를 구할 때에, 팀을 꾸릴 때에, 누구 한 명은 반드시 그 분야에 짬이 있는 사람이어야 좋은 팀이 된다, 다른 모든 것은 타고날 수 있지만, 살아가며 점차 쌓아야만 얻을 수 있는 짬이라는 것은 별도로 존재하기 때문에, 재능만으로는 안 되고 '시간'이 필요하다, 한편으로는 다시, 짬이라는 것은 시간과 노력이 있다면 쌓을 수 있는 것이기도 하지만, 같은 시간이 주어져도 짬을 잘 쌓는 사람과 아닌 사람은 분명히 구분된다, 무엇보다 이 짬의 특징은 초식(招式: 따라할 수 있도록 동작으로 정해져 있는, 무공의 일부분, 무협지에 자주 등장하는 표현으로 태권도의 품세와 유사하다)으로 쉽게 전수될 수 없고 본인 스스로 터득해야만 하는 것이라는 점에서, 역시 내공이라는 비유도 적합한 면이 있다,

3

사소한 것 하나에서 잘 배우려 하고, 반복되는 일이라면 눈여겨봐야 한다, 말로 드러나거나 문서로 통용되지 않지만 사람의 행동과 습관 하나하나에 묻어 있는 것을 잘 파악하려고 노력한다면, 같은 시간 속에서 짬을 잘 쌓을 수 있다, 비정형적 암묵적 지식, 이라는 말 그대로, 그것은 정형화되어 있지 않고 명시적이지 않기 때문에, 그 지식을 보유한 사람도 잘 설명할 수 없는 경우가 대부분이다, 어깨너머로 보고 어깨너머로 가르쳐 주며 전수되는 것, 하지만 그것을 '역공학reverse engineering'을 통해 비교적 정형화되고 명시적인 형태로 체계화하려는 노력은 늘 유효하다, 짬이 차 있는 사람이 누구인지 잘 파악하는 것도 중요

하다, 나의 비즈니스는 아직은 미약하며 여전히 성장 중이지만, 대학원을 나와 컨설팅과 리서치로 기업을 상대하며 내가 '서 대표'로서 얻은 좋은 성과의 대부분은, 짬을 발견하고, 짬이 있 는 사람에게서 배우고, 짬에 포함된 암묵적인 것들을 명시적으 로 바꾸며 얻어진 것들이었다, 암묵적인 것들을 데이터와 프로 세스로 치환하는 과정은 실제로 내 컨설팅 사업의 중요한 단계 이다, 언뜻 체계적이지 않아 보임에도 성과를 내는 많은 조직 은 바로 그 비정형적 암묵적 지식으로 작동한다, 그걸 잘 발견 하려면, 당장 눈에 보이지 않는 것에 가치를 부여하려는 리스펙 respect의 마음이 먼저 필요할 때가 많다,

2020년 6월

# 이론

2

자신이 현장 전문가라고 믿는 사람들이 종종 '이론'을 무시하는 경우가 있다. 하지만 나는 그날의 겸손이라고는 아침 식사처럼 거르는 사람임에도, 그래도 대학원 다니며 등록금값이라고 느끼고 배웠던 겸손 하나는, 내 가설과 내 통찰이 맞을 것 같지만 실제로 실험을 하고 데이터를 까 보면 '생각 외로 이론이 실제에도 맞는다'는 것이었다. 대학 교과서에서 배운 내용이 현실에 통하지 않을 것이라고 막연히 생각하는 것은 순진한 발상이다. 물론 이론은 현실에 맞게 확장, 변용되어야 하지만, 자신의 직관과 일치하지 않는다고 해서 이론을 무시해선 안 된다. 대부분의 경우, 현실에서 발휘할 수 있는 지혜 역시 교과서를 심도 있게 읽어서 얻을 확률이 크다고 생각한다. 약간의 농담을 더 하자면, 누군가가 청춘을 갈아 넣어서 박사 논문을 쓰고 위장병이나 폐병에 걸려 가며 지도 교수와 다투다가 끝내 얻은 결과로 교과서에 한 줄 추가하게 된 그 지식을 함부로 보아선 안 된다. 나는 '지식의 첨단'을 빠르게 습득하는 것이 실전과 현장에서도 빠르게 성장하는 길이라는 주장을 수년 전부터 펼치고 있

연소일기 삼십 대 편

었는데, 흥미롭게도 2020년 요즘에 이르러서는 운동이든, 요리든, 미용이든 등등, 이론보다는 그 어떤 수행practice이 중요하다고 여겨졌던 많은 분야에서, 유튜브 소개 영상을 중심으로 논문이나 해외의 연구 결과를 빠르게 수용하여 전파하고 활용하는 것을 보게 된다, 물론 유튜브는 그만큼 잘못된 지식이나 유사 과학 역시 빠른 속도로 퍼뜨렸지만, 나는 그래도 커뮤니케이션을 증대하는 것이 인류의 현명함 총합을 늘리는 길이라 믿고 있다, 그렇게 가짜가 범람하는 과정에서 지녀야 할 자세 첫 번째는 역시 지식에 대한 존중이다, 지식인은 존중하지 않아도 가급적 지식은 존중하는 것이 좋다,

2020년 6월

# 종결 비용

3

'종결 비용'은 종종 다른 지불보다 좀 더 가치 있다, 이것은 순전히 이관민 교수님으로부터 배운 사고방식이다, 많은 경우 하나의 과업은 착수 단계가 있고 진행 단계가 있고 종결 단계가 있다, 그리고 어떤 과업이 마무리 단계에 있을 때에, 끝나지 않은 상태로 애매하게 두지 않고 마지막에 좀 더 비용을 들여서라도 확실히 '끝내는' 것은 늘 중요한 일이다, 현실 세계에는 종결이 애매하여 마음의 짐으로 남는 일들도 많기 때문이다, 스스로 완결을 정리할 만한 액션을 취하는 것, 그것을 외부에 선언하고 공표하거나, 혹은 동료나 관계자가 있었다면 이제 끝이라고 서로 합의하는 것, 모두 끝내기 작업이다, 나는 확실한 종결을 선언할 수 있다면 당장 보기에 약간은 불리한 협상 카드가 제시된다고 해도, 많은 경우 기꺼이 비용을 지불하는 편이다, 돈이든, 시간과 노력이든, 계약이든, 여기에 대해 나는 좀 거창하게 '내일을 산다buying'라고 표현하기도 한다, 종결의 최대 가치는, 내일부터 그 일로부터 벗어날 수 있다는 것이다, 그것은 아주 작은 신경 쓰임이거나 시간 사용이라 할지라도, 새롭게 해야 할 일을 위한 '자유'가 된다. 이런 말을 하는 나 역시, 미루거나 뭉개는 일들이 수두룩하여 뭔가 '일 빚쟁이' 같은 삶을 살고 있지만, 큰일이든 작은 일이든, 꼭 나쁜 일이 아니라 나에게 도움 되는 일이라고 하더라도, 잘 마무리하여 오늘까지만 생각하고 내일부터는 더 생각 안 해도 되도록 만드는 것은 역시 좋다. 나중에 가서 '종결 비용'을 과도하게 들였다고 후회하게 되는 일은 별로 없었다.

2020년 10월

# 착하고
# 정직하게 살기

1

착하고 정직하게 사는 것의 최대 장점은, 착하고 정직한 사람과 친구가 될 수 있다는 것이다, 하지만 그 밖에 착하고 정직하게 살아서 더 좋은 것이 무엇이 있을까 생각해 보면, 현대 사회란, 호의는 권리가 되고, 친절하면 호구 잡히는 세상인지라, 꼭 착해야만 하는가, 의문도 남는다, 그러니까 꼭 배려하고 양보하고 먼저 믿으며 친절을 베풀고자 노력해야 하는가? 그것이 다 쌓이고 쌓여서 먼 미래에 더 큰 보상으로 다가온다는 얘기는 오히려 우화 속 이야기 같다,

2

하지만 그럼에도 불구하고, 착하고 정직한 친구를 얻는다는 것은 다른 수많은 것들을 포기하고도 얻을 만한 소중한 것이고, 또한 착하고 정직한 친구를 얻는 방법은 나 또한 착하고 정직하게 사는 것밖에 달리 뚜렷한 방법이 없다, 누군가는 그런 착하고 정직한 사람을 별로 만나 보지 못해서 세상에서 친구도 믿을 것 없고 인간은 다 똑같이 이기적인 존재라고만 생각하며

연소일기 삼십 대 편

평생을 살아갈 수도 있다. 나는 솔직히 그렇게 착하고 정직하게 살지 않았지만, 다만 어찌 운이 좋았던 덕에 좋은 사람 몇 명을 친구로 두었고, 그들은 나에게 심적 위안과 물적 성취 모든 면에서 큰 도움을 주었다. 그들이 언젠가 낡고 닳은 나를 외면하게 되지 않도록 노력하며 착하고 정직하게 살려고 노력하는 것이, 나의 삶을 수시로 반성하게 하는 이유라면 이유이다.

2020년 6월

# 자신에 대한 망각

1

자타가 공인하는 기록형 인간으로서 많은 사람들에게 전하고 싶은 깨달음 중 하나는, 인간의 장기 기억이 생각 외로 부정확하다는 것이다. 타인에 대한 기억뿐 아니라 자기 자신에 대한 기억까지 수시로 상당히 소실되거나 각색된다(강박적으로 기록하는 성격에다가 이렇게 일기를 모아서 에세이집으로 내고 있는 나 같은 사람마저도!).

2

하버드 졸업생들에 대한 장기 종단 연구에 대한 책, 국내 역서명 『행복의 비밀(조지 베일런트 저)』을 보면 마치 전혀 다른 사람이 된 듯이 삶의 전환을 겪은 이들의 사례가 몇 가지 나온다. 그리고 그들 중 몇 명은 타인에 의해 명백히 기록되고 관찰된, 그리고 본인의 진술에 의해 기록된 내용이, 착오일 것이라며 부정하기도 한다. 사람은 자기가 누구였는지 자주 잊어버리는 듯싶다.

3

꼭 변하지 않을 자신을 붙들고 살아야 하는 것은 아니지만, 종종 어떤 타인에 대한 원망이나 부정적 감정은 명백한 오해와 왜곡된 기억에 의해 발생하기도 한다, 바로 그 점을 잊지 않고 잘 인지하는 것은 중요하다, 또는 어떤 자아도취 역시 명백한 오해와 왜곡된 기억에 의해 발생한다는 점도 잊지 말아야 한다, '그렇게 믿고 싶었던' 과거는 망각과 기억의 혼재 속에서 마치 진짜였던 것처럼 각색되기도 하기 때문이다, 돌이켜 보면 그때에 그렇게까지 그 사람을 사랑하진 않았다거나, 그 이전의 일을 자세히 분해해 보면 그렇게까지 분노할 일은 아니었다거나, 사람들과 깊은 대화를 하다 보면 이런 일이 비일비재하다, 첫째, 장기 기억이라는 것 자체가 그렇게 오류가 많기 때문이기도 하고, 둘째, 원인과 결과에 대한 착각으로 인해 자꾸 과거를 사실과 다르게 해석하는 심리적 편향이 누구에게나 있기 때문이다, 어떤 '치우친 마음'이 깊어진다면 그게 진짜에서 비롯된 것인지 수시로 반성해 봐야 한다, 과연 진짜 자신이 무엇이었나 돌이켜 보는 것은 어려운 철학적 문제이지만, 반대로 착각 위에 산다면 결국 사람은 확실히 쉽게 불행해지기 때문이다,

2020년 6월

# 썸 천재

아끼는 동생을 만났는데 동호회에서 마음에 드는 남자가 있는 듯했다, 주변의 괜한 주목을 받지 않고 관심을 표현하려면 어떻게 하면 좋겠냐고 해서, 그냥 앞에서 알짱거리다가 눈이 마주칠 때마다 웃어 주라고 했더니, 입을 틀어막고 놀라며 나에게 그런 통찰이 있는 줄 몰랐다고 갑자기 썸 천재라는 것이 아닌가, 사실 이것은 남자 쪽에서 여자로든, 여자 쪽에서 남자로든 모두 통하는 방법이다, 다 큰 어른들은 이미 너무 적게 웃고 산다, 사람들은 누구나 상대의 웃는 얼굴을 보고 싶어 한다, '나한테만 웃는 걸까?'라는 생각이 들게 만든다면 모든 종류의 유혹은 절반은 성공한 셈이다, 언어보다 오래된 인류의 신호다,

2020년 5월

# 믿을 만한 사람

0

이런 건 형들이 좀 미리 알려 줬어야지 내가 직접 깨달을 때까지 알려 주지 않아서 아쉬웠던 얘기들,

1

예술이건 사업이건 그 어떤 정치 사회적 운동이건, 조직을 통해 무언가 도모하려는 사람에게 가장 중요한 자원은 '믿을 만한 사람'이다, 이 믿을 만한 사람이라는 것은 무척 희귀한 자원이다, 충분히 능력 있고 똑똑한 사람이 간혹 언뜻 타당해 보이지 않은 이유로 무능력하거나 멍청한 자와 오래 동업하는 경우가 있는데, 그 이유를 자세히 들여다보면 단지 그가 '몇 안 되는' 믿을 만한 사람이기 때문인 경우가 많다,

2

그 언뜻 타당해 보이지 않는 이유로 무능력하거나 멍청함에도 불구하고 동업하게 되는 이들 중 가장 흔한 경우가 '가족'이다, 그중 자녀와 동업하는 경우는, 애초에 자녀이기 때문에 상속의

관점에서 지위나 자산을 물려주고자 하는 당위도 있겠지만, 가만히 살펴보니 많은 경우에 실은 설령 자신의 지위나 자산이 온전히 자식에게 이양된다 한들, 그 영향력이 본인에게 또한 귀속될 것이라고 믿는 것에 기반한다, 부모는 그런 면에서 자식을 '믿을 만한 사람'이라 여긴 것일 테지만, 물론 이것은 가장 흔히 범하는 오류이다, 부모의 기대는 항상 더 크고, 자식의 역할은 주로 실망시키는 것이다,

3

그러므로 만약 친인척 외에서 '믿을 만한 사람'을 충분히 얻는 삶을 살았고, 게다가 그 믿을 만한 사람과 사적 친교 외의 직업적 영역에서 교류할 수 있는 기회를 얻었다면, 이미 대단히 성공한 삶이거나, 앞으로 더욱 성공할 가능성이 높은 삶이다, 성공한 사람들, 그러니까 내가 보기에 롤 모델로 삼고 싶다고 생각했던 사람들, 멋진 사람들, 이들은 모두 좋은 친구를 가졌다, 독불장군으로 고독하게 당대에 성공하는 이들도 많이 있지만, 역사에 남는 사람들은 늘 더 많은 친구를 지녔던 사람들인 것 같다,

4

그런데 이런 얘기를 왜 형들이 더 많이 해 줬어야 하는 것이냐면, 사실 '믿을 만한 사람'을 획득할 수 있는 기회는 나이를 먹을수록 급감하기 때문이다, 대부분 30세 이전에 끝나는 게임이라 생각한다, 40대, 50대가 되어서도 믿을 만한 친구를 새로이

사귈 수 있지만, 그 확률은 10대, 20대에 비해 현저하게 낮다, '어렸을 적'이라는 키워드가 중요하다거나, 단지 오래 함께한 시간이 중요한 것은 아니다, 죽마고우에게 배신당한 얘기도 흔한 서사이다, 다만 어렸을 때에 우리는 좀 더 적은 거짓말을 하거나, 혹은 아직 서로 거짓말에 능숙하지 못하기 때문에, 좀 더 많은 친구를 사귈 수 있다,

5
사적 친교를 지닌 이들이 서로 직업적 영역에서 동업하기 위해 가장 일치해야 하는 것은, 구체적이고 세세한 부분에 있어서의 윤리적 관념이다, 일일이 소통하지 않아도 동일한 당위 속에서 판단하는 것이 장기적인 협업에서 가장 중요한데, 그 기저에 있는 것은 결국 윤리 관념이기 때문이다, 이를테면 서기슬 씨는 철저히 자본주의자이고 상당히 민주주의자인데, 자본주의를 당위로 생각하지 않는 사람과는 오래 일할 수 없다, 어느 순간 상대는 나의 사고와 판단의 어떤 부분이 '비윤리적'이라고 생각해 버릴지도 모른다, 반대로 나는 아무리 '내용 면에서 정의로워 보이는' 결과를 추구한다고 해도 절차적으로 전혀 민주적이지 않은 방법으로 떼를 쓰는 상대를 잘 견디지 못한다, 분열은 혐오에서 오고, 혐오는 내가 깨끗해야 한다고 생각했던 부분을 상대가 더럽히는 상황에서 온다, 신뢰는 서로 깨끗하거나 더러운 부분이 같을 때에 오래간다, 현대 사회에서 협업의 생존 경쟁 속에 살아가자면, 누구 한 명이 전적으로 도덕적으로 옳거나 그른 일이 많지 않다, 무척 윤리적으로 보였던 사람이 얼토당토

않은 부분에서 이상하게 보일 수 있는 이유는, 애초에 우리 모두가 구체적이고 세세한 부분까지 각자의 윤리관을 갖고 있기 때문이다,

6

이런 것은 너무 주관적이어서, 과연 '윤리'라는 표현이 적절할지 모르겠지만, 본인의 사고 판단 속에서 일어나는 일을 철학적으로 보자면 그래도 윤리적 판단에 가까워 보인다, 이를테면, 나는 일회용 컵 안에 액체가 상당히 남았는데 그냥 통째로 쓰레기통에 버리는 사람과 웬만하면 같이 일하지 않는다, 그런 사람들에게 사사건건 시비 걸진 않지만, 동료의 그런 모습을 본다면 그 사람은 내 인생에서 멀어지는 쪽이다, 분리배출은 못 할지언정 액체는 하수구에 버리고 컵은 쓰레기통에 버려야지, 액체가 담긴 컵을 그냥 쓰레기통에 버리는 사람은 자기의 편의로 인해 발생하는 결과나 그 배려에 대해 1도 생각하지 않는 사람임이 분명하다, 라고 나는 생각하지만, 또 어떤 면에서 나 또한 누군가에게 절대 같이 일하고 싶지 않은 사람이겠지, 이를테면, 급한 일이라면 저녁 시간에도 전화를 해도 된다고 생각한다는 점이라거나,

7

그런데 그런 부분까지 일치하는 사람을 어떻게 찾느냐, 의 문제에서, 사실 '찾기'란 무척이나 어렵다, 대개 30대 이전에 '믿을 만한 사람 얻기' 게임이 끝나는 이유는, 그 윤리관이라는 것이

연소일기 삼십 대 편

대부분 성장 과정에서 형성되는 것이기 때문이다, 나의 윤리관도, 너의 윤리관도, 실은 상호 작용 속에 형성되는 것이고, 친한 친구라면 서로 영향을 주고받으면서, 또 멀어지거나 가까워지고, 다투거나 화해하면서, 서로가 서로에게 끌리거나 섞이면서, 비슷한 사람이 되어 가는 것이다, 그렇기 때문에 앞선 4문단에서 언급한 것처럼, 어렸을 때에 알았다는 것이 꼭 중요한 게 아니고, 단지 시간을 오래 같이 보낸 것이 중요한 것도 아니다, 바로, 서로에게 영향을 주며 얼마나 많은 부분에서 상호 일치하는 세세한 윤리관을 형성했느냐, 그런 밀도 있는 소통을 나눴느냐가 중요하다, 아무리 서로 사랑하는 친구 사이라도, '그런 부분에서 원칙 따지면서 유연하지 못하면 어떻게 사업을 도모하나' 같은 생각이나, '저런 식으로 옳지 않아 보이는 일을 하는 것이 영 나를 불편하게 하네' 같은 생각을 조금씩이라도 하게 된다면, 오래 함께할 수 없다,

8

꼰대 문화의 최대 해악은 어리고 젊은 사람들을 심리적으로 불편하게 만들었다거나 이런 것이 아니라, 인생 선배에게만 들을 수 있고 또 선배에게 들어야만 하는 유익하고 유용한 소통의 경우를 줄어들게 했다는 데에 있다, 나 역시 술자리에서 고작 10년 미만 더 살았던 선배들로부터 종종 쓰레기 같은 얘기 들어 주느라 허비한 청춘이 길었고, 그렇기에 조금이라도 어린 이들에게 무언가 얘기할 때에 자기 검열과 자기반성으로 아주 조심스러운 마음을 취하게 되지만, 한편으로는 늘 멘토이자 조력

자라고 생각했던 형들에게 '아, 이런 건 미리 알려 줬어야지, 이런 건 몇 년 더 산 사람들이 미리 깨닫고 안 알려 주면 어떻게 아나' 싶은 것들이 있는 셈이다.

9

딸을 낳는다면 딸에게 전해 줄 텍스트에 이 얘기는 꼭 담아야겠다. 나름으로 꼽은 가장 중요한, 인생의 지혜. '믿을 만한 사람'은 정말 중요한 삶의 기회이며 자산이고, 그건 어느 순간 발견할 수 있는 것이라기보다는 서로의 윤리관을 부딪치고 대화하고 만들어 가며, 서로를 '믿을 만한 사람'으로 만들어 가고, 서로가 '믿을 만한 사람'이 되어 가는 것이라는 것.

2019년 6월

# 치우친 생각

# 상속자는
# 고집쟁이로

나는 '이유 없이 고집 피우는 사람'을 좋아하거나 종종 그들의 태도를 높이 사는 편이다, 어쨌든 역사에는 그런 이들에 의해 지켜졌던 것들이 많다고 생각하기 때문이다, 현실과 조건, 혹은 공리주의로 따지자면 세상에 영영 지켜질 약속은 많지 않다, 상황은 계속해서 변하고, 무엇이 더 소중한지에 대한 가치 역시 계속 변하기 때문이다, 만약 자녀를 갖게 된다면 세상이 기대하는 것보다 좀 더 많이 고집쟁이였으면 좋겠다는 생각을 많이 한다, 나는 고인의 의지와 관계없이 자녀나 상속인에 의해 묶여서 출간되는 에세이집 같은 것을 소비하지 않으며 그런 일 자체를 굉장히 싫어하는 편이다, 내가 만약 어느 정도의 명예와 재산을 쌓고 죽음에 이를 수 있게 된다면, '미공개 원고 같은 것을 엮어서 책으로 내는 일 따위는 절대 하면 안 된다'는 유언을 지킬 수 있는 고집쟁이에게 내 생의 남은 것들을 상속하고 싶다, '남아 있는 유족에게도 도움이 되고 독자들도 바라는 일이다' 같은 것은 아주 구실 좋은 이유이며, 그렇기 때문에 사망한 저자들의 노트 메모 같은 것이 계속해서 출판되겠지, 하지만, 그런 일이 좀 끔찍한 장르라고 생각하고 주로 고인에 대한 존중 같은 것은 없다고 생각한다, 한 명의 글쓴이로서는, 죽기 직전까지 작업하던 것이라도 끝내 탈고하지 못했다면 망각 속에 묻어 버리는 게 좋은 편이라 생각한다, 누가 들으면 웃긴 얘기일 수도 있겠지만 내가 함께 자녀를 낳을 여성으로 고집 센 성격을 선호하는 것은 이런 종류의 판단과 무관하지 않다, 달콤한 설득이나 그럴싸한 구실에도 넘어가지 않고 고집스럽게 유언을 지킬 수 있는 사람이 내가 남긴 것들의 상속자이길 바라기 때문,

2019년 12월

# 내가 좋아하는 물

6

물을 좋아한다고 했는데 바다를 좋아하나요 아니면 강이나 계곡을 좋아하나요, 라는 질문에 제대로 답하지 못했다, 일단 그런 식의 질문이라면 온천을 가장 좋아합니다, 실은 전혀 낭만적이지 않지만 상수도를 가장 좋아하죠, 도시 문명과 과학이 만들어 낸 깨끗한 물, 매일 씻고 양치하는 물, 그것도 보일러로 살짝 데워서 몇십 분 동안이나 샤워를 하며 이런저런 생각에 잠기거나, 아이디어를 떠올리게 해 주는, 내가 아침마다 만나는 바로 그 물,

2017년 6월

# 내가 좋아하는 것과,
# 내가 가진 '병'들

1

'캐비어 좌파'라는 말이 있다, 고급 요리 재료인 철갑상어 알,
그 캐비어이다, 자본을 소유한 부유층이면서 진보적 성향을 가
진 사람들을 일컫는 말이다, 미국에는 비슷한 의미로 '리무진
리버럴limousine liberal'이라는 말이 있다고 한다, 고급차를 타고 다
니는 자유주의자, 우리나라에는 아시다시피 '강남 좌파'라는 표
현이 있다,

2

내가 흥미롭게 생각한 부분은, 프랑스는 먹는 것에 의해, 미국
은 타는 차에 의해, 그리고 한국은 사는 곳에 의해 각각 계층을
정의한다는 것이다, 중고등학교 때에는 모두 비슷한 동네에 살
았다, 신도시니까, 약간 아파트 평수 같은 것을 의식하는 아이
들도 있었던 듯하지만 차이는 크지 않았다, 대학에 가서야, 종
종 사람들을 나누거나 혹은 합치게 했던 질문, '너 어디 살아?'
의 미묘한 의미를 좀 더 알게 되었다,

3

자취방 근처에 'You are what you read'라는 이름의 북 카페 혹은 공유 서점이 있다, 당신이 읽는 것이 곧 당신이다, 라는 말, 골목길을 지나가다가 그 간판을 보고 걷는 동안 괜히 생각에 잠겼다, 아마도 'You are what you eat'이라는 좀 더 유명한 말에서 온 것이 아닐까 한다, 당신이 먹는 것이 곧 당신이다, 이런 선언들은 문득 'What am I'라는 질문으로 다가온다, 나는 무엇으로 정의해 볼 수 있을까, 그래, 내가 읽는 것, 그리고 내가 먹는 것, 내가 입는 것, 내가 사는 곳,

4

아시다시피 나는 오랜 시간 '내가 좋아하는 것'을 통해, 나를 정의해 보고 싶었다, 그래서 새로운 사람을 만나면 항상 복숭아 얘기를 꺼냈다, 처음부터 대단한 철학적 고민이 있었던 것은 아니고, '인간은 욕망하고 무언가 추구하는 존재니까' 하는 설명 따위는 한참 나중에 붙인 것이다, 안녕하세요, 복숭아를 좋아하는 서기슬입니다, 메신저 프로필 사진을 복숭아 그림으로 해 두고, 심심치 않게 복숭아 얘기를 한다, 그리고 상대방에게도 묻는 것이다, 뭐 좋아하세요?

5

오늘은 내가 갖고 있는 '병'들로 나를 정의해 볼 수 있지 않을까 하는 생각도 해 봤다, 불면증, 위장병, 그러니까 좀 더 구체적으로는 만성 위염과 역류성 식도염, 그리고 폐소 공포증이라

연소일기 삼십 대 편

거나, 인터넷 중독 특히 소셜 네트워크 중독, 나는 지금 내가 언급해 둔 몇 개의 병명들에 대해, 각각에 대해서 글을 몇 편씩 쓸 수 있을 정도로 사연도 많고 얘깃거리도 많다, 특히 불면증의 경우는 너무 괴로워서 잠에 대해서 책도 읽고 공부도 많이 했다, 하나를 버려야 한다면 당연히 불면증,

6
그 몇 개의 만성 질환들은 이미 나 자신의 일부가 되어 버린 것 같다, 그 병들은 곧 떠나갈 것 같은 이름이라기보다는, 자고 일어나면 내 옆에 있을, 내 생활의 일부분 같다, 내과 선생님은 실제로 그랬다, 나 같은 사람에게 위장병은 계절마다 찾아오는 감기 같은 거라고, 완치되지 않는다는 사실에 너무 스트레스받지 말고 받아들이고 살면 된다고 말이다, 따지고 보니 대충 그렇게 생겨 먹게 태어난 것이다, 물론 습관이 만들어 낸 부분도 있을 테지, 습관이야말로 '나'를 이루는 것의 거의 전부라고 해도 틀린 말이 아닌데, 병이야말로 그 습관의 결과이거나 혹은 원인이라면, 정말이지 병들은 떼어낼 수 없는 나의 일부분 같다,

7
자신이 속한 집단이나 계층 같은 것으로 자신을 정의하는 것보다는, 그래도 자신이 좋아하는 것, 듣는 음악, 먹는 음식들로 정의해 보는 것이 좀 더 좋은 것 같다, '주어진 것'으로 정의해 보는 것보다는, '선택한 것'으로 정의하는 쪽이 좀 더 나다운 것일 테니 말이다,

8

잘 익은 복숭아, 과즙이 많고 부드러운 백도, 매일 먹고 싶다, 나에게 '맛있다'의 최상급 표현은 '이걸 매일 먹고 싶다'이다, 매일 먹고 싶은 것, 매일 가고 싶은 곳, 매일 듣고 싶은 음악, 매일 하고 싶은 말 등등, 그 매일이야말로 나의 대부분이 아닐까, 그러고 보니 사랑한다는 말은 잘 떠오르지 않아서, 나는 당신이 매일 보고 싶어요, 라고 말해 본 적이 있었더랬다, 하지만 살고 싶은 매일이 이상理想이라면, 현실은 늘 다른 것이어서, 나는 그저 종종 잠이 잘 오지 않고, 종종 배가 아프다, 역시 저 너머의 이상향만 그리며 사는 것보다, 오늘의 나를 더 아끼려면, 나의 병들과 잘 화해하면서도 더 친하게 지내야겠지,

2016년 6월

연소일기 삼십 대 편

# 아침 식사의
# 이데올로기

아침 식사의 이데올로기에서 벗어나는 데에 30년 정도 걸렸다, 그러니까 아침밥은 원래 잘 챙겨 먹어야 하는 것이라 생각해서 누가 아침밥은 어떻게 먹냐고 물어보면, 실은 잘 챙겨 먹지도 않으면서 그 챙겨 먹으려는 노력에 대해 대답하거나, 마치 아침 밥을 거르는 나의 불성실함에 대해 변명하는 투로 말하는 것에 서 벗어나기까지, 30년 정도 걸린 셈이다, 혼자 살면서 삶의 규 칙성이 더 굳어진 것이겠지만, 이제는 오랜만에 부모님 집에 올 라가서 주말에 엄마가 아침 안 먹냐고 깨워도, 저는 원래 혼자 있을 때에도 아침 안 먹어요,라고 이제 엄마와 나는 다른 가구 가 되었고, 내 삶의 양식은 주말이면 아침을 먹지 않고 몇 시간 을 더 자는 것이라고 선언할 수 있게 된 것이다, 거기에 나는 원 래 항상 아침을 먹지 않기 때문에 괜히 아침으로 소금기가 있 는 국물을 먹거나 약간이라도 기름기가 있는 것을 먹으면 속이 더부룩해져서 더욱 좋지 않다며 당당하게 아침밥을 거부할 수 있게 되었고, 오전에 있는 미팅이나 행사 등에서 상대가 인사치 레로 '아침은 드셨어요'라고 질문하면, 그건 대수롭지 않은 일 이라는 듯이 '아, 저는 원래 아침 안 먹어서 괜찮습니다'라고 답할 수 있게 된 것이다, 아침밥을 먹으면 에너지가 솟고, 아침밥은 칼로리가 높아도 살이 찌지도 않고, 하루의 습관과 영양 어쩌고 하는 이데올로기를 모두 벗어던지고 자주적인 쾌락주의자의 삶을 살 수 있게 되었다는 것을 깨달았을 때에, 이 자유의 기분, 그렇다고 꼭 일부러 매일 거르는 것은 아니다, 이를테면 전날 늦게까지 일할 것이 있었다면 실제로 다음 날 아침에 배가 좀 더 고프다, 그럴 때에는 미숫가루를 물에 타서 마시거나 빵집에서 아침 빵을 사다 먹거나 또 학교 안에 있을 때에는 학생 식당의 조식을 이용하기도 하는데, 그렇게 그냥 배가 고프면 배고픔을 해결하기 위해 먹는다, 그건 아침 식사가 원래 해야 하는 일이라고 배웠기 때문에 하는 일이 아닌, 어디까지나 자유로운 선택, 물론 이런 당당한 마음을 갖게 된 데에는, 최근에 읽은 책에서, 세계 최고 수준의 성공을 거뒀다는 200명 정도 인물의 공통점이 아침밥을 아예 먹지 않거나 아주 적게 먹는 것이라고 본 것의 영향도 있을 테니, 나 또한 온전히 자주적인 선택을 한 것이라기보다는 외부로부터의 승인이나 연구 결과로부터의 지지에서 영 자유로운 것은 아니겠지만, 실로 혼자 살면서 나 스스로에 대해 생각하고 고민하고 또 실험하며 깨닫게 된 것이다, 그저 나는 아침 기상하고 오전 9시에서 10시 사이에 아무것도 먹지 않고 하루를 시작하는 것이 여러모로 더 괜찮은 삶을 살 수 있는 사람이라는 것을 말이다, 그런 식으로 선언하고, 아침밥 비슷한 얘기가 나오면, 아, 저는 원래 아침 안 먹어요, 이렇게 단정적으로 얘기할 수 있게 된 것이 너무 좋다, 그렇게 말하면 기분이 조크든요, 저희 아버지는 매일 같은 시각 일찍 일어나서 씻고 아침 식사를 하는, 은퇴를 하고도 그 삶을 이어가고 계시는, 산업화 시대를 건실하게 살아 낸 또한 멋진 분이시겠습니다만, 제 인생은 제 맘대로, 저는 그 대신에 아침에 일어나서 명상처럼 길게 샤워를 하고, 다른 일과를 시작하기 전에 키보드에 손을 얹고서 떠오르는 아이디어나 생각에 대해 짤막한 글을 쓰며, 하루 할 일을 생각합니다. 아침의 의례도 매일의 습관도 중요하다는 것을 알지만, 그 내용은 각자의 리듬,

2017년 6월

# 불확실한 길

4

투자를 받아 창업을 한 친구가 이런 얘기를 했다, 투자받아서 시작하는 스타트업이라는 게, 한 번에 하늘로 올라갔다가 비행기에서 밀려 떨어지는 기분이라고 말이다, 추락해서 땅에 떨어지기 전에 낙하산을 펼칠 수 있으면 사는 것이고 아니면 망하는 것인데, 낙하산이 새로운 개발 혹은 매출과 같은 가시적 성과이고, 시간과 돈이 사라지는 것은 고공에서 자유 낙하 하는 정도의 속도감이라는 얘기였다, 영화계 출신의 선배 하나는 영화 투자는 워낙 도박 같은 일이고, 보통은 빨리 망하는 길이라는 얘기를 했었다, 돈 많은 형님들이 영화 투자를 하겠다고 시나리오 괜찮냐고 봐 달라고 찾아오면, 돈을 벌고 싶으면 영화 투자를 하지 말고 부동산을 하는 게 현명한 방법이라고 답하곤 했다고 한다, 하지만 옆에서 누구는 성공해서 한 달 만에 건물을 새로 하나 올리기도 했다고 하니, 또 사람들이 망하려고 달려든다며, 그 생리 때문에 때로는 얼토당토않은 영화도 계속 제작된다고 했다, 그렇게 영화든 창업이든 투자라는 이야기에는 비슷한 서사와 등장인물들이 있다, 빠르게 흥하거나 빠르게 망

연소일기 삼십 대 편

하는 데에 인생을 거는 사람들, 돈을 거는 사람들, 하지만 또 그런 사람들 때문에 계속해서 새로운 문화와 문명이 등장한다는 것이 인간사의 재미있는 점이지 않을까,

5
요즘은 확실한 길과 불확실한 길, 빠른 방법과 느린 방법, 이 두 가지 축에 대해 생각이 많다, 향후 3-5년의 계획을 세우면서 몇 개의 선택지를 놓고 고민해 보기도 했다, 일단 분명한 것은 내가 특정한 경우에 '확실한 길'을 별로 안 좋아한다는 것이다, 이를테면 승진과 정년이 보장된 공공 기관에서 일하는 삶, 대충 5년 후가 예상되고, 10년 후도 예상되고, 삶에서 겪을 수 있는 최소값과 최대값의 간격이 크지 않은 삶, 어떻게 그런 인생을 살 수 있는 것인지 나 같은 성격과 적성에서는 잘 이해가 안 되는데, 수만 명이 실제로 그런 인생을 살고 있고, 또 많은 사람들이 그런 삶을 꿈꾼다는 게 놀랍기만 하다, 아주 어렸을 때에 회사를 처음 경험해 봤을 때부터 느꼈지만, 일이 재미있고 뿌듯하고 이런 부분을 떠나서, 비슷한 삶이 나선에서 반복된다는 것은 생각만 해도 숨이 턱턱 막힌다, 한편으로는 나에게 도박가적인 기질이 있다는 것을 뻔히 알고 있었지만, 최근에는 단지 '확실한 길'을 가는 것을 피하고 싶은 심리가 있다는 것을 많이 깨닫고 있다, 아주 좋은 안정이 주어져도 절대 그대로 살지 못하고 반드시 새롭고 불확실한 쪽으로만 가게 되는 것이다, 아무리 좋은 결과의 그림이라도 너무 확실하게 경제적 지위를 유지하는 삶도 어쩐지 숨이 막힌다, 사회적 존경을 받고 건물이 백 개라

서 임대 수익으로 놀고먹으며 살아도 행복하지 못할 것이다, 여행을 다니거나(여행은 늘 위험과 변수를 포함하고 있으니까 좋다), 무언가를 걸고 새로운 배움에 도전하거나, 어떤 식으로든 변동성이 있어야 행복하다, 어떤 면에서는 소모적이거나 낭비라고 보일 수 있을 만큼 인생을 탕진하더라도, 자신을 불확실성에 던지고야 말게 되는 심성, 이런 것이 어떻게 왜 주어진 것인지는 도통 알 수 없어도, 한편으로는 그런 불나방 같은 삶들이 당초의 목적에 관계없이 약간은 새로운 문화와 문명에 기여할 수 있다고 생각하면, 인류 집단 전체에 진화적으로 주어진 안정값과 불확실성의 함수 중에, 그래도 변화를 추구하는 쪽의 뽑기에 걸렸다는 게 괜찮은 것이라는 생각도 든다,

2017년 7월

# 적절한 꼰대리즘

5

나는 적절한 수준의 꼰대리즘을 존중하는 편이다, 매운탕 한 냄비에 들어가는 미원 반 스푼 정도의 꼰대리즘이라면, 인생 선배랍시고 늘어놓는 얘기도 괜찮다고 생각한다, 그런데 최근에 아주 중요한 것을 깨달았는데, '20대에 해야 할 일'에 대한 대부분의 꼰대리즘에 큰 오류가 있다는 것이다, 많은 이들이 '더 나이 들면 할 수 없는 것'을 20대에 하라고 얘기한다, 주로는 여행이나 공부 같은 뻔한 것들이지, 하지만 더 중요한 것은 그 반대라고 생각한다, '더 나이 들면 해야 할 것'들 위주로 20대에 해야 한다, 이 얘기만으로 글을 한 편 써 볼 수 있을 것 같지만, 아주 간단하게 축약하자면 이런 식이다, 특히 30대에 어떤 모습으로 살고 싶은가를 위주로 20대에 해야 할 일들에 신경을 써야 한다, 30대에 운동하는 자신을 보고 싶다면 20대에 운동하고 있어야 한다, 30대에 사회에 봉사하고 기부하는 삶을 살고 싶다면 20대에 봉사하고 기부해 보아야 한다, 30대에 재테크를 해야 한다고 생각한다면 20대에 재테크를 하고 있어야 한다, 나이가 들수록 경험은 발산하기보다 수렴한다, 꼰대들, 조언을 하려면 제대로 된 조언을 해 줬어야지. 여행이 문제라는 게 아니라 설명 방식이 문제라는 얘기이다. 젊어서 열심히 여행하던 이들은 그 인생 습관을 어떤 형태로든 유지한다. 즉, 더 나이 들면 여행을 못 갈 것 같으니 여행을 해야 하는 게 아니라, 더 나이 들어도 계속 여행하는 자신을 갖기 위해 여행하는 것이다. 어쩌면 가슴 아픈 얘기겠지만, 많이 여행을 못 해 보고 후회하는 이들이 후회하게 되는 진짜 이유는, 그들이 더 젊었을 때에 여행을 못 가봤다는 사실 때문이 아니라, 지금 시점에 여행을 갈 엄두를 못 내는 종류의 사람이 이미 되어 버렸기 때문이다.

2018년 5월

# 안 하는 것 두 가지

1

내 경우는 서른 중반에 들어 내 또래들이 많은 신경을 쏟는 것 중 두 가지를 확실히 안 하게 되었다, 최근에 '집중의 비결'에 대해 질문을 받고 굳이 생각을 해 보다가 깨닫게 된 것인데, 과연 '무엇을 안 하는지'도 중요한 의사 결정인 것 같다, 첫 번째는 투자, 두 번째는 '남 걱정'이다, 이 두 가지만 확실히 안 해도 다른 데에 집중할 수 있는 시간과 에너지가 굉장히 많아진다,

3

투자로 이득을 본 부분도 있고 손해를 본 부분도 있지만, 시간이 흘러 내 나이로 서른쯤에 이르러서는 확실히 투자를 안 하는 것이 이득인 구간에 들어섰다고 생각하게 되었다, 내 생각에 투자를 위해 공부하고 시간을 쓰고 신경을 쓰는 것은 순전히 금전적인 측면에서만 보자면 인생에서 두 경우에 효용이 있다, 하나는 노동 혹은 사업으로 인한 소득이 한계 효용에 봉착해 있고, 그렇기 때문에 부업으로서 투자에 시간과 노력을 쏟아서 추가 수입을 획득하는 것이 유효한 경우, 다른 하나는 투자

를 할 수 있는 현금 자산이 충분히 많아서 어떤 방식으로든 투자를 하더라도 안 하는 것보다 효용이 있는 경우이다, 반대로 투자에 신경을 쏟는 것보다 그 시간에 다른 자기 계발을 하거나 사업에 에너지를 쏟는 것이 향후 몇 년간의 총 기대 수입에 더 큰 긍정적 영향을 줄 수 있다면, 아예 투자에 신경을 끄는 것이 더 좋다고 생각한다, 이것이 개인적으로는 최근 몇 년 사이에 투자에 완전히 신경을 끈 이유이고, 직접 투자에 관련된 경제 뉴스, 주가 지수, 특정 기업의 뉴스나 주가 상황, 부동산 정보, 이런 것을 뇌로 소화하는 데에 전혀 에너지를 쓰지 않는다면, 생각 외로 많은 다른 일을 할 수 있다,

3

'남 걱정'은 가족 친구 지인에서부터, 특히나 정치인, 연예인, 등의 삶을 염려하는 데에 에너지를 쏟는 것이다, 사실 가까운 가족이나 친구는 '남'이 아니기 때문에 늘 염려하고 챙기지만, 현재의 온라인 뉴스나 소셜 미디어는, 나와 개연성이 없는 사람들의 삶에 대한 것을 나에게 너무 많이 송출한다, 그런 것을 의식적으로 보지 않으려고 성실하게 차단하면서, 의식 에너지의 누수를 굉장히 많이 줄였다고 생각한다, 물론 스포츠 선수이든 유튜브 스트리머든 트로트 가수든, 그들 중 누군가의 팬이 되어서 그 삶을 응원하고 에너지를 쏟는 것은 종종 그 팬인 사람에게 삶의 에너지와 동기 부여를 충전시켜 주는 순작용이 있다, 다만 언제부터인가 이전과 달리 수많은 예능 콘텐츠들이 개인의 사생활 영역, 결혼 생활이든, 육아든, 뭐 그런 것들을 다루기

시작하면서, 그저 별 생각 없이 소셜 미디어의 피드를 넘기는 것만으로도 타인의 삶의 고충이나 그들의 갈등이 내 신경 쓰임으로 범람해 오는 것을 느낀다. 또한 그저 뉴스를 보는 것만으로도 유발되는 특정 정치인이 처한 상황에 대한 이입, 내가 응원하는 연예인이 처한 사회적 논란에 대한 염려, 이런 종류의 신경 쓰임이 굉장히 낭비라는 생각에 이르게 되었다.

4

그렇게 '남 걱정' 할 에너지로 내 삶이나 신경 쓰고 내 가족이나 챙기자는 생각, 또 한편으로는 매체를 이용하면서 직간접적으로 접하게 되는 그런 에너지를 절약하는 것만으로, 컴퓨터를 켠 순간 키보드를 잡고, 내 전문 분야의 트렌드라도 한 줄 더 공부를 하거나, 이렇게 일기라도 한 줄 더 쓰게 되면, 그런 것들이 차곡차곡 쌓여 큰 생산성이 되기도 한다는 것.

2020년 12월 씀.

# 동료의 조건

1

연말 소회까지는 아니지만, 나이 드는 와중에 드는 생각, 2020
년은 그 어떤 해보다 나의 '나이 들어 버림'에 대해 많이 생각
하게 된 해였다, 바이브컴퍼니의 석환 씨와 재연 씨와 대화를
많이 하면서, 과연 내가 90년대생들과 어떤 경험의 차이와 관
점의 차이를 갖고 있는지를 확인할 일이 많았고, 선율을 만나면
서 00년대에 태어나서 성장하고 자란 일이란 무엇인가에 대해
서 처음으로 생각해 보게 되었다, 그만큼 유연함에 대해 많이
고민했고 20대의 나를 많이 돌이켰다, 연소일기 삼십 대 편을
정리하기 전에, 이십 대에 쓴 글들을 많이 읽었는데, 한편으로
는 그때에 비해서 내가 얻은 것이 무엇인지 생생하게 느껴졌다,

2

불확실함에서 오는 즐거움을 많이 잃었고, 그 자리에 몇 가지
확신이 자리하게 되었다, 조금 바꾸어 얘기하자면 편협함이 늘
었다, 더 치우친 생각을 하게 되었고, 더 많이 기울었다, 그게
올바른가 아닌가를 떠나서 어느 방향으로든 중간은 아니게 되

는 치우침이 나이 듦의 속성인 것 같다는 생각도 든다. 나쁜 점
도 있고 좋은 점도 있겠으나, 약간은 치우친 생각을 갖고 사는
것이 몸과 마음을 편하게 하는 면이 있다. 사람이 30대 중반이
넘어가면 이전에 먹어 보지 않은 음식은 잘 먹지 않게 된다고
하는데, 말랑했던 부분이 굳어질 때마다 비로소 성장의 한 단위
가 끝나는 것일 수도 있다. 나의 습관이나 태도나 관점이, 나 자
신을 불편하지 않게 하는 방향으로 굳어져서 안심이긴 하다.

3
치우치며 굳어진 와중에 사람에 대한 호불호도 단단해졌다. 교
훈은 늘 차갑게 다가온다. 어떤 사람을 만나야 하는가, 어떤 사
람과 함께 일하는가, 어떤 사람의 이야기에 귀 기울여야 하는
가, 이 모든 것에서 대부분의 성패가 결정되고, 즐거움과 지루
함이 갈라졌으며, 삶의 지혜와 멍청함 사이에서 영리한 선택을
할 수 있었다. 어떤 사람과 함께할 때에 좋았던가 돌이켜 보자
면 다음과 같다.

4
첫째, 최소한 말을 섞는 사이인 사람이라면 '감사하는 마음'이
있는 사람이어야 한다. 아주 어렸을 때부터, 정확히는 철학 공
부를 하며 제법 머리가 굵어질 23세, 24세부터 또렷이 했던 생
각이지만, 역시 인간됨에서 제일 중요한 것 중 하나는 감사하는
마음이다. 다시 감사하는 마음은 두 가지 구조로 이루어져 있
다. 본인이 무엇을 얻었는지 인식하는 단계와, 그것을 통해 세

상에 무엇을 베풀어야 하는지 생각하는 단계다, 무언가 받으면 반드시 돌려줘야 한다는 상호 호혜성이 감사하는 마음 자체의 본질은 아닐 테지만, 그 베푸는 마음, 세상에 무언가 갚기 위해 더 좋은 일을 하겠다는 의지가 생겨나는 부분에서 감사하는 마음은 완성된다,

5

둘째, 반성적 사고, 이건 후회를 통해 자신을 고쳐 나갈 수 있는 힘이다, 반성적 사고가 없는 사람과는 함께 일할 수 없다, 살다 보면 멍청한 실수를 반복하는 것도 괜찮지만, 그 와중에 아무 생각이 없는 것은 안 된다, 변화하고 발전하지 않고, 혹은 성장하지 않고 머물러 있는 사람, 머물러 있으려는 사람, 때로는 심지어 머물러 있는 것 자체를 미덕으로 여기는 사람과는, 대화는 할 수 있어도 함께 일은 할 수 없다는 것을 알게 되었다, 반성은 발전의 동력이고, 그만큼 나 자신에게도 '발전하는 기분'은 중요하다, 스스로 어제보다 더 나은 사람이 되는 성취가 없다면, 반대로 그 번거롭고 복잡한 사회생활을 견디며 직업 생활을 해나갈 이유가 별로 없다, 무엇 하나라도 '배우는 것'이 있어야 재미도 있고 의미도 있는데 이 배움의 동력이 반성이다, 반성할 일이 없을 정도로 매끄럽게 해결되는 일은 난이도에 맞지 않는 도전이고, 내가 성장한다는 기분이 없으면 보상이 너무 적은 셈이기 때문에, 그런 일은 그냥 그만두고 휴가를 가서 책을 읽는 편이 낫다,

6

셋째, 과학적 사고, 이것이 재능의 영역인지 훈련으로 획득 가능한 것인지에 대해선 아직 명확히 판단할 수 없지만, 생각해보면 내가 생각하는 과학적 사고는 다시 세 가지인 것 같다, 첫째는 근거 중심으로 판단할 수 있는가, 둘째는 인과와 작동 원리를 추론할 수 있는가, 셋째는 검증된 지식의 체계를 배우고 신뢰할 수 있는가, 그리고 이 세 가지는 서로 독립적이지 않고 서로 연결되어 있는데, 이를테면 '실험적 사고'가 가능하려면, 기존의 이론과 지식을 바탕으로 실험 설계를 해야 하므로 셋째의 구성 요소인 지식 체계에 대한 존중이 필요하고, 실험 결과를 명확히 해석하고 의미를 찾기 위해선 둘째의 인과적 사고가 필요하며, 실험 결과를 명확히 받아들이고 현실에 적용하기 위해선 첫째의 근거 중심의 태도가 필요하다,

7

이것은 앞의 세 가지에 비해 그리 핵심적인 것은 아니고, 없어도 상관없으나 있으면 좋은 것, 그것은 '관용'이다, 여기서 관용은 불필요한 불협을 발생시키지 않을 정도의 유연함 정도로 생각하고 있다, 인간은 실수를 하고, 그것이 인간의 특성이며, 그렇기 때문에 관용은 반드시 필요할 때가 생긴다, 내가 생각하는 관용의 핵심은 용서라거나 이해라거나 포용이라거나 그런 것이라기보다는, '필수적이지 않지만 사람의 기분을 나쁘게 할 수 있는 것들을 견디고 무시하는 힘' 정도라고 생각한다, 한 사람이 필수적인 부분에 대해 잘못을 했다면 당연히 화를 내거나

야단을 치고 타이르거나 정당하게 정정을 요구해야 한다, 그렇기 때문에 잘못에 대한 용서가 핵심이라기보다는, 사실 살다 보면 별로 안 중요한 일도 있고, 필수적이지 않은 일도 많으며, 특히나 그렇게 큰 영향 없는 주변적인 부분에서도 사람이 실수를 한다, 그리고 이런 것은 명백히 다른 사람들의 기분을 나쁘게 할 수도 있다, 하지만 그 자체로 그게 엄청 중요한 문제나 필수적인 것이 아니라면 자기에게 불러일으켜지는 기분 나쁨 정도는 스스로 무시하고 넘어갈 수 있어야 하는데, 나는 사람들에게 딱 이 정도의 관용이 늘 있었으면 좋겠고, 나 역시 이런 관용을 위해 노력하는 편이다, 이 관용은 보통은 자존감이라고 부르는 것이나 그에 관련된 심적 자산으로부터 나온다,

8

쓰다 보니 자연스럽게 함께 일하고 싶은 사람들에게 기대하는 것들, 그러니까 '동료의 조건'에 대해 적어 본 것이 되었다, 역시나 편협함이 굳어지고, 사람을 더 엄격하게 가리게 되었으며, 사람을 판단하고 분류하길 포기할 수 없는 오만함 만이 자란 서른다섯 살이 되었지만, 역시 다시 처음으로 돌아가서, 결국 어떤 사람과 함께 있고, 대화하며, 일하느냐가 또한 얼마나 중요한지를 깨닫는 30대의 과정이었으므로, 그 오만함과 별개로 나도 더욱이 감사하는 마음과, 반성하는 사고와, 과학적 사고와, 관용을 지닌 사람이 되도록 노력해 봐야겠다, 이것은 상대에게 그런 미덕을 요구하기 때문에 나도 좋은 사람이 되어야 한다는, 당위적 판단에서 나오는 결심은 아니다, 그런 사람

을 가장 잘 찾고 그런 사람과 서로 이끌리며 팀을 꾸리기 위해 가장 효과적이고 효율적인 방법이 오직 내가 그런 사람이 되는 것이기 때문이다, 아, 방금 팀이라는 표현을 썼고, 팀을 꾸린다는 표현을 썼는데, 이것은 내 오랜 일기 속에서 생각 외로 뚜렷하게 드러나지 않았던 관점이지만, 이제는 '팀'을 생각한다, 이게 겨우 수신修身할 수 있게 되었으니, 그나마 제가 치국齊家治國의 단서라도 생각할 수 있게 된 것, '대학'에서 말하는 수신제가 치국평천하는 대단히 꼭 벼슬을 하거나 정치를 해야 한다는 얘기는 아니고, 결국 개인의 학문이 깊어지면 그 영향력이 가까운 곳에서부터 주변으로 확장되어 나아가는 과정을 설명하는 논리라고 이해하고 있다, 반대로 '제가'가 안 되었다면 '수신'이 덜 된 것, '수신'이 잘 안된다면 '성의정심'과 '격물치지'가 덜 된 것이다, 내 나름으로는 공부와 반성을 많이 했다고 생각한다, 다가오는 날들에는 더 큰 일을 할 것이다,

2020년 12월

# 글 쓰는 삶

# 만연하게

3

목표, '일기를 나중에 인공 지능에 학습시켜서, 내가 50대가 되었을 때에 30대의 서기슬 챗봇과 대화 나눌 수 있게 될 정도로, 그만큼 충분한 데이터가 될 수 있을 정도로 많이 쓰기'

4

만연하게 살다가 만연하게 죽을 생각이다, 후대가 나를 편집해 주겠지,

2018년 1월

# 글을 쓰는 이유

한 편의 글, 한 곡의 음악으로 크게 위로받은 적이 있다, 꼭 그들이 나를 위해 메시지를 보낸 것은 아니겠지만, 그런 것을 알면서도 한순간은 참 그런 글을 읽고 그런 음악을 들을 수 있어서 온 세상이 모든 인생이 다행이었다고 생각했던 것이다, 나역시 수십 편의 일기를 불특정 다수 앞에 전시하던 어느 날은, 누가 굳이 나의 이름을 찾아 개인적인 메시지를 보내서, 위로받아 고맙다고 얘기를 한 적이 있었다, 그런 일이 또 일어날 수도 있고 일어나지 않을 수도 있지만, 죽을 때까지 글을 쓸 이유로는 충분하다고 생각했다, 혹은 죽을 때까지는 아니더라도, 내가 스스로를 젊다고 느끼는 시간 동안 글을 쓸 이유로는 충분하지 않을까, 한 번쯤은 내가 받기만 했던 감정을 누구에게 전해 줄 수 있다면,

2020년 7월

# 글을 잘 더
# 잘 쓰고 싶다

1

최근에 아주 흥미로운 동기 부여가 생겼다, 그것은 바로 '글을
더 잘 쓰고 싶다'라는 생각이다, 이런 흔한 생각이 새삼스럽고
흥미로운 이유는, 한때에는 '글을 더 잘 쓰고 싶다'라는 생각에
사로잡혀 열병에 시달릴 정도로 동기 부여와 절망 사이를 오가
던 시절도 있었는데, 어느 시점부터는 그런 생각을 전혀 안 하
고 살았기 때문이다, 대단히 만족했기 때문은 아니고, 대충은
노력의 한계 효용 끝자락까지 갔다는 생각 때문이었다, 그러니
까 여기서 글을 더 잘 쓰려고 노력해 봤자, 이제는 투입하는 노
력 대비 별다른 효용이 없는 시점까지 왔다고 생각했다,

2

글쓰기에 관해서라면 '불편함'이 없는 수준까지 온 것 같았다,
역시나 대단히 만족스러운 것은 아니지만 불편함이 없는 정도
딱 그만큼이라는 얘기인데, 예전에는 실로 내적 불편함이 많았
다, 내가 표현하고 싶은 것을 다 표현하지 못해서 답답했고, 내
가 써 놓은 글을 보며 어지럽고 오글거려서 괴롭기도 한, 그런

흔한 불편함 말이다, 하지만 그럭저럭 내 생각을 문자 언어로 옮기는 데에 어려움이 없어지고, 소위 말하자면 국어 구사력에 있어서는 말하기이든 글쓰기이든 그럭저럭 상급은 되었다고 스스로 칭찬해 줄 시점까지 갔다,

3
이런 식으로 생각했다, 김영하나 신형철만큼 글을 잘 쓰려는 것도 아닌데, 문장력은 더 가다듬어 무엇 하나, 같은 생각이었다, 내가 김영하나 신형철만큼 글을 쓸 수 있었으면, 글로 먹고살면서 김영하나 신형철을 하고 말지, 뭐 하러 서기슬로 사나, 서기슬은 글을 쓰는 것 말고도 다른 재주가 조금은 더 있으니, 서기슬로 살아야지, 수려한 문장을 탐닉하는 기쁨도 기쁨이겠지만, 꼭 그런 문장을 써내고자 나까지 스스로와 다툴 필요가 있나, 이런 정도의 입장 정리였다, 이런 입장 정리는 문학적 무언가에 대한 나의 열망을 쉽게 내려놓게 했다,

4
문장력에 대한 열망은, 전문성 혹은 특정한 전문 지식에 대한 쪽으로 번진 듯도 하다, 지금도 늘 하는 얘기이지만, '글은 문장이 좋은 사람이 잘 쓰는 것이 아니라, 할 말이 분명한 사람이 잘 쓴다', 더 깊고 날카로운 얘기를 쓰려면, 책을 더 읽고 공부를 많이 하는 것이 중요할 뿐, 굳이 글 자체를 연습할 필요는 없는 단계라는 생각이었다, 나는 박사 과정 학업의 끝자락에 있지만, 여전히 알고 싶고 궁금한 것이 너무 많은데, 어쩌면 기존의 지

식을 딛고서 더 심화된 내용도 궁금해할 수 있게 되었기 때문에, 궁금한 게 더 많아졌다, 이러한 호기심과 학업은 나의 문장을 더욱 깊고 날카롭게 만들어 주리라 믿는다,

5

그렇다면, 그럼에도 불구하고 다시금 왜 나는 '글을 더 잘 쓰고 싶다'는 생각에 직면했을까, 테크닉으로서의 구성력, 조각과 형성으로서의 어휘력, 분량 내에서의 효과적 전달 요령, 이런 것에 대해 연습하고 연구하고 훈련하고 싶어졌다, 이 질문에 대해 가장 유력한 해답으로 지금 떠올린 것은, 종합적으로 나 자신에 대해서 '서는 곳이 달라졌다'고 느끼고 있는 게 아닐까 하는 것이다,

6

수년째 얘기하고 있지만, 나는 주로는 골목 코너에 위치하고 있으면서 몇몇 단골손님에 의지하여 생계를 유지하는 두어 평 남짓한 테이크아웃 커피점 같은 글쟁이로 살려고 했고 살고 있었다, 만족하고 행복한 삶이었고 지금도 그렇다, 다만 조금 다른 꿈이 생기고 있는 것일 수도 있다, 서 있는 곳이 달라졌기에 세상에 하고 싶은 말이 더 많아진 것일 수도 있다,


*이 일기를 쓴 이후로, 소위 공중public에 글을 쓰는 일이 좀 더 많아졌다, 세상에 하고 싶은 말이 조금씩 늘어났던 듯,

2018년 9월

# '저자 되기'의 즐거움

1

지난주에 책이 나왔다. 그 직후부터 책 덕분에 즐겁고 행복한 일이 많았다. '책을 쓰는 일이란 이런 것이다'라고 다른 사람들이 더 많이 알려 줬었다면, 좀 더 일찍 열심히 책을 내려고 했었을 텐데, 역시 세상의 수업이란 직접 경험해 봐야만 아는 것들이 있다.

2

책을 쓰며 가장 기분이 좋았던, 혹은 가장 뿌듯했거나 깨달음을 얻었던 때가 언제인가 하면, 책 표지가 나왔을 때도 아니고, 실물인 책을 처음 봤을 때도 아니고, 교보문고의 서가 한편에 놓인 내 책을 봤을 때도 아니었다. 구체적으로 온전히 원고를 탈고하던 그날이었다. 퇴고에 퇴고를 마치고 이제 정말 탈고구나, 하던 그 순간, 출판사 대표님이 '이 정도면 되겠지요?'라는 식으로 나에게 물었다. 그제서야 나는 늘 그런 질문을 '하는' 입장으로 너무 오래 살아왔다는 것을 깨달았다. 비유하자면 내 정신세계 속에 꼬물꼬물 자라서 살고 있던 부자유한 부의지 하나가

(실제 대화에서는 종종 '노예 같다'는 표현을 쓰기도 했다) 어느 날 갑자기 '아차, 세상은 원래 이런 건 아니었지'라는 것을 깨닫는 순간이라고 해야 하나, 내 책은 기획 도서가 아니었다, 정말로 내가 세상에 대해 쓰고 싶은 얘기를 먼저 썼고, A4용지 100매 이상의 원고를 먼저 혼자서 써서 완결한 다음에, 출판사에 투고하여 계약한 책이었다, 계약 후 교정을 보고 아쉬운 부분을 좀 더 고치고 맞이했던 그 탈고의 순간은, 드물게도 나에게서 비롯되어서 나에게서 끝나는, 공중에 출판publish하는 일을 결정하는 최초의 순간이었다,

3

'남의 일'로 살았던 시간들이 떠올랐다, 최소 '우리의 일'이라 하더라도, 대학원생을 오래 하면서 '공동 저작'을 너무 오래 했거니와, 사실 학교에서든 회사에서든 심지어 내가 결재권자라고 하여도 온전히 그것이 '나의 일'인 경우는 많지 않다, 수많은 교수님도 사장님도, 자기 뜻대로 한 저작물의 시작과 끝을 온전히 통제하는 감각을 느끼기는 쉽지 않을 것이다, 단독 저술인 논문을 써 본 적은 없지만, 아마 저널에 투고하는 논문인 이상, 내 논문을 심사할 익명의 리뷰어를 생각하며 써야 하기에, 그 또한 온전히 자유의 느낌은 아닐 것 같다, 국제 저널에 투고를 해 본 연구자들은 공감하겠지만, 논문 쓰는 시간이란 수정 사항을 받아서 고치는 일이 대부분이다, 그런데 내 책을 내면서, 그 누구에게도 검사받지 않는 글이 '이 정도면 됐다'라는 것을 나 스스로 결정하는 순간, 그 자유의 기분은 돌이켜 보면 분명

좋은 것이긴 했는데, 어떤 노예는 자유를 질병이라고 생각한다는 것처럼, 낯선 기분도 상당 부분 있었음이 분명하다. 책을 내는 일에 대해, 작가가 되거나, 사람들에게 인정받거나, 한 분야에 대해 책 한 권 분량의 의견을 정리한다거나, 뭔가 그런, 역시나 타인에 의한 외적인 평가나 인정에서 비롯된 기쁨과 뿌듯함이 있지 않냐는 얘기를 많이 들었다. 하지만 역시 두 번 고민할 것도 없이 최고의 순간은 탈고의 순간이었다. 분명 블로그나 페이스북에 글을 올리는 일도 많긴 하지만, 그 느낌과 조금 다르다. 더 오랜 시간 고민하고, 이 작업을 언제 어떻게 끝내야 하는지 '나 스스로 가장 잘 알게 되는 순간'을 맞이한다는 것,

4

두 번째, 내가 쓴 책에 대해서, 내 책을 읽은 사람들과 대화 나누는 것이 이렇게 즐거운 일인지 몰랐다. 원래 나는 다른 사람들과 책 얘기 나누길 좋아한다. 같은 책을 읽었다는 것도 하나의 또렷한 경험을 공유하는 일이기에, 느꼈던 것에 대해, 서로 인상적이었던 부분에 대해, 서로 다른 관점에 대해, 책 친구와 대화를 나누는 일은 즐거운 취미이다. 그런데 심지어 내가 쓴 책을, 다른 친구가 독자가 되어 읽고 와서 나에게 '이런 부분이 재미있었다', '여기를 읽을 때에는 이런 생각을 했다'라고 얘기해 주는 것은, 다른 책에 대해 대화 나누는 것과는 전혀 다른, 훨씬 큰 소통감을 느끼게 했다. 나는 '창작자 관점'의 비하인드를 듣는 것을 좋아한다. 그러니까 감독은 영화로 얘기하지만, 이 부분의 연출 의도, 이때에는 어떻게 장면을 찍었는지, 이런

연소일기 삼십 대 편

인터뷰는 늘 흥미롭고 그 콘텐츠를 한 번 더 즐기게 하는 계기가 된다, 작가들의 후기는 설령 내 기대와 다른 것일지라도, 그저 그 작가가 어떤 상황에서 그 내용을 발상했고 또 어떻게 집필했는지 연상하는 것은 재미있는 일이다, 이전에 영화 '벌새'에 대해 쓴 것처럼, 내가 가장 좋아했던 장면을 주인공 배우 스스로도 가장 좋아했다는 것을 알게 되는 일이나, 그때 연기했던 배우의 기분을 듣는 것은 너무 흥미롭다, 그리고 내가 쓴 책에 대해선, 역시 작가는 책으로 얘기하는 것이 기본이겠지만, 내가 가장 쓰기 어려웠던 꼭지에 대해, 집필하며 만족했거나 뿌듯했던 일들에 대해 독자와 수다를 나누며, 내용에 대해 토론하는 것은 또한 무척이나 즐거운 일이었다,

5

글을 잘 썼다거나 내용이 좋다는 평보다도, 내 목소리가 들렸다거나, 이것은 누가 봐도 서기슬의 글이라거나, 내가 늘 하던 얘기들이 맴돌았다는 얘기들, 그런 얘기들이 더욱 듣기 좋았다,

6

지난 내 책은 부모 독자를 위한 교육서이지만, 한편으로는 '성장'에 관한 책이다, 가르치는 사람의 삶도 배우는 아이들과 함께 성장한다는 것을 나 역시 절감했다고 책에 적기도 했지만, 많은 부모님들에게도 자녀와 함께 성장하는 일이 실은 교육의 대부분일 것이라 생각한다, 자녀가 없는 사람도 그 성장에 대한 내 고민과 연구를 흥미롭게 읽었다니 뿌듯하기 그지없는 일이다,

7

책을 읽고 난 후에 떠오르는 문제의식 중에 책 안에서 결론지어지지 않은 질문들이 있었다. 책을 다 읽은 후에 여러 사람이 했던 질문 중에 생각 외로 공통적인 것들이 있었다. 약간의 농담을 덧붙여서, '후속작 창작의 압박'을 느낀다고 해야 하나, 그마저도 즐거움의 일부분이다.

2020년 1월

# 아무리 바빠도

그렇게 바쁜 와중에도 일기는 쓰는구나, 라고 하니, 아무리 바빠도 똥을 안 싸고 살 수는 없잖아요, 같은 종류의 저급한 심상밖에 마땅한 비유가 떠오르지 않았다, 그래서 좀 괜찮은 비유를 고안해 보려고 노력 중이다, 이를테면 공항에서 근무하는 마약 탐지견들도 정해진 시간만큼 외부 산책은 해야 한다거나, 코로나바이러스 때문에 외출을 금지한 스페인에서도 강아지 산책은 허용했다는 얘기, 그러니까 강아지에게 산책이 여가 활동이 아니라 생존에 필요한 필수 대사 활동 같은 것이듯이, 글쟁이에게는 글 쓰는 행위가 취미의 문제가 아니라 건강한 생존의 문제라는 것 말이다, 자기 전에 일기 쓰고 머리를 비워야 편해지는 것도 어느덧 20년 습관인데,

2020년 5월

# 나의 정신 운동,
# 작문 운동

1

가끔 인터넷에 사람들이 '긴 글 읽어 주셔서 감사합니다'라고 남긴 메시지 같은 것을 보면 굉장히 무안해진다. 내가 온라인에 써 대는 글 대비 보통은 너무 짧은 글이기 때문이다.

2

나는 지금껏 사용했던 대부분의 소셜 미디어 플랫폼에서, '한 게시물에 작성할 수 있는 최대 텍스트 용량을 초과해서 발생하는 에러'를 경험한 적이 있다. 싸이월드 일기장은 물론이고, 과거의 네이버 블로그, 페북 게시물(2013년 당시에는 더 짧았으며, 그 이후 최대 텍스트양이 점점 늘어나는 것까지 순차적으로 체험했다), 인스타그램의 텍스트 입력, 그리고 대학교 커뮤니티 게시판까지 포함이다. 처음에 이 오류를 접했을 때에는, 이유 없이 게시물이 업로드가 안 된다거나, 알 수 없이 뒷부분이 잘린다고 생각했다. 웹 기술에 대한 이해도가 조금 높아지고, 게시판의 DB 설계에서 효율성을 위해 혹은 개발자들이 그냥 '어차피 이 정도로 글을 쓰는 사람은 없을 테니 대충 최댓값을 설정해 두면 되겠지'라는 생각 때문에라도 어쨌든 최대 텍스트 입력량을 제한한다는 것을 이해할 수 있을 정도가 된 후부터는, 긴 게시물은 업로드하기 전에 별도로 백업해 두는 습관을 갖게 되었다, 물론 일부러 시험해 보려고 한 적은 없었다, 쓰다 보니 길어진 것이지, 인스타그램의 최대 텍스트양이 너무 적은 문제에 대해선 처음에 좀 놀랐었고 여전히 좀 답답해하는 중임,

3
의식의 흐름을 그대로 글로 옮기다 보면, 한 번 앉아서 네다섯 시간씩 생각의 전환과 전개를 모두 따라가며 긴 글을 쓰게 될 때가 있는데, 이게 나에겐 일종의 명상 같다, 언제부터인가 삶의 중요한 요소로 자리 잡았다, 이러한 장시간 글쓰기를 지칭하는 별도의 표현이 따로 있는 편이 좋을 것 같다, 그런데 왜 굳이 이 시간을 지칭하는 표현을 따로 고안하지 않았나 방금 생각해 봤는데, 이것이 상당히 특수한 경험이라는 것을 알기 때문에 타인과 한 단어로 축약해서 소통하고 공감할 일이 없어서 그랬던 것 같다, 과연 언어란 사회적인 것, 하지만 굳이 이름 붙이자면, 어린 시절에는 '작문 연습' 같은 표현을 썼었으나, 조금 뉘앙스를 달리해서 '작문 운동'이라고 부를 수 있을 것 같다,

4
이런 식의 '정신 운동(mental exercise를 직역한 표현인데, 육체적 운동의 반대말로 고안해 봤다)'은 나뿐 아니라 모든 사람에게 필요하다고 생각한다, 그 운동의 형태나 강도에 개인차가 있을 뿐이다, 누군

가는 조금 복잡한 스토리를 지닌 드라마를 보는 것으로 그 운동 필요량이 해소되기도 하고, 누군가는 좀 더 구체적으로, 등장인물 간의 엮이고 엮이는 관계가 다채로운 드라마를 볼 때에 그 부분이 해소되는 것 같다. 나는 여러 등장인물이 나오고 그들 사이에 이중 삼중의 물리고 물리는 관계가 바탕이 되는 장르를 별로 즐기지 않는다. 아마도 그런 정보를 처리하는 회로가 크게 발달하지 않은 것 같다. 인간관계란 비교적 단선적인 것이 좋으며, 현실 세계에서도 개인으로서 공동체 내의 다이내믹스dynamics에 휘말리는 것을 별로 좋아하진 않는 것 같고, 명백히 사람과 1:1로 친해지는 것을 선호한다. 내가 생각하기에 그런 다양한 인물 사이의 명시적 암묵적 갈등이 주가 되는 드라마를 즐기는 사람은, 현실 세계에서도 사람들 사이의 호불호나 긴장 관계를 잘 파악하며, 또한 그런 주제로 얘기 나누기를 즐기는 것 같다. 이것은 순전히 적성의 문제라고 생각한다. 누군가는 퍼즐 게임을 좋아하고, 누군가는 순발력이 필요한 게임을 좋아하며, 누군가는 심리전이 중요한 게임을 좋아한다. 잘하는 것과 좋아하는 것의 결합에 적성이 있고, 사람마다 적성이 다 다른 셈이다. 하지만 분명한 것은 누구에게나 그런 각자의 정신 운동이 존재하고, 보통의 사람들은 그것을 대화나 게임, 독서, 영상 시청 등을 통해 해소하지만, 나처럼 문자 언어를 처리하는 데에 비교적 적성을 지닌 이들에게는 문자 언어를 통해 독백한다는 하나의 선택지가 더 있는 셈이다.

5

그야말로 과장하자면 자기 자신과 대화하는 셈인데, 순전한 독백도 있지만 또 완전히 독백만 있는 것은 아니라, 암묵적으로 불특정 독자를 전제하고 하는 대화도 있다, 독백을 전시하는 것은 소셜 미디어 때문에 생겨난, 가히 21세기적 취미라 할 수 있다, 하지만 또 약간 다른 관점에서 보면 분명히 인간 고유의 습성 일부분일 수도 있다, 이를테면 정약용 선생님이 직접 집필하신 글을 보면 그런 느낌이 들기도 한다, 역사 속의 많은 작가들이 비슷한 동기로 글을 쓰지 않았을까 싶다, 예전에 누가 트위터에서 "마크 트웨인이 생존해 있었으면 골수 트위터 헤비 유저일 것"(마크 트웨인은 미국적 문학의 한 시대를 대표한 작가로 『톰 소여의 모험』의 저자이고, 재치 넘치는 풍자에 능했다)이라는 얘기를 한 것을 본 적이 있는데, 아주 적절한 설명이라 생각했다,

6

이 운동의 본질은 강아지의 산책과 같아서, 주기적으로 충분히 반복하지 않으면 사람이 병든다는 것이다, 건강해지기 위해서는 더 건강한 방식으로 그 자질과 적성을 훈련해야 하고, 그에 관한 에너지를 소모해야 한다, 산책을 할 때에 강아지들에게 충분한 후각 자극의 계기와 시간을 줘야만 하는 것과 비슷하다, 방 안에 갇혀, 그 타고난 후각을 제대로 발휘하지 못하는 강아지는 우울증에 빠진다, 인간도 비슷하다, 자신의 적성에 맞는 능력치를 반복적으로 활용하는 운동이 카타르시스를 준다,

7

연애를 하는 중에는, 여가 시간을 온전히 나 자신만을 위해 쓰는 것에 미묘한 죄책감이 있었다, 그녀가 나쁜 의도로 그런 것은 전혀 아니며, 한편 물리적으로 함께 있지 않아도 자신과 더 많은 대화와 소통을 나누길 바라는 것은 순전히 애정의 결과였지만, 그럼에도 그녀가 그런 일에 미안함을 느끼게 만드는 사람이었다는 것도 사실이었다, 이런저런 계기를 포함해서 연애 중에는 혼자 글 쓰는 시간이 현격하게 줄어들었는데, 나는 그녀에게, 나는 이제 혼자 글을 써야 할 시간이 되었으니 너와 전화 통화를 그만해야겠다는 말을 하지 못하는 종류의 사람이었다, 어쩌면 나의 그런 행동도 당연하고, 그렇게 알게 모르게 병드는 일도 당연했으며, 그러한 나의 감정에 대해 그녀에게 설명해도 그녀가 이해하지 못하는 것도 당연하고, 혹은 다른 종류의 핑계라고 오해하게 되는 일도 당연하다, 나는 '작문 운동'이라는 단어를 조금 전에 발명한 수준인데, 어떻게 그 작동에 대해서 온전히 설명할 수 있었겠나,

8

하지만 감각 운동에 대한 나의 가설은 연애 중에 더욱 구체화되어서, 이에 대해선 그녀에게 얘기한 적이 많았다, 이를테면 그녀는 복잡한 시각적 패턴의 정보나 색채 정보를 처리하는 것이 운동인 사람이었던 것 같다, 그런 것들을 관찰하거나 이미지를 수집하는 일을 즐기고, 또 건축이나 직물의 다양한 패턴을 잘 파악하며, 색채의 다양성을 가려보는 눈이 뛰어났다, 그

연소일기 삼십 대 편

런 재능과 자질을 가진 사람은, 그런 종류의 정신 운동을 충분히 해 주어야 건강해진다는 것, 나와는 전혀 다른 사람이었기에 가까이서 바라보며 얻을 수 있는 깨달음이 있었다,

9

그래서 요즘은 자신의 우울함을 토로하는 사람들에게 몇 가지 정해진 질문을 한다, 물론 그중 하나는, 너에게 필요한, 신체 운동 혹은 정신 운동이 무엇일까, 하는 것이다, 악기 연주처럼 대단히 신체 운동과 정신 운동이 고도로 결합된 활동도 있고, 좀 더 낮은 차원에서 반복되는 뜨개질이거나, 혹은 간단한 청소나 설거지 정도의 가사 활동도 있고, 그 층위가 다양할 것이다, 직접 땀을 흘리며 몸을 움직여야만 스트레스가 풀리는 사람도 많다, 다만 역시 정신적 부분과 육체적 부분을 포함해서 모든 사람들에겐 그 자질과 감각을 '움직이며' 에너지로 분출하고 소화하는 활동이 필요하다, 물론 많은 사람들에게, 그리고 대부분의 남성들에게 가장 중요한, 정신적 신체적 결합 운동은 섹스라고 하는데, 실제로 사춘기 이후의 성인은 계속해서 충전되는 성적인 에너지를 건강한 방식으로 주기적으로 소모해 줘야만 문제없이 살아갈 수 있다, 이는 정신 의학을 포함한 의학 분야에서 공통적으로 제안하는 바이므로 이론異論의 여지가 없고, 상식으로도 여기에 반대하는 사람은 없을 것이다, 나는 다만, 그런 아주 기본적인 욕구 외에도, 좀 더 문화적 활동이나 사회적 활동에 가까운 일들도, 모두 끊임없이 충전되는 그 에너지를 주기적으로 소모해 줘야만 사람이 건강해진다는 식으로, 욕구와

능력과 해소에 대한 가설을 '정신 운동'이라는 이름으로 구체
화해 보려고 하는 것이다,

10
그러니까 이것은 반복적이거나 주기적 행동에서, 모종의 의미
를 발견하고 그 의미를 해석하고자 하는 노력이다, 무슨 얘기
인가 하면, 만약 지금 여기까지 글을 읽은 사람이 있다면, 이런
의문을 가질 수도 있다, 이런 복잡하고 긴 글을 굳이 왜 이렇게
열심히 적고 있는 걸까, 재는 왜 저렇게 쓸데없는 고민까지 하
고 머리 아프게 사는 걸까,라고 생각할 수도 있겠지만, 아주 정
확하게 이건 내가 지금 작문 '운동'을 하는 과정인 셈이므로, 그
런 질문은 '운동을 왜 하냐'는 질문과 같다, 그건 헬스장에서 열
심히 덤벨을 들어올리고 있는 사람에게, 넌 왜 그렇게 반복해서
계속 고중량의 물건을 들었다 놓기를 반복하고 있느냐고 묻는
것과 마찬가지인데, 물론 그렇게 해서 몸을 만들어서 이성에게
인기를 끌기 위해서라거나, 근력과 지구력을 유지해서 오래 사
는 건강함을 얻기 위해서(정말 여기에서 '장수'를 들먹이는 것은 너무 웃긴 일
이라고 생각하지만 실제로 사람들은 그렇게라도 이유를 묻고자 한다)라거나 여러
이유를 들먹일 수 있지만, 아마도 본질에 가까운 것은, '그냥',
'습관이니까', '가만히 있었더니 몸이 근질근질해서' 정도인 경
우가 많고, 백날 가만히 있어도 몸이 근질거리지 않는 사람에겐
그런 자질이나 재능, 적성이 없는 것이지만, 또 어떤 사람들은
가만히 있기만 하면 우울해지고 기력도 없어지고 몸이 근질근
질해서, 그렇게 가서 한참 거친 호흡을 하고 땀을 흘려야만 개

운한 기분이 들고 그날 밤에 잠이 잘 오며 다음 날에 기분이 좋은 것이다, 때로는 에너지를 소모하는 것 자체가 목적인 것이다, 그러니 굳이 '너는 왜 그렇게 무거운 덤벨을 들었다 놨다 하냐'라고 묻거나, '너는 왜 그렇게 긴 글을 쓰며 쓸데없는 고민을 하고 있냐'라는 의문을 가질 필요 없이, 그냥 쟤는 저러고 살아야 되는 애구나, 하고 이해하면 된다,

13
슬슬 심신이 릴랙스되는 기분이 찾아오니, 이만 자야겠다, 글을 어떻게 전개해서 마무리해야겠다는 고민 같은 것은 전혀 하지 않고, 그저 뇌에서 손가락을 타고 바로 키보드를 두드려 내 발상이 언어화되는 경험과 그 편안한 기분을 다른 사람에게 설명하거나 그를 통해 공감을 얻기는 여전히 좀 힘들겠지만,

2019년 7월

# 연소선생의
# 숨은 독자들

0

연소선생의 숨은 독자들, '샤이 연소' 그들은 누구인가,

1

얼마 전에 유명인 친구의 유튜브 동영상에 출연한 일이 있다, 나는 은근히 내성적인 성격이기 때문에, 편집자분에게 부탁해서 얼굴을 블러 처리 해 달라고 했다, 아무래도 완전히 가려지는 것도 아니고 알 만한 사람은 다 알아볼 테지만, 그래도 얼굴이 그대로 드러나는 것보다는 낫다고 생각했다, 해당 영상에서는 손금과 관상 봐 주는 얘기가 포함된 까닭에 내 발언 비중이 있는 편이었다, 그리고 이런 덧글을 써 둔 사람을 발견했다, "연소 선생님 ㅎㅎ 팬입니다. 항상 좋은 글 감사드립니다.",라고 말이다, 오, 놀라운 일, 이라고 생각하고, 오늘은 그래서 써 보는 얘기,

2

나는 '나와 실제로 안면이 있는 것은 아니지만 상대는 나를 알

고 있으며, 내 글을 꾸준히 읽는 사람들'의 인구가 80명 내외일 것으로 추정하고 있다, '꾸준하다'는 것은, 한두 달에 한 번 정도라도 1년 이상은 초과하여 내 글을 읽는다는 의미이다, 나는 처음에는 (내가 상대방의 이름도 모르는) 그런 사람이 20명 정도 있으리라 생각했는데, 이전에 읽은 어떤 연구 결과에 의하면, 온라인 세계에는 그런 식으로 게시자가 생각하는 숫자의 다섯 배 정도 되는 익명의 독자가 존재한다고 하니, 아마 100명까지는 아니고 한 80명 정도 되지 않을까 계산해 본 것이다,

3

그들은 현실적으로는 대부분, 나와 2촌 관계인, 즉 친구의 친구일 것으로 생각하고 있다, 페이스북 기능에 의해 친구가 '좋아요'를 누른 글이 다시 그 친구의 친구들에게 노출되기 때문에, 자연스럽게 내 글을 읽게 되는 인구가 있다, 그들이 다시 나와 1촌 관계로 만나는 경우도 있지만, 여전히 나는 상대의 얼굴도 이름도 모르고, 더 가까워지거나 친분으로 발전되지 않고, 나의 글만 읽는 사람들이 제법 남아 있는 듯하다, 나는 그들의 의견을 내 친구들에게 전해 듣기도 한다,

4

그 외의 몇몇 '찐독자眞讀者'들은 서기슬을 몰라도 연소라는 이름을 먼저 알게 된 사람들일 것이다, 디시인사이드 게시판이나 몇몇 카페 등에서 오랫동안 연소라는 이름으로 글을 썼는데, 사실 그런 데에서 썼던 글들이 훨씬 뇌에서 바로 나온 싱싱한 언

어에 가까웠기 때문에, 몇몇 골수팬은 연소만 알고 팬이 된 사람들이었다. 그 당시의 나를 굳이 그리워하는 것은 아니지만, 확실히 20대에는 더욱 뼈에 붙은 고기 같은 글을 썼고, 지금은 살을 발라서 요리한 것 같은 글을 쓴다고 스스로 느낀다. 대학교 커뮤니티인 성대사랑에서는 연소라는 필명을 쓰지 않았지만(나는 설리를 좋아해서 '설리오빠'라는 필명을 썼다), 지금도 교류하는 몇몇 랜선 친구, 혹은 이제는 친구가 된 많은 이들을, 대학 커뮤니티인 성대사랑을 통해서 만나기도 했다. 유튜브 영상에 덧글을 남긴 사람은, 자연스럽게 드러나듯이 서기슬이 연소선생이고 연소선생이 서기슬이라는 것을 알고 있는 사람이지만, 성균관대라는 연결 고리를 통해 나를 알게 된 사람이 아닐까 생각 중.

5

내가 항상 궁금하고 의아한 부분은, 정말로 알 수 없는 경로로 내 글을 읽게 된 사람들의 존재이다. 실제로 연락이 닿았다가 궁금해서 물어보면, 자기도 어떻게 내 글을 읽게 되었는지 잘 기억이 나지 않는다고 말한 경우도 있다. 혹은 어떤 사람을 통해서 나를 알게 되었다고 하지만 그 사람이 내가 전혀 모르거나 기억하지 못하는 사람인 경우도 있다. 나는 책을 낸 것도 아니고 약간의 강연을 한 적은 있지만 이름이 알려질 만한 대외 활동을 거의 하지 않는데, 과연 그들은 나를 어떻게 알게 되는 것일까. 이것은 단순한 호기심이기도 하지만, 매체 연구에 종사했던 사람으로서, 인터넷상에서의 콘텐츠 전파에 대한 연구 문제처럼 다가오기도 한다.

6

사실, 나는 가끔 독자들의 연락을 받는다, 이것이 내가 '샤이 연소'란 어딘가에 존재하며 지금도 있을 것이라고 추정하는 가장 큰 이유이다, 연락이 오는 유형은 크게 두 가지인데, 첫째는 나와 좀 더 친해지고 싶다는 것이고, 둘째는 나와 별로 친해질 의도가 있는 것과 별개로 그저 나에게 질문하거나 조언받고 싶은 것이 있는 경우이다, 엄밀히는 후자인 둘째의 경우가 물론 '샤이 연소'의 정의에 더욱 가깝다, 그리고 순수하게 질문하거나 조언받을 목적으로 나에게 연락하는 사람들은, 한 번도 실제로 만난 적이 없지만 나를 어떤 종류의 조언자로 인식하고 있고, 어떤 질문에 대해 분명 연소선생은 대답해 줄 것이라는 막연한 믿음과 친근감을 갖고 있다는 공통점이 있는 셈이다, 대단히 정말로 감사하고도 신기한 일이다, 그런 면에서 글을 쓰는 내 인생은 상당히 성공적이라고도 생각하지만, 한편으로는 그런 독자들의 동기나 행동이 온전히 이해되지 않는 부분도 많다, 이것이 내가 '샤이 연소'를 더욱 탐구하고 싶고 무언가 연구해 보고 싶은 이유이다,

7

이를테면, 싸이월드 다이어리 때부터 내 글을 읽어서 페이스북에서도 단 한 번도 로그인하여 친구 신청을 하거나 덧글을 달지도 않고 공개된 글만 읽어 왔지만 수년째 내 글을 읽었다는 사람이 갑자기 자기에게 닥친 '인생의 의미'라는 문제에 대해 질문을 하며 이메일을 보낸 적도 있고, 얼마 전에는 페이스북에

서만 8-9년 내 글을 읽었다는 분이 인스타그램 메시지를 보내서, 상당히 구체적인 직업과 진로 선택에 대해 조언을 청한 적도 있었다. 이런 일이 자주는 아니지만 꾸준히 수년째 일어난다. 연소선생이 조금은 흔하지 않은 글을 쓰는 부분이 있고, 그들이 꾸준히 읽을 만큼 꾸준히 글을 쓴다는 것도 분명하지만, 어떤 요소가 그들을 내 독자로 만들고 또 그런 연락을 하게 만드는지에 대한 것은 스스로 분해하고 해석해 보고 싶은 부분이다. 이를테면 나에게도 여러 면에서 좋은 멘토가 되어 주는 친한 형인 '천영록 대표님 @두물머리(불리오)' 같은 경우는 훨씬 많은 조언과 상담 요청을 받는다고 하는데, 그런 식으로 진로 조언이나 인생 상담을 청하는 이들의 방식 및 태도는, 소위 '샤이 연소'들과 상당히 다르다고 느낀다. 아무래도 독자들도 작가의 성향과 통하는 부분이 있을 것이다. '샤이 연소'들은 명확한 성취 목표나 진로 때문에 조언을 청한다기보다는 아마도 실질적인 삶과 별개인 인생의 고민, 자신이 빠져 버린 깊은 생각, 같은 것에 대해 질문하는 듯하다. 그리고 아마도 나처럼 겉보기와 다르게 은근히 상당히 내성적이며, 겉으로 사회생활을 잘하는 것과 별개로 사회가 적성에 잘 맞지 않는 면이 많은 사람들일 것으로 추정한다.

9

'샤이 연소'는 저에게 연구 대상이니, 혹시 이 글을 읽고 자기 얘기인 것 같은 분들은 리액션을 주시거나, 혹은 지인 중 그런 분을 아시는 분들은 제보를 부탁드립니다. 그리고 이 얘기를 꼭 덧붙이고 싶은데, 저에게 페북 친구가 아닌데 페북 메시지를 보내신 분 중에서, 해당 메시지가 필터링되어서 제가 제대로 확인할 수 없었던 분들이 무척 많습니다, 페이스북 기능이 저도 모르는 사이에 스팸 함으로 보내고 있던 것이니 부디 무시했다고 오해하지 않으셨으면,

10
여전히 검색 엔진에서 '서기슬'로 검색해서 내 글을 찾아오시는 분 누구신지, 요즘은 세상이 좋아져서 당신이 서기슬로 검색해서 내 개인 홈페이지에 들어왔다가 하필 '연소일기 삼십 대 편' 링크를 클릭해서 빠져나갔다는 것까지 다 알 수 있는데,

11
읽어 주셔서 감사합니다, 더 열심히 쓰겠습니다,

2019년 11월

# 일기 쓰기의 힘

나는 일기를 쓰지 않는 삶이 어떤 것인지 잘 이해하거나 공감하지 못할 정도의 삶이 되어 버렸지만, 현재를 꼼꼼하게 기록하고 그렇게 과거를 쌓아 두는 일은 사람으로 하여금 자꾸 과거를 돌아보게 하는 것이 아니라 더 미래를 기대하게 되는 일이라고, 앞으로 펼쳐진 시간들이 더욱 선명하게 보이고 반갑게 느껴지는 것이라고, 그런 설명을 덧붙여 보고 싶다, 살아가기 위해 일기를 쓴 날도 있었지만, 일기를 쓰기 위해 살아가는 날도 있을 테지, 다가와서 흩어지는 시간에 꼬박꼬박 흔적을 남기는 것은, 당초의 목적이나 이유와 상관없이 쌓이고 쌓이다 보면 살아가는 동력이 되는 일임은 분명하다, 과거의 나는 일기장에 이런 얘기를 많이 썼다, 더 많은 것을 알고 더 많은 것을 느끼고, 여전히 세상에 대해 새롭게 깨닫게 된 것이 너무 많아서, 들뜬 마음으로 일기를 쓰는 미래의 내가 기대된다고 말이다, 자신을 사랑하기 위해선 자신에게 무언가 기대할 수 있어야 하고, 무언가 기대한다는 것은 변화가 올 것이라는 생각 때문이다, 일기를 많이 쓰면 한 가지는 분명히 알게 되는데, 늘 똑같은 나날인 것 같았지만 사실은 늘 똑같은 날인 적은 한 번도 없었다는 것이

연소일기 삼십 대 편

다, 긍정적 변화가 올 수도 있고 종종 그렇지 못하게 느껴질 수도 있지만, 좋은 변화나 그렇지 않은 변화나 모두 돌이켜 보면 그 나름의 성장이라는 같은 방향의 진행이고, 때로는 얻기만 하거나 때로는 잃기만 한 것 같지만, 꼭 그런 것만은 아니라는 점을 이해할 것, 그저 사랑한다는 말을 더욱 자주 할 것,

2020년 7월

# 삶의 기쁨

# '동방미인'을 마시자

1

좋은 것을 쌓아 두고도 막상 누리지 못하는 경우가 있다, 내 경
우에는 '동방미인'이 그렇다, 이것은 대만산 우롱차의 한 종류
인데, 거의 홍차만큼 발효가 되어서 차를 우리면 색깔이 진하
다, 생기가 넘치기보다는 차분하게 시들어 가는 숲, 그러니까
막 가을이 되며 초록이 조금씩 연한 갈색으로 물들기 시작할
때의 숲의 향 같은 것이 난다, 돈이 벌려서 기분이 좋은 날에 나
자신을 위한 사치로서 조금 구매하였는데, 처음 구매하고 딱 한
번을 마신 후에 찻잎을 모셔 두고 살았다, 하지만 오늘은 다시
'동방미인'을 꺼냈다,

2

이름에 대해선 여러 가지 설이 있는데, 서양으로 전파되며 그런
별명을 얻었다는 얘기가 가장 흔하다, 어쩌면 '동방미인'은 별
명이 본명만큼 유명해진 경우이고 원래는 '백호오룡'이라는 이
름도 갖고 있다, 이것은 찻잎을 보면, 아, 하고 바로 알 수 있다,
찻잎 곳곳에 하얀 털이 보이기 때문이다,

3

우리는 '현재를 즐겨라'라거나, 당장의 기쁨에 충실하자는 말을 종종 주고받는다, 애초에 우리가 그런 말을 되풀이하는 이유는, 언뜻 쉽게 보여도 그런 행복 추구가 참 어려운 것이기 때문이 아닐까 싶다, 역시나 나에게는 '동방미인'이 그렇다, 비싼 찻잎인데, 넣어 두고 담아 두고, 그냥 그것이 있다는 자체로 만족한 부분도 있겠지만, 따뜻한 물을 붓고 찻잎을 불리고 그 색과 향을 지금 느끼지 못한다면 무슨 소용일까, 평범한 날이었지만 오늘은 그런 생각이 퍼뜩 찾아왔다, 그래서 오늘은 '동방미인'을 마시는 날이다, 특별한 기념일이거나 이유가 있느냐면 그렇지는 않다, 굳이 오늘에 의미를 부여하자면 오늘은 '동방미인'을 마시자고 결심한 날이다,

4

'동방미인'을 마시자, 한번 마시고 나면, 아, 왜 이 좋은 것을 그냥 묵혀 두고만 있었을까, 싶고 한 치의 후회도 없이 만족만 가득한 시간이 찾아온다, 심지어 주방 찬장의 늘 손에 닿을 곳에 있었건만, 그 문손잡이 하나만큼의 거리가 생각지도 못한 사이에 멀고 길었다, 일부러 참고 아껴 둔 것도 아닌데, 어쩌다가 이렇게 당장의 즐겁고 만족스러운 것에 손이 닿지 못했을까, 실은 그것이 제법 비싼 것이었기 때문에, 다른 우롱차나 철관음 같은 것을 마시는 동안 더 아껴 두고 있었다는 것도 부인할 수는 없을 것 같다, 하지만 소중한 것이나 더욱 가치 있는 것을 단지 아껴 두는 일이 이것들을 대하는 좋은 방법이 아님은 분명하다,

연소일기 삼십 대 편

더 좋은 것을 더 가까이, 더 자주 즐기자, 만족스럽고 행복한 것
을 더 많이 느끼고 사랑하자, 오늘은 '동방미인'을 마시는 날,

2020년 5월

# MSG와
# 약간의 거짓말

6

저가형 과일주스의 선두 주자였던 모 브랜드에서 설탕을 얼마
나 넣었나 MSG를 넣었나 말았나 하는 얘기 때문에 말이 많았
다, 설탕물과 과일주스 마니아인 나에게, '알고 있었어?'라고
묻는 사람이 있었는데, 뉴스 나오기 전부터 당연히 알고 있었
지, 순수 과일만 넣고 얼음과 함께 갈아서는 절대 그런 맛이 나
오지 않는다는 것 정도는, 경험으로든 직관으로든 생각할 수 있
는 것 아닌가,

7

내가 싫어하는 것은 오히려 이런 것이다, 학교 근처에 굉장히
MSG와 '식품 첨가물'에 대해 반대 운동 같은 것을 하는 컨셉을
지닌 작은 카페가 있다, 그 집에서는 '아무 것도 넣지 않았다'
면서 무척 맛없는 생과일주스를 비싼 값에 판다, 과일과 얼음을
넣고 간 것인데, 얼음을 넣었다는 것은 물을 탔다는 얘기니, 당
연히 싱겁고 맛이 없다, 물이 들어간 만큼은 설탕을 넣어 주거
나 해야지, 바보인가,

8

나는 엄마가 어려서부터 요리할 때에 미원을 전혀 쓰지 않아서, MSG가 들어간 음식과 아닌 음식을 비교적 잘 가려낼 수 있는 편이다, MSG가 무슨 맛이냐면, 쉽다, '맛있는 맛'이다, 다만 혀에 자극적이어서 썩 좋지 않다, 나는 MSG가 들어가지 않은 음식을 더 좋아하지만, 그저 별도의 가루로 MSG를 넣지 않고도 맛있게 만든 음식의 정성과 맛을 좋아한다는 얘기일 뿐이지, MSG의 존재 가치를 부정하지 않는다,

10

음식이건 음료이건 소량의 MSG를 써서 총설탕량을 줄이거나, 다른 첨가물을 줄일 수 있다면 당연히 좋다, 다만 너무 많은 MSG는 음식 맛의 풍부함과 다양성을 덮어 버린다, 그래서 별로인 것이다, 고기든 야채이든 모든 자연물은 본유의 맛과 향을 갖고 있다, 내가 본질주의자라서 재료 본연의 맛을 살려야 한다고 당위적으로 믿기 때문에 MSG가 별로라는 얘기가 아니라, 나는 쾌락주의자이기 때문에 더 다양한 맛과 풍미를 탐구하기 위해서 가끔은 MSG를 뒤로 미뤄 두어야 한다고 생각하는 것이다, 길거리 떡볶이에 조미료 좀 많이 친다고 해서 불만 가질 리 없다, 하지만 비싼 돈 주고 먹는 갈빗살에 양념 바른다고 MSG 범벅을 해 놓으면 화가 나는 거지,

11

나는 MSG에 대한 나의 감상이 인간 의사소통에서 '거짓말' 혹

은 과장이나 비약의 효용과 같다고 느낄 때가 있다, 특히 스토리텔링이 필요한 대화에서는 말이다, 팩트의 나열은 재미가 없다, 그리고 모든 현실이 시간과 인과로 이어 붙여 놓는다고 해서 재미있어지는 것은 아니다, 스토리텔러들은 그래서 종종 필연적으로 '거짓말이 아닌 범주에서의 재구성 혹은 과장을 섞는' 사람들이 된다, 효과적으로 내용을 전달하는 것이 더 중요했다면, 재미를 위한 약간의 조미료는 그리 나쁘지 않다,

12
유사한 모든 맥락에서 비슷한 생각을 갖고 있다, 이를테면 여자 사람이 쌍꺼풀 좀 집었기로서니 원판이 어떻고 성형이니 뭐니 하는 얘기는 너무 무의미하다, 코를 세웠든, 턱을 깎았든 마찬가지이다, 성형이 그들의 자유이니 어떠니 이런 얘기를 떠나서, 본인이 만족하고, 남들이 보기에도 예쁘면 모두 그만인 것이지, 왈가왈부할 필요가 없다,

13
명백한 거짓말 혹은 불필요한 위선만 없으면 된다, 그리고 획일화를 피할 정도의 개성과 다양성을 갖고 있으면 된다, 획일화는 쾌락주의의 가치와 거리가 멀다, 시각적으로 보이는 미美도 마찬가지이고, 이를테면 듣는 음악도 마찬가지이다, 팝송에 머니 코드 좀 바르고 오토튠 좀 써도, 듣기 좋으면 그만이고, 다만 다 똑같이 들려서 질리면 의미 없어지므로, 작자는 항상 고유성에 대한 고민이 있어야 하는 것이다,

14

그렇기 때문에 모두들 취미 파악과 취향 개발이 필요하다고 다시금 주장해 본다, MSG도 죄가 아니고, MSG를 맛있다고 느끼는 입맛도 죄가 아니지만, 우리가 살아가며 추구해야 하는 삶의 풍부함은 분명 가루로 만들어진 MSG로 빚어낸 일방적이고 획일화된 자극 안에 갇혀 있다고 생각하지 않는다, 값싸고 편리하고 흔한 쾌락 역시 일상에서는 필요하다는 점을 인정하지만, 진정 맛의 세계를 사랑하는 이라면 탐구와 모험이 필요한 것,

2016년 7월.

# 크고 아름다운 딸기

1

크고 아름다운 딸기를 사 먹은 이후로 어쩐지 보통 딸기를 사 먹는 일에 심드렁해졌다, 과일 가게를 지나다가 딸기 팩을 보아도 눈에 잘 들어오지 않는다, 문제는 크고 아름다운 딸기는 비싸서 자주 먹을 수 없다는 것이다,

2

일종의 철학적 문제가 다가온다, 과연 만족의 역치를 올리는 경험은 나를 더 행복하게 만드는 것일까 혹은 더 불행하게 만드는 것일까, 하는 질문이다, 비슷하게 나는 소프트리 우유아이스크림을 먹은 이후로 어쩐지 맥도날드 500원짜리 소프트콘을 먹지 않게 되었다, 고등학생 때에는 그것도 맛있다고 맨날 먹었는데 말이다, 그것뿐이겠는가, 대학생 때에는 학교 앞 고깃집에서 맛있다고 먹던 값싼 냉동삼겹살도 이젠 거의 먹지 않는다, 나이 들고 입맛이 까다로워지면서 먹지 않는 것들만 숱하게 늘었다,

3

두 가지 길이 있다, 값싼 입맛을 유지하며 평생을 적절하게 만족하며 사는 것과, 계속해서 질 좋고 비싼 것들을 추구하며 사는 것이다, 전자는 돈이 없어도 만족하며 사는 방법이고, 후자는 계속해서 더 좋은 것을 찾아 탐욕을 추구하는 방법이다, 중학교 도덕 시간에 배운 가치관대로라면 전자의 삶이 그럴싸하게 보이지만, 나는 나름의 철학적 고민을 거쳐서, 그래도 물질주의적이고 쾌락주의적인 후자의 삶을 살아야겠다고 마음먹게 되었다,

4

왜냐하면 생각 외로 인간의 욕망이 유한하다는 것을 알게 되었기 때문이다, 초등학교 때에 읽은 동화책이나 '은비 까비의 옛날옛적에' 같은 것을 보면, 인간의 무한한 욕심을 경계하는 얘기가 많이 나온다, 만족하지 못하고 계속 욕심을 부리다가 낭패를 보는 이야기들, 물론 현실에서도 그런 촌극은 심심찮게 벌어진다, 하지만 막상 살아 보니 '욕심을 부려 봤자' 어차피 몇 가지 영역에서 인간의 욕심은 대개 끝이 있는 듯하다,

5

다만 한 가지 중요한 점이 있다, 욕심을 많이 부리는 것 자체가 문제는 아니나, 진정 나에게 행복할 수 있는 욕심이 무엇인지에 대해선 고민해 보아야 한다, 무엇보다도 남들과 비교해서 얻는 욕심이 아니라, 자기 안에서 진실되게 샘솟는 욕심이 무엇인지

생각해 봐야 한다, 멋진 자동차를 사고자 하는 갈망은 괜찮지만, 그 이유가 누구는 그 차를 타고 나는 타지 못하기 때문에 시샘이 났던 것이라면 바보 같은 일이 된다, 정말로 그 차를 소유하기만 해도 행복하고 충만한 기분이 드는지 되물어야 한다, 남들과 비교하여 욕심을 채우려는 것이야말로, 정말로 끝도 없고 답도 없다,

6

물론 인간은 사회적인 동물이므로 인간이 누리는 모든 가치에도 조금씩은 과시와 같은 사회적 가치도 포함되어 있을 것이다, 그러나 그럼에도 불구하고 누가 부러워해 주거나 인정해 주지 않아도 정말 스스로 온전히 즐거워할 수 있는 지점을 계속해서 찾아야 한다, 그런 고민이 없이 외부의 자극으로 촉발된 욕심이야말로 한편으로는 허상 같은 것이 아닐까, 그것은 정말로 허상이기 때문에 진정 채워질 수 없는 것인지도 모른다, 그런 것을 좇으면 정말로 인생이 불행해진다, 그러니 우리는 우리가 무엇을 좋아하고 어디에 쾌락할 수 있는지에 대해서 끊임없이 탐색해 보아야 하는 것이다, 나는 우리가 속한 사회가 이런 면에서 좀 더 자신의 솔직한 욕구와 욕망을 구체적으로 탐색해 볼 수 있는 기회를 주지 않거나, 그런 가치를 알려주는 교육을 하지 않는 것이 문제라고 생각해 본 적도 있다,

7

또 물론 나는 지금 매일 크고 아름다운 비싼 딸기를 매일 먹을

수 없으니 아쉬움은 있다, 하지만 크고 아름다운 비싼 딸기를 먹고자 하는 갈망이 더 나은 삶을 향한 의지가 되고, 그 의지가 여러 면에서 삶을 긍정적으로 이끌기도 한다, 욕심과 욕망을 삶의 동력으로 삼는 것, 나는 이런 종류의 물질주의적이거나 쾌락주의적인 삶이 괜찮은 행복의 경로라고 생각하게 되었다, 돈을 많이 벌어서 '나는 이걸 매일 먹고 싶다'라는 생각이 드는 것들을 매일 먹으며 살아야지,

2016년 3월

# 연소 방식의
# 쾌락주의

1

쾌락주의에서는 관습을 쉽게 거부한다, 좀 더 온건하게 표현해 보자면, 관습에 의해 강조되는 모든 가치에 대한 재검토를 요청한다, 이를테면 결혼이라는 제도를 보자, 혹자에게는 결혼이 즐거움과 만족이기보다는 그 반대의 결과를 초래할 수도 있다, 이 경우 당장 결혼 반대론자가 되자는 것은 아니지만, 과연 결혼이라는 삶의 선택이 우리 삶에 가져올 쾌와 불쾌는 얼마큼인지 검토해 보자는 것이다,

2

쾌락주의자가 '건강하지 않은 맛'만을 좋아한다는 것은 오해이다, 그런 오해는 전적으로 단맛 때문이다, 사실 잉여 칼로리로 살아가는 현대인에게 건강한 설탕이라는 것은 없다, 하지만 잉여 칼로리와 성인병의 문제는 별도로 해결해야 한다고 믿으며, 혹자가 그 죗값을 단맛에 물리는 사고방식에 반대하는 것이다, 무엇보다 쾌락주의는, 건강하다는 점을 면죄부로 삼아 맛없게 요리되는 모든 것에 반대한다, 세상에는 건강하고도 맛있는 요

리가 무척 많다, 그것만 먹고 살아도, 영양의 결핍과 별다른 질병 없이 살아갈 수 있다,

3

그러므로 맛없는 보약이 건강에 좋다며 눈을 질끈 감고 삼키는 것은 전혀 즐겁지 않다, 토마토를 올리브오일과 함께 살짝 가열한 애피타이저와 와인 반 잔을 매일 섭취하여 각종 질병을 예방하는 것이 쾌락주의자의 방법이다,

4

쾌락주의자 역시 다이어트를 시도할 수 있지만, 러닝 머신 위를 달리며 인생을 고뇌하는 것은 쾌락주의자의 방법이 아니다, 내 경우는 물을 좋아하여 수영을 하기도 하고, 헬스클럽의 머신을 기계적으로 이용하기보다는 좋아하는 종류의 운동으로 운동량을 늘리는 편이었다, 삶은 가능하다면 '놀이'로 충만해야 한다, 포유류의 본능은 각자의 놀이를 갖고 있다는 것이다, 요즘은 새롭게 실내 암벽 등반을 해 볼까 생각 중이다, 운동 역시 과정이 즐거워야 한다,

5

사실 건강이야말로 쾌락주의자들이 늘 추구하는 중요한 것이다, 과거 쾌락주의의 선조라고 할 수 있는 에피쿠로스 역시 건강을 강조했다, 아픔과 고통이야말로 우리가 벗어나야 할 상태이다, 아픈 곳이 있다면 우선 치료에 전념해야 한다, 몸도 그렇

지만 마음도 마찬가지이다,

6

내 경우에는 삶의 만족을 따지는 데에 있어서 오감과 본능을 중요시한다, 때로 그 반대편에 있는 것은 사회적인 인정이다, 사회적인 인정의 욕구를 굳이 거부하는 것은 아니지만, 내가 즐거운가 아닌가의 여부가 타인의 승인에 따라 결정된다는 것은 굉장히 이상하다, 그러므로 고급 호텔에서 안락하고 만족스러운 서비스를 누리는 것은 오감과 본능에 기반하기 때문에 비교적 쾌락주의적이지만, 그것을 친구에게 자랑해서 부럽다는 얘기를 들어야만 만족하는 것은 별로 쾌락주의적이지 못하다,

7

쾌락주의자에게 중요한 것은 자신에게 실질적으로 이로우면서도 감각적인 만족을 주는 대상을 좋아하도록 자신을 개발해 나가는 것이다, 이를테면, 조미료가 잔뜩 들어간 음식은 그 자체로 나쁘지 않지만, 새로운 맛과 경험의 시도를 하지 않고 조미료만을 쫓으며 남은 인생을 사는 것은 더 큰 쾌락을 포기하는 일이다, 반면에 어느 날 자기 입맛에 맞으면서도 건강에 좋은 맛을 발견하고, 그것을 무척 좋아하게 된다면, 남은 인생이 건강과 쾌락으로 가득 찰 것이다, 이런 단계에 이르려면 개발의 노력이 필요하다, 이것이 '취향 개발'이다,

8

오감과 본능을 중요시한다는 것이, 항상 근시안적인 선택을 하게 된다는 것은 아니다. 이를테면 마약류인 메스암페타민은 극적인 쾌락을 제공하지만, 우리는 그 부작용과 중독을 쉽게 예견할 수 있다. 그리고 그 부작용과 중독의 결과는 대단한 불쾌와 질병을 동반한다. 이러한 결과를 뻔히 알면서 눈앞의 쾌락을 쫓는 것은 쾌락주의가 아니라는 얘기이다. 마약 수준까지 가지 않더라도, 때로는 우리의 삶을 해칠 수 있는 수많은 선택이 모두 마찬가지이다. 본인이 감내할 수 있는 수준이며 장기적인 관점에서 최대 행복을 추구하는 것이다. 오늘 밤 치킨을 먹어서 대단한 비만과 위장병이 유발될 것이 아니라면, 그 치킨 맛있게 먹는 것, 그에 대해 별다른 죄책감 없는 것, 대신 주말에는 좀 더 열심히 운동하는 것, 모든 선택에 그러한 만족감과 자연스러움을 얻게 되는 것, 이런 것이 성숙한 쾌락주의이다.

9

현대에 쾌락주의가 더 중요해지는 이유는, 관습과 사회가 제안하는 가치를 추구하는 삶이, 우리를 별로 행복하게 만들어 주지 못하기 때문이다. 그런 점에서 여기서 설명하는 쾌락주의는 극대화된 개인주의의 일종이라고 봐도 무방하다. 사회관계가 파탄 나는 것은 건강하지 않은 길이지만, 만약 본인의 본성이 아주 적은 사람과 커뮤니케이션하며 편안한 소수의 사람과 대화하며 살아도 무방하다면, 때로는 불필요한 사회적 관계 역시 모두 거부해도 괜찮다. 세상이 정해 주는 모범적인 삶의 규범이라는 것은, 내 삶의 행복 앞에 너무 작게 보이는 것 혹은 그것을 그렇게 보게 되는 것, 이것이 쾌락주의자의 자연스러운 인식이다,

2016년 7월

# 매일우유

좀 과장해서 말하자면 나는 이 우유가 세상을 희망적으로 바라볼 수 있는 몇 가지 단서가 된다고 생각한다, 우유를 먹으면 유당이 분해되지 않아서 배탈이 나는 것은 DNA의 문제이다, 태어날 때에 정해진 문제라는 것이다, 하지만 어딘가에는 방법이 있으며, 과학과 기술은 계속 발전할 것이고, 자본과 시장은 그 나름의 방식으로 그 문제를 풀어갈 것이라는 점, 그 문제 해결은 생존의 문제를 넘어선 쾌락과 행복의 추구로 사람들을 이끌고 있으며, 또 누군가는 이렇게 타인의 태생적 문제를 해결해 주는 방식으로 기업을 운영하고 돈을 벌고 있다는 점, 세상 어딘가에는 다 방법이 있으며 언젠가 그 방법은 우리가 저녁에 마트에 가서 만날 수 있을 정도로 가까이 올 때가 있으리라는 희망, #매일소화잘되는우유

2018년 6월

# 부러우면서
# 기분 좋은 일

1

내 친구인 은하는 '감사하는 마음'이 들 정도로 좋은 남자 친구를 만났다고 했다, 어떻게 내가 이렇게 좋은 사람을 만났지, 하며 그게 너무 감사한 마음이 들어서, 이걸 어디에 감사해야 하는 걸까, 성당에 가야 하나? 라고까지 생각했다는 것이다, 정말로 '어디'에 감사해야 하느냐를 묻는 것이 대화의 요지는 아니었을 텐데, 나는 잠시 턱을 한 번 잡고 생각했다가, 직접 하늘에 대고 기도하면 돼, 하나님은 다 듣고 계셔, 라고 한 번 얘기하고, 의지를 지닌 신을 믿지 않는다면, 이 세상의 인연의 법칙, 그래, 세상을 움직이고 있는 그 확률의 작용과 법칙에 감사하면 되지 않을까, 하고 대답했다,

2

그리고 이런 얘기를 덧붙이게 되었다, 네가 그런 생각을 한다는 게 부러워, 누군가에게 감사하고 싶을 정도로 좋은 사람을 만났다는 거, 그 '인연의 법칙' 왠지 나도 만나서 얘기 좀 나눠 보고 싶다, 좀 싸우게, 나한테 왜 그런 나쁜 경우의 수를 줬냐고,

3

지난 금요일, 나의 가장 친한 친구인 윤수의 졸업식에는 '많은 친구들'이 왔다, 가족과 함께 모여 다 같이 점심을 먹고 한 번 둘러보니, 문득 내 친구도 참 대단하다는 생각이 들었다, 나는 휴가를 쓰고 대전에서 KTX를 타고 올라온 참이었다, 논문과 일 때문에 지난밤에는 한숨도 자지 못한 상태였다, 나 말고도 일을 빼거나 휴가를 쓰고 온 친구가 둘이나 더 있었다, 각자가 그런 현실적 비용을 들였다는 것이 중요한 것은 아닌데, 그렇게 모인 친구들이 하나의 친구 그룹이 아니라 '각자'였다는 점은 제법 의미가 있었다, 다 같이 모이자고 얘기해서 온 게 아니라, 각자가 각자의 이유를 갖고 축하하는 마음으로 모인 것인데, 거의 평생 친구들이 다 모인 조합이 된 것이다, 그 점이 참 부럽고 대단하다고 생각했다,

4

그러니까 그 친구를 축하하기 위해서, 유년기와 초등학교를 같이 보낸 친구, 중학교와 고등학교를 같이 보낸 친구, 대학교를 같이 보낸 친구, 이십 대 후반을 같이 보낸 친한 형까지, 이렇게 인생의 시기마다 시간을 함께 보낸 친구들이 한자리에 다 모였다, 정말 쉽지 않은 일인데, 삶에서 그런 장면이 가능한 사람이 애초에 내 주변에는 그 녀석밖에 없는 것 같다, 서로 다른 친구인 우리는 대개 서로를 알고 있었다, 농담 삼아 각자가 그 녀석의 삶에 갖고 있는 지분이 얼마큼 되나 따져 보자는 얘기가 오갔다, 그 녀석은 특별히 주변에 의지하거나 기대는 성격은 아님

에도 불구하고, 주변 사람들로 하여금 '이 녀석의 삶에선 내가 중요해, 없어선 안 되지'라고 생각하게 만드는 힘이 있는 듯, 그것도 매력이라면 매력이고 일종의 카리스마지, 날씨도 바람도 무척 좋았고, 그 자리에 모인 모든 사람들의 표정도 좋았다, 어쩐지 늦깎이 졸업생인 그 친구를 놀리는 얘기가 많았지만, 우리는 많이 웃었다, 지난 몇 달을 통틀어 그렇게 기분이 좋은 날이 없었다,

5

가까운 사람들에게 일어나는 좋은 일은, 부러우면서도 기분이 좋다, 나까지 덩달아 행복이 옮는 기분이다, 이것도 별로 가깝지 않은 사이라면 심드렁하고 오히려 샘이 나는 수도 있겠지만, 친한 친구이거나 가족이라고 하면, 그들의 좋은 일에 나까지 기분이 좋아진다, 이게 세상을 더 행복하게 사는 하나의 방법인 것 같다, 많은 벗을 사귀고 좋은 일을 나누며 사는 것, 물론 사람들이 엮여 사는 세상에 좋은 일만 늘 있을 수는 없겠지만, 정말이지 사람이 행복을 크게 하며 사는 방법 중의 하나는, 가까운 친구와 가족을 많이 두고, 그들의 행복을 덩달아 느끼며 사는 것인 듯도 하다,

2016년 8월.

# 연소선생은
# 복숭아를 좋아해

**복숭아 나눔**

가장 반가운 안부는, 복숭아를 보다가 네 생각이 났어, 이다, 이
정도면 이미 제법 성공한 인생이라고 생각한다, 사랑하는 것
의 이름으로 기억되는 일 말이다, 올여름에는 복숭아 나눔을 제
법 했던 관계로, 복숭아 정말 맛있었어, 라는 얘기도 많이 들었
다, 맛있는 걸 나눠 먹는다는 건 행복한 일이다, 대단한 사상이
나 도덕을 들먹이지 않아도, 인간이란 그렇게 살아가도록 태어
난 종이 아닌가 생각한다, 철학 4년 공부하고 찾은 결론은 그리
대단하지 않았다, 감사하는 마음으로, 좋아하는 것을 좋아하고,
나누고 싶은 것을 나누는 것, 거기에 행복의 원천이 있다, 실천
하며 사는 남은 인생만 중요한 것 같다,

2016년 9월

**전반적이고 종합적인 복숭아 이야기**

1

나는 내가 사랑하는 사람들에게 그리고 나를 사랑했던 사람들

에게 한 가지 최면을 걸었는데, 그것은 바로 여름에 마트나 시장에 나갔다가 복숭아를 쌓아 놓고 파는 것을 보면 서기슬이 생각나도록 하는 암시이다. 이것은 순전히 복숭아에 대한 이야기이다.

2

일반적으로 복숭아를 박스로 구매하는 요령. 무조건 복숭아 알이 큰 것을 고르면 된다. 박스에 복숭아 개수가 적게 들었다고 해도 알이 큰 것이 좋다. 왜냐하면 복숭아라는 과일 자체가 애초에 보존성이 좋지 않아서 개수가 많은 것을 며칠에 걸쳐 나눠 먹으려고 해 봐야 상해서 버리는 일만 생길 뿐이고, 같은 품종, 같은 산지에서 나오는 것이라면 개수가 적어도 알이 큰 것이 당도가 높기 때문이다. 가끔은 사치스럽게 복숭아 한 알이 무척 비싼 것을 사 보지 않으면, 그 품종의 찐맛의 정수를 영영 모르고 살아갈 수도 있다. 특별한 날에는 크고 예쁜 복숭아를 과감하게 장바구니에 담아 보는 것도 살아가는 요령이자 비법이다.

3

사실 국내에서 생산되는 복숭아의 당도는 어떤 '품종'이냐에서 그 단맛의 최소값과 최대값이 대부분 결정되고, 어떤 품종을 접하느냐는 다시 출하 시기와 산지에 따라 대부분 결정된다. 그러므로 좋은 복숭아를 '고르는 방법'은 그리 중요하지 않을 수 있다. 좋은 유통 채널을 찾고, 그때그때 공급되는 것 중에서 좋은 것을 골라 먹는 방법이 현실적이다, 한편 아무리 최고의 과일 가게라도 해도 항상 좋은 도매 물건을 떼어 오는 데에 성공할 수는 없기도 하다, 그러니 마트부터 과일가게까지 여러 곳에서 돌아가며 사 먹는 것이 좋은 방법이다, 맛있는 복숭아를 고르는 데에, 복숭아 엉덩이 부분의 골이 선명한 것이 더 좋다는 얘기도 있으나, 이 생김새는 품종에 따라 또 다르기 때문에 항상 통하는 얘기는 아니다, 앞서 설명한 것처럼 당도는 품종과 크기와 빛깔에서 거의 결정되고, 나머지는 신선도가 높은 것을 고르는 방법에 달려 있다,

4

일단 복숭아의 신선도는 색깔, 꼭지 부분, 솜털을 통해 어느 정도 알아볼 수 있다, 색깔을 보는 방법은 문자 언어로 설명하기 어렵고 품종에 따라 다르기 때문에 차치하고, 우선 꼭지 부분을 보면 이 복숭아가 나무에서 떨어져 나온 지 얼마나 된 복숭아인지 제법 쉽게 알 수 있다, 사과나 배 같은 과일도 꼭지를 보라는 것이 일반론 중 일부분이지만, 복숭아는 좀 더 분명하게 알 수 있는 과일이다, 문제는 복숭아가 대부분 뒤집혀서 꼭지를 가리고 엉덩이 모양으로 누워 있다는 것이다, 복숭아는 사람 손을 타면 쉽게 상하는 과일이라 구매하지 않은 물건을 직접 만지려고 하면 큰 실례이므로, 마트 직원이나 과일 가게 사장님에게 꼭지 부분을 보여 달라는 것이 신사적인 방법이다, 솜털은 품종에 따라 그 까슬한 정도가 약간 다르긴 하지만, 하얗게 일어난 것이 육안으로 보일 정도면 대부분 신선함이 떨어지고 있는 중

이다, 표면의 싱싱함이 떨어지면 털이 빠지듯 하얗게 떠서 일어
난 것처럼 보인다,

5
대부분 장사가 잘되는 마트나 과일 가게는 하루 새벽에 떼어
온 물건을 하루 만에 다 팔지만, 그렇다고 모든 가게가 항상 그
런 것은 아니다, 들어온 지 며칠이 되어서 싱싱함이 떨어진 복
숭아를 피하는 방법은, 복숭아를 사든 사지 않든 과일 가게나
마트 과일 코너에 '매일' 가는 것이다, 그럼 자연스럽게 싱싱한
복숭아와 아닌 것을 구분하는 눈도 생길 것이다, 자주 방문하
면서 여러 차례 물어보는 것이야말로 최선의 방법 중 하나이다,
처음 방문하는 손님이라면 이거 맛있다고 사 가라고 대충 설명
할 테지만, 며칠째 계속 오는 손님이고 이 사람이 내일도 올 것
이라는 것을 알면, 판매를 하는 분들도 좀 더 객관적인 얘기를
해 준다, 직접 먹어 본 경험이나, 다른 손님에게 들었던 피드백
을 공유해 주기도 하므로 이런 모든 것이 정보가 된다, 적어 놓
고 보니 꼭 복숭아를 골라서 살 때뿐만 아니라 세상 모든 일에
필요한 적극적인 자세 같기도 하네, 내 인생에서는 '복숭아가
이렇게 맛있는 과일인지 몰랐는데, 네가 나눠 준 복숭아를 먹어
보고 새롭게 알게 되었다'는 일화가 제법 많다, 항상 약간의 노
력과 탐색, 그리고 도전해 보고자 하는 호기심은 사람을 좀 더
행복으로 이끈다고 생각한다,

6

품종은 출하 시기에 따라 조생, 중생, 만생이 있고, 내가 지금 글을 쓰고 있는 7월 현재 나오는 품종은 대부분 조생에서 중생 정도가 나오는 시기이다, 중생이라는 말은 사실 잘 쓰이지 않는 다, 조생 아니면 만생이다, 조생이란 말 그대로 일찍 나오는 것 이고, 즉 꽃이 피고 열매가 익을 때까지의 기간이 짧으며 오래 자라지 않기 때문에 최대 크기도 작다, 내가 느끼기에 조생종은 특별한 강자가 없고, 사실 개인적으로 조생종 복숭아는 즐기지 않는 편이다, 다만 초여름 시기에 맛볼 수 있는 아주 특이한 복 숭아 품종 중의 하나가 '화광'인데(7월 현재 이미 철이 거의 지났다), 털 이 적고 겉은 천도복숭아처럼 생겼는데 안쪽은 백도 맛이고 향 이 짙은 독특한 복숭아이다, 아주 짧은 기간에만 출하돼서 못 먹고 넘어가는 해도 있기에, 발견하면 최대한 많이 사서 쟁여 놓고 먹는다, 최근 신비복숭아라고 나오는 것의 속살 맛이 딱 그 맛이다, 조생종 복숭아 위주로 좀 더 얘기를 해 보자면, 요즘 나오는 '유명'이라는 복숭아는 단단한 복숭아이고 사실 당도는 그리 높지 않다, 이제 막 나오기 시작해서 한동안 나올 복숭아 중에선 '미백'을 추천하는데, 물이 많고 많이 물렁하며 보존성 이 특히 안 좋은 종이라 사 놓고 빨리 먹어야 한다, 하지만 그만 큼 부드럽고 향기로우며 물이 많아서, 깎아 먹다 보면 종종 과 즙이 손을 타고 팔까지 흐른다,

7

중생에서 만생으로 넘어가는 시기에는 내가 늘 추천하는 '천중

도'가 나온다, 산지와 품종 상세에 따라 다르지만 대개 천중도
는 '물렁한 것 중에서는 단단한' 맛이 있어서 보존성이 괜찮고,
당도와 향 여러 면에서 준수하다, 복숭아는 모름지기 그 어떤
자연물도 낼 수 없는 고유의 깊고 화사한 향이 미학의 본질이
라 생각하기 때문에, 개인적으로 향이 짙은 복숭아를 선호한다,
단맛만 생각하면 다른 품종도 있고 식감과 단맛만 따진다면 다
른 과일을 먹어도 되는 것 아니겠는가, 만생 품종으로는 '서왕
모', '마도카', '아카쓰키', '대옥계', '그레이트' 등이 다 괜찮다,
이들은 대동소이하며 위에서 얘기했듯 같은 가게에서 파는 것
중에 제일 알이 큰 것을 사면 보통은 좋다,

8
품종 구분은 복숭아를 많이 보다 보면 익는 색깔이나 엉덩이
모양으로 생각 외로 쉽게 구분할 수 있게 되는데, 잘 모르면 박
스에 표기된 품종을 보거나, 파는 사람에게 물어보고 사면 된
다, 이를테면 위에 말한 천중도의 경우 익으면 전체적으로 빨개
지는 것이 아니라 엉덩이 골 부분만 빨개지는 특징을 갖고 있
다, 이런 모양으로 익는 복숭아 품종이 전반적으로 향이 괜찮
다, 다만 모양새가 전체적으로 빨개지는 복숭아 중에도, 단단
한 것도 있고 신 것도 있고 다양하니 아주 일반화하기는 어렵
다, 참고로 위에 언급한 미백의 경우 익으면 분홍색이 거의 없
이 하얗거나 노란 모습이므로 확연히 다르고, 이런 식으로 자꾸
보다 보면 눈에 익어서 구분할 수 있게 된다, 하지만 족보가 있
는 품종인데 파는 사람이 잘 모르는 경우도 있고, 정말로 족보

가 분명치 않아서 그냥 백도라고 나오는 것도 있으니, 잘 모르는 경우 유통 채널, 즉 마트나 과일 가게 등의 판매처를 신뢰하고 사는 편이 낫다,

9

지역명이나 브랜드에 대한 질문도 많이 받는 편인데 개인적으로는 큰 의미 없다고 생각한다, 이를테면 복숭아 산지로 유명한 감곡, 장호원 지역의 브랜드로 '햇사레'가 있는데, 분명 품질 검수를 하는 듯하지만 햇사레라고 다 맛있는 것도 아니고 다른 브랜드에서도 맛있는 복숭아를 먹을 기회가 많다, 굳이 브랜드를 따지자면 오히려 현대 백화점이나 갤러리아 백화점에서 선물용으로 추천하는 복숭아가 늘 맛있는데, 잘 모르는 사람은 그런 식으로 생산지 요인보다 거듭 유통 채널 요인으로 접근하는 게 낫다고 생각한다, 물론 백화점 복숭아는 비싸다, 하지만 가끔 백화점 딸기나 백화점 복숭아를 사 먹는 입장에서 생각해 보자면, 특정 과일에 한해서는 그러한 채널 편향이 더 효율적이라고 생각할 때도 있다, 왜냐하면 사과 같은 과일이야 정말 당도나 향의 분산variance(보통으로부터 아주 맛없는 것과 아주 맛있는 것의 차이)이 크지 않아서 사실 잘 모르겠지만, 복숭아 같은 경우는 그 편차가 정말 크다, 그런 것에 비해서 품질 대비 가격이 2배, 3배 비싼 것도 아니고 체감상 1.5배 내외 수준인데, 어차피 알이 큰 복숭아는 마트에 가도 비싸기 때문에, 복숭아를 고르는 데에 들여야 하는 심정적 비용이나 실패해서 맛없는 복숭아를 먹어야 하는 확률의 리스크까지 함수에 포함하면, 그냥 조금 더 돈을

주고 백화점 복숭아를 사는 것이 제법 합리적으로 다가오는 시점이 있다,

10

천도나 황도 얘기는 빼고 백도 중에서도 물렁한 백도 위주로 얘기를 했습니다만, 사실 백도는 원래 물렁한 것입니다, 결국 모든 품종은 상당히 비자연적인 방법으로 개량된 것이기 때문에 '원래'를 말하는 것도 애매한 점이 있긴 합니다만, 원래 백도는 물렁한 것이고 유통과 보존을 위해 단단한 것으로 품종 개량 되었다고 이해하는 것이 비교적 역사적 사실에 부합합니다, 즉, 딱복파냐 물복파냐를 묻는다면, 복숭아라 하면 물렁한 것이 기본이고 원래이고 저는 물복을 좋아합니다만, 딱복을 전혀 안 먹지는 않고, 오히려 복숭아 안 좋아하는 사람보다야 제가 한 해에 딱복을 훨씬 많이 먹겠죠, 마지막으로 유기농 복숭아에 대한 의견은, 저품질을 진정성으로 포장하는 것을 별로 안 좋아한다는 지난 일기의 견해와 크게 다르지 않습니다, 맛있으면 그만이지만, 맛없는 복숭아를 유기농이라고 포장해서 파는 것에는 약간의 기만이 있다고 생각해요, 애초에 농업이란 것이 비자연적인 것이며 애초에 자연의 복숭아로 따지자면 씨는 크고 크기는 떫은 못 먹을 것인데, 농약 좀 덜 치고 자연주의적으로 키우며 대량 생산 안 한다고 해서, 비유기농보다 우월한 가치가 생겨난다고 생각지는 않습니다, 유기농은 그 나름의 가치가 있고 소비자에게 선택지를 하나 더 주는 것일 뿐이며, 비유기농이라고 하더라도 더 크기가 고르면서 당도가 좋은 복숭아를 생산

해 내기 위해 노력하는 농부분들이 무언가 잘못하고 있다고 생각지도 않습니다,

2018년 7월,

## 화광과 신비

본래 내가 기억하는 화광복숭아라고 하면 조생종 복숭아 중에 작지만 달고 향긋한 품종으로, 아주 작게 나오는 조생 복숭아가 거의 사라진 와중에도 늘 '여름에 제일 먼저 맛보는 복숭아'의 자리에 있었다, 백도인데 넓적하게 둥근 것이 아니라 약간 길쭉하게 둥근 모양으로 털이 살구처럼 짧고 언뜻 모양은 시계 생겼지만 무척 달고 향긋하며 속살이 하얀, 그야말로 여름을 여는 첫 복숭아였다, 6월 초에 몇몇 시장에만 나와 팔리기 때문에 그 화광의 맛 때문에 시장을 전전한 적도 많았다, 누군가는 언뜻 맛이 덜 들어 보이는 복숭아를 사는 것을 보고 그거 맛있겠냐 했지만 사실 엄청 맛있다는 것은 먹어 보지 않은 사람들은 몰랐다, 그런데 내가 아는 화광은 털이 있는 백도인데 언제부터인가 털이 없는 천도복숭아이면서 화광의 맛과 향을 지닌 것이 화광이라는 이름으로 팔리기 시작했다, 그리고 몇 년 전부터는 신비복숭아라고 하여 역시나 화광 맛인데 알이 작고 천도복숭아인 것이 선풍적 인기를 끌기 시작했다, 일단 털이 없다는 것은 알이 작기 때문에 어차피 껍질을 벗겨 먹기 애매한 이상 껍질째 먹기에 접근성이 좋다, 게다가 풍부한 향 때문에 인기를

끌 만한 것은 당연한데, 이름과 마케팅도 한몫하는 것 같다, 사실 비쌀 이유는 없을 것인데 역시 브랜딩인가 싶을 정도로 조금은 비싸게 보일 때도 있다, 찾아보니 거의 2010년대 중반부터 접목묘가 보급되어 재배되기 시작한 것 같고, 신맛이 적어서 원래 천도 종류를 선호하지 않은 사람들에게 보급성이 좋은지라 시장 수요와 맞물려 지금은 농가가 많이 늘어난 것 같다, 물론 신비복숭아의 그 맛이 내가 알던 화광의 그 맛이긴 하나, 약간 두껍고 질긴 껍질을 베어 물면 온 여름이 쏟아져 나오는 것만 같았던, 털 있는 화광이 약간 그립기도 하다, 품종이라는 것도 따지자면 트렌드가 있고 시장 논리로 움직이는지라 사과만 해도 어릴 적 행상에서 사다가 먹던 그런 맛은 많이 없어졌다, 더 달아지고 더 향긋해지고 더 커지고 품종은 좋아지게 마련이지만, 단맛 일변도의 시장성을 아쉬워하는 사람들도 종종 있다, 아무래도 나도 단것이 좋지만 몇몇 복숭아의 추억의 맛은 기억에만 남는다고 하면 아쉽기도 하다,

2020년 6월

연소일기 삼십 대 편

# 마음 속, 고향의 맛

명예의 전당

지금은 없어졌지만 인생 식사로 영구 등재 된 메뉴 목록,

신촌 준스그릴 양고기 그릴(by 허현준 사장님, 2010-2011년)

어은동 무우수아래 고등어조림 정식(by 유필순 사장님, 2013-2014년)

2018년 1월

# 나의
# 꿈

# 작가주의 회사

1

'작가주의 회사', 이것은 내가 갖게 된 새로운 꿈에 이름을 붙여본 것이다, 이 회사의 특징은 모든 직원이 1개의 기본 잡Job과 1개 이상의 아티스트 혹은 프로페셔널 잡을 갖고 있다는 것이다, 이를테면 CEO인 서기슬 씨는 말 그대로 대표이사가 기본 잡이지만, 에세이 작가를 아티스트 잡으로 갖고 있는 식이다, 두 가지 모두 회사 내에서의 공식적인 임무이며, 공식적으로 지원되고, 공식적으로 관리된다,

2

이 '작가주의 회사'는 처음에는 프리랜서의 집합체처럼 시작하겠지만, 결과적으로 지속 가능한 체계를 만드는 것을 목표로 한다, 수입도 지속적으로 발생시키면서, 평생 작가적 작업을 할수 있도록 하는 것인데, 궁극적으로는 참여자들의 '퇴직 연금'을 축적시키는 것이 하나의 실질적 목표라 할 수 있겠다, 여기에서 '작가주의 회사'가 협동조합이나 어떤 동아리 같은 집합체가 아니라 '회사'여야 하는 필연적인 몇 가지 이유가 발생하

는데, 주식회사이거나 영리 법인으로 지닐 수 있는 몇 가지 자본주의적 이점이 있기 때문이다. 투자 유치 및 기타 경영 등에 있어서 법적 수월성이라든가.

3

꼭 직접 작품을 하는 아티스트는 아니어도, 여러 프로페셔널 잡이 필요할 것 같다. 이를테면 회사 내에 조형이든 회화든 시각 예술 작가가 특정 수를 넘어서면, 그에 상응하는 큐레이터를 뽑아야 할 것이다. 그리고 뮤지션이 늘어날수록 오디오 엔지니어를 직접 보유하고 있는 편이 좋을 것이다. 글 쓰는 작가가 늘어나면 물론 출판 기획자가 있어야겠지. 그들은 각각의 아티스트 잡 외에 모두 기본 잡을 갖고 있다. 재무 회계나 인사 같은 경영 지원직에서부터, 기획, 영업, 생산, 다 있어야겠지.

4

이런 회사가 성립 가능할 것이라고 생각하는 데에는 몇 가지 이론적 가정이 있다. 이를테면 '이것도 잘하는 애들이 저것도 잘한다' 가설이다. 나는 사람이 무언가 제대로 하려면 꼭 하나에 올인해야만 한다는 말들이 약간은 왜곡된 현실 인식이라는 생각을 갖고 있다. 상위 1%나 상위 0.1%에게는 맞는 얘기일 수도 있는데, 대부분의 99%에 부합하는 얘기는 아닌 것 같다. 인생의 꼭짓점을 드높이기 위해선 선택과 집중으로 그 꼭짓점을 날카롭게 만들어야 한다는 것이 맞는 얘기이긴 하지만, 그것은 소수의 이야기다. 인생을 살며 사람들의 재능을 살펴보니, 무엇

하나만 미친 듯이 잘하고 다른 능력은 현저하게 떨어지는, 영화 속 천재 같은 사람은 극소수이고, 대부분 사람들은 '재능의 스펙트럼'을 갖고 있다.

5

재능을 '스펙트럼'으로 인식하기 시작한 것은, 개인성이나 인간 뇌 활동에 대한 현대의 연구 문헌들을 접하며 얻은 관점이기도 하고, 내가 사람을 관찰하며 얻은 통찰에서 온 것이기도 하다. 그러니까 천재는 아니고 '천재과' 정도 되거나 '천재는 아니지만 뛰어난 재능' 정도라면, 회사 업무를 주어도 잘할 것 같은 사람들이, 글이나 그림이나 음악도 잘한다. 그냥 똑똑해서 그런 것일 수도 있고, 노력이나 근성에 관한 개인성을 갖고 있어서 그런 것일 수도 있다. 원인은 다양할 것이다. 다만 상위 10% 정도 사람들은 여러 능력에 대한 재능 스펙트럼을 갖고 있다는 것, 인간의 특성을 고정적이며 단일한, 어떤 독립적인 성향의 집합으로 이해하는 관점이 아니라, 빛을 파장을 분해하여 볼 수 있는 것처럼, 사람들의 재능도 다층적이고 연속적인 색깔로 구분해서 볼 수 있다는 것이다.

6

예를 들어, 어떤 엄마들은 수학에 명민한 재능을 지닌 한 아이를 보며, 그것이 시각 예술과 거리가 굉장히 먼 재능이라고 생각하기도 한다. 하지만 예술의 장르라는 것이 다양하게 분화하여 최근에는 워낙 기술Technology과 결합한 장르가 발전했다는 점은 차치하더라도, 특히 몇몇 조형 장르를 중심으로 수학은 시각 예술과 밀접한 연관이 있기도 하다, 학제를 나눈 근현대 교육은 아이들에게 통합적이거나 연결적인 재능 발달을 위한 방법을 제공하지 못했다, 그 허접한 교육 제도를 뚫고 몇몇 천재들이 융합적 인간이니 하는 모습으로 등장하기도 했지만, 나는 애초에 사람의 재능이란 것이, 학제 전공의 구분이나 직업 구분에 다 담을 수 없는 것이라 생각하기 때문에, 교육에 대한 발상 자체가 바뀌어야 한다고 생각한다, 한편으로는 그렇다면 회사에 대한 발상 자체도 바뀌는 때가 오지 않을까,

7

'작가주의 회사'는 그러한 고민의 연장선에 있다, 앞으로 몇 년만 지나면 교육 체계는 그럭저럭 융합적 인간을 담아낼 수 있을지 모르지만, 지금과 같은 사회 구조와 기업 형태 속에서는, 그들이 사회에 나온다고 한들 '인간다운' 삶을 유지하기 힘들 것이다, 나만 해도 사람의 행동 데이터에 대한 정량적 분석에 대해 수년째 공부하고 있고, 여기에 제법 전문성이 있으며, 아마 '비정형 데이터 분석'에 관련된 내용으로 상당 기간 먹고살 것인데, 그 와중에 보시다시피 소설이나 수필 창작에 대한 열의도 상당해서, 평일 저녁이나 주말에는 늘 글을 쓴다, 사실 나는 아티스트적 재능은 중급 정도라고 생각하지만, 내 재능 중 하나는 '다른 사람의 재능을 알아보고 발견하는 것'에 있는 편이다, 그래서 주변 사람들을 관찰하여, 멀쩡히 회사에 다니는 와중에 그 회사만 다니기 아까워 보이는 예능적 재능을 지닌 사람을

수십 명 보았다, 게다가 나는 '다른 사람이 재능을 개발하도록 도와주는 것'에도 약간 재능이 있는 편이라 생각하는데, 이것도 내가 '작가주의 회사'가 기업으로 존속하며 성립 가능할 것이라 생각하는 이론적 가정 중 하나이다, 여러 재능이 결합하면 조직 내에서 큰 시너지를 낼 수 있다는 것,

8

'작가주의 회사'는 단지 회사가 개인의 창작 작업이나 사내 동아리를 적극 지원해 준다는 차원과 완전히 다르다, 오히려 '돈을 버는 일'이 따로 명확하게 존재하기 때문에 더 작가주의적인(이라고 쓰고, 자기 하고 싶은 것을 멋대로 한다는 의미인) 작업이 가능하리라 생각하며, 이 회사의 진짜 목적은 아까 얘기했던 퇴직 연금을 축적하는 것 외에, 기획과 역량을 집합하여 시너지를 발생시키고, 인간 문화를 확장할 수 있는 작품들을 만들어 내는 것이다, 나는 지금 내 꿈에 대해서 얘기하고 있다, 꿈에 대한 얘기이므로 결과물은 크게 생각하는 편이 좋을 것 같다, 이를테면 이 회사 소속의 밴드가 월드 투어를 하고, 회사에서 자체 아티스트들을 중심으로 주최하는 비엔날레 전시가 전국적인 혹은 국제적인 행사가 되게 하는 것, 정도의 꿈을 갖고 있다, 상품 기획과 생산을 담당하는 팀에서 로테이션으로 3개월씩 빼서, 누구는 그동안 독립 다큐멘터리 영상 작업을 하고 돌아오고, 누구는 세계를 돌아다니며 사진 작업을 하고 오고, 경영 지원 팀의 누군가는 주 2일을 본인의 안무 구성과 춤 연습에 배정받을 수 있고, 대표 이사는 주 3일 오전 시간 동안 작문 창작 하는 시간을

보장받는 회사,

9
채용 시에는 물론 포트폴리오 심사나 실기 오디션 포함,

2017년 9월

# 좋은 선생님

1

나는 인간 세상이 좀 적성에 맞지 않고, 개개인의 사람은 좋아
하지만 집단과 무리를 좋아하지 않으며, 어렸을 때부터 꿈은 농
장 주인이고 현대 사회에서 벗어나 한적한 곳에 조용하게 혼자
살고 싶다고 했더니, 타노스 같다는 얘기를 들었다,

3

제자에게서 오랜만에 연락이 왔다, 생각해 보니 스승의 날이었
다, 나도 생각나서 교수님께 연락해 놓고는 오늘이 스승의 날이
라는 것을 잠시 잊어서, '도통 연락도 없던 녀석이 오랜만에 웬
일이지'라고 생각했다, 학교가 기대만큼 재미없다길래, 학교 생
활이 재미없는 것인지, 전공이나 수업이 재미없는 것인지, 만나
는 사람이 재미없는 것인지, 그냥 자기 삶이 재미없는 상태인 것
인지, 구체적으로 생각해 보라는 질문을 주었다, 생각의 방법은
이미 다 가르쳤고, 그 이상은 나도 알 수 없다, 답은 스스로 찾
는 것이고 좋은 선생님은 늘 좋은 질문을 함께 해 주는 것일 뿐,

4

욕심, 그러니까 인생에서 꼭 이루고 싶은 욕심을 꼽자면, 약간의 허영이나 막연한 환상도 포함하여, 역시 나는 좋은 선생님이 되고 싶다, 유명해지는 것에는 별로 관심이 없고, 돈은 많이 벌고 싶지만 그것은 포기 혹은 교환될 수 있는 가치인데, 몇 가지를 버리고 꼭 하나만 남겨야 한다면 역시 좋은 선생님이다, 좋은 아빠가 되고 싶다는 마음에도 어쩌면 좋은 선생님에 대한 열망이 좀 섞여 있을 것이다, 글을 쓰는 일에도 욕심이 있지만, 그 부분의 교집합에도 좋은 선생님이 되고 싶다는 열망이 있을 것이다, 가르치는 사람이니까 잘 써야 된다는 생각,

5

한때에 철학적 의미로서의 '교육 실천'을 삶으로 끌고 들어오기 위해 노력하던 시기도 있었지만, 그런 와중에도 여전히 교직이거나 특별히 남을 가르치는 일을 전업으로 삼고 있지는 않다, 그런데 왜 그렇게 좋은 선생님이 되고 싶은가 스스로에게 질문을 해 봤는데, 한참을 걷다가 불현듯 이런 생각이 떠올랐다, 내가 살면서 타인에게 받은 가장 가치 있는 것, 내 삶에 가장 긍정적인 영향을 준 것을 좋은 교육자의 가르침이라고 생각하기 때문에, 나는 그것을 돈이나 명예보다 좀 더 가치 있다고 여기는 것 같다, 내가 받은 가장 좋은 것을 세상에 나누고 싶은 마음은 당연하다,

연소일기 삼십 대 편

6

하지만 나는 교직에 종사하거나 보편적 교육자로서는 이미 실패한 인성이라는 것을 20대에 깨달았는데, 사람들이 '그럼 왜 선생님을 직업으로 삼지 않는 거야?'라고 물으면 아주 간단하게 이렇게 대답한다, '나는 사람을 편애해'

7

그러니 만약, 내가 학생을 선별하여 특정 학생만 가르칠 수 있는 조건이고, 그 아이를 가르치는 일이 세상에 긍정적 영향을 미칠 수 있다는 확신이 선다면, 아마도 전업으로서의 교사도 가능할 것 같다, 특히나 태생에서 운이 나빠서 좋은 기회를 얻지 못한 아이거나, 다른 사람들은 쉽게 알아보지 못하지만 나는 그 재능을 알아볼 수 있는 아이들, 을 키우는 일이라면 굉장히 재미있을 것 같다, 여기에 나는 약간 독특할 수 있는, 하지만 철학적으로 보면 조금은 보편적이라고 할 수 있는 판타지를 갖고 있는데, 그것은 바로 제자를 키워서 '아이고 내가 호랑이 새끼를 키웠네' 하게 되는 일이다, 마침내 제자가 나의 사상이나 실천을 적극 비판하며, 나의 안티테제가 되는 일, 스승을 비판하며 완성되는 사상이란 보통은 진짜다, 역사에 남고 오래갈 확률이 높다, 개척자이자 스승인 자의 삶은 그런 식으로, '부친 살해' 당하는 장면에서, 주인공으로부터 애증을 받지만 그렇다고 해서 영웅 서사에서 그 장면을 빼고 나면 나머지가 설명되지 않는 바로 그 장면의 등장인물이 됨으로써, 완성되는 것이 아닌가 하는, 역시나 쓰다 보니 좀 판타지적인 소망이 있다, 그렇기 때문에 고집스럽고, 생각이 곧고, 유연하지만 또한 충분히 비판적인 인물을 가르치는 것을 좋아한다, 그런 제자들은 언젠가 나에 대해서도 좋은 비판자가 되어 줄 것이기 때문이다, 나를 성장시키는 비판이란 정말로 나를 잘 아는 곳에서만 나올 수 있고, 그렇기에 나의 모든 것을 잘 배우고 받아들인 제자들의 존재는 소중하다,

8
역시나 쓰다 보니 깨닫게 된 것인데, 내가 몇몇 제자들을 특히 아끼고 인간적으로 좋아하는 이유 중에는, 그들이 상당히 명확히 나의 사고 체계를 이해하고 있다는 점도 큰 것 같다, 그들이 나의 생각에 동의하거나 동의하지 않는지, 그들의 개인성이 나의 개인성과 얼마나 일치하거나 일치하지 않는지를 떠나서, 어쩌면 친구나 동료에게 하는 것보다 더욱 명확하게 끊임없이 나의 사고 체계에 대해서 설명하기 때문에, 나의 제자들이란 나의 사고와 행동을 쉽게 이해하고 예측한다, 당초 인간적인 이해이기보다는 내용에 대한 습득으로 소통하기 때문에 어쩌면 '나'에 대해 설명하기가 유리하다는 측면도 있는 듯하다, 제자를 키우는 것은 좋은 친구를 만드는 방법 중 하나일지도,

9
아이들이 나의 생각에 너무 물들지 않고 독자적인 생각을 키워 나가기를 바라기 때문에, 내 의견이 아이들의 관점을 편향되게 하지 않을까 신경을 많이 쓰는 편이지만, 바로 그렇게 신경을

연소일기 삼십 대 편

쓰는 부분까지 포함해서 결국 아이들은 나에게 영향을 받게 된다, 자신이 저지른 일을 무던하게 덮어 두고 살아가는 사람들도 있지만, 나는 아무래도 내가 저지른 일에 책임과 애착을 좀 더 느끼는 쪽이다,

10
타노스에게는 두 딸이 있다, 나에게 그들의 얘기는 불편하면서도 재미있었다, 원수의 아들을 양자로 거두어서 키우고 결국 대치 상황에 처하게 되는 악당의 이야기는 무협지에서도 종종 등장한다, 거두어서 키우지만 온갖 나쁜 짓의 앞잡이를 시키고 때로는 희생시키기도 하면서, 그래도 널 진심으로 사랑했다고 눈물 짓는 스토리는, 약간 개소리 같은 면이 있지만, 그럴 일이 세상에 아주 없을 것은 아니라 생각했다, 누군가를 키우는 일은 아마 그럴 것이다, 사랑은 진심이었다고 생각한다, 보통은 사랑이란 어떻게 시작되었느냐보다 어떤 시간을 거쳤느냐가 중요해지는 것이기 때문이다, 타노스가 멋진 것은 아니지만, 한편으로는 자기에게 칼을 겨눌 딸들을 거두어 멋지게 키워 냈다는 면에서 한 번 더 재미있는 캐릭터이기도 하고,

2019년 5월

# 꿈의 레스토랑

1

많은 사람들이 아시다시피 나의 꿈 중 하나는, '장애인이 혼자 와서 편하게 밥을 먹을 수 있는 레스토랑을 만드는 것'이다, 오늘은 이전에는 생각 못 했던 새로운 과제가 추가된 셈인데, 도시를 이동하여 식사를 하러 오는 장애인들을 어떻게 지원할 것인가, 하는 문제이다, 장애인 이동권이라는 여섯 글자에는 무척 복잡한 이해관계가 엮여있다, 사실 장애인 이동권이라는 말을 들었을 때에 나에게 가장 먼저 떠오르는 심상은, 광화문 인근에서 시위를 하고 있던 휠체어를 탄 사람들이다, 그리고 명백하게 약자임이 분명한 장애인들이 의경들에 의해 진압되는 모습, 이런 때에 꼭 의경들은 곤란한 표정을 하고 있는 어린 남자애들이다, 이런 구조를 누구 하나의 잘못으로 돌리고 싶진 않지만, 대한민국의 많은 면면이 그렇듯, 문제는 발생하지만 책임지는 사람은 별로 없다, 차갑게 생각해 보자면, 테크놀로지라는 것이 이렇게 발달한 21세기에 아직도 시각 장애인이 기차에서 타고 내리는 데에 타인의 도움을 받아야 한다니, 뭐 그런 생각 정도가 든다, 뜨겁게 생각해 보자면 누군가는 이 문제를 위해 싸워

연소일기 삼십 대 편

야 할 것도 같지만, 어찌 되었든 나는 자본주의적이거나 시스템적인 방법으로 더 큰 문제에 접근하는 방법으로 살고 싶다,

2

그래서 나의 '꿈의 레스토랑'은, 밥 앞에 평등하며 인간이라면 누구나 맛있는 음식을 먹을 권리가 있다는 굳은 믿음을 실천함으로써, 자라나는 아이들이 보고 배울 수 있는 장면을 그려 내고 싶다, 그것이 내가 문제에 접근하며 또 저항하는 하나의 방법일 것이다, 장애인에게도 좋은 서비스 디자인이란, 보통 사람들에게도 무척 편안하고 좋은 것이라는 점을 설득하고 싶고, 심사숙고한 설계가 함께한다면 약간의 노력만으로 여러 사람이 행복하게 함께할 수 있다는 것을 보여 주고 싶다, 여튼 아주 구체적인 문제를 따져보자면, 나는 사실 '꿈의 레스토랑'이 주로는 택시와 연계한 픽업을 통해 손님들을 데려오는 시스템을 갖추는 것으로 생각해 왔었는데, 도시 간 이동과 고속 철도의 이용도 오늘부터 고려 대상에 넣어야겠다, 지금 떠오르는 대안은, 이동 시간대와 목적지가 일치하는 자원봉사자 1인과 약속을 잡아서 함께 이동하는 식으로, 지방에 있는 장애인들이 서울의 레스토랑에 방문할 수 있도록 하는 시스템을 마련하는 것이다, 역시 많은 경우 SNS가 활용되어야 할 것 같다, 부산에서 서울로 올라오는 사람이 하루에 천 명이 넘을 텐데, 그중에 한 명 정도는 조금 여유롭게 누군가를 도와줄 수 있겠지, 다수 장애인들에게는 문 밖을 나서는 순간부터 모든 것이 투쟁이고, 꿈의 레스토랑은 가고 싶은 곳인 동시에 '갈 수 있는 곳'이어야 한다는

큰 숙제를 처음부터 안고 있다, 모든 것은 비용에 현실성이 있고 타산이 맞아야 할 텐데, 그러니까 그게 바로 내가 풀어야 할 문제이겠지만,

3

나는 이 꿈을 꼭 실현할 생각인데, 꿈의 레스토랑을 서울의 명소, 한국의 명소로 만들고 싶고, 한국을 방문하는 외국의 장애인 혹은 그 가족이라면 누구라도 꼭 한 번은 방문해 보고 싶은 곳으로 만들고 싶다, 사람이 꿈에 대해 자주 고민하면서 머릿속에 그리면 그 꿈이 현실화된다던데, 더 자주 생각해야겠다, 여튼 나는 오늘 KTX를 타고 오면서, 내가 오늘 보았던 맹인 2명이 나의 손님이라면 어떻게 했을까 하는 생각을 많이 했다, 카이스트에 있다 보면 주변 환경에 무관심해지는 분위기에 물드는 것만 같다, 나는 누군가 내 주변의 무언가에 대해 물었을 때에 '글쎄? 나도 잘 몰라, 관심 없어서'라고 대답하는 종류의 사람이 아니었으나, 이상하게 카이스트에 계속 있다 보니 이곳 특유의 무관심함이 옮는 것 같기도 하다, 하지만 세상 구석구석을 들여다보는 노력은 항상 필요한 것 같다, 그렇게 보면 세상에 풀어야 할 문제가 너무 많다, 참고로 내가 '꿈의 레스토랑'을 론칭하기 위한 프로젝트를 행동에 옮기는 시점은, 내 나이로 40세에서 45세 사이 정도로 생각하고 있다, 그 전에 먼저 풀어야 할 다른 숙제들을 좀 풀고, 서기슬이 대중적으로 조금 더 유명해졌을 때에 특정 재단 혹은 사회 공헌 활동이 필요한 기업 등을 효과적으로 설득하여 펀딩을 하는 식으로 이 꿈을 실현하게

되지 않을까 싶다, 더 많은 기술이 발달하고, 더 많은 제도가 좋아지길 막연하게 기대해 본다, KTX에서 내리다가 큰 쇼핑백의 한쪽 끝을 놓쳐서 당황하던 그 맹인 남자의 손놀림이 계속 생각나서, 언젠가는 조금 무거운 삶의 무게를 지고 태어난 사람에게, 제가 운영하는 레스토랑이 있어서 초대해서 맛있는 식사를 한 끼 대접하고 싶어요, 라고 말할 수 있는 사람이 되고 싶으니 말이다,

1
"그러니까 나는 '장애인이 혼자 와서도 편하게 밥을 먹을 수 있는 레스토랑'을 만드는 것이 꿈 중의 하나인데, 자선 사업이나 복지나 그런 것에 관심이 있다기보다는, 철저하게 자본주의적인 초고급 레스토랑을 만들고 싶은 것이거든, 나는 쾌락주의자고 먹는 게 인생에서 제일 중요한 사람인데, 어느 날 생각해 보니, '돈이 있어도' 편하게 맛있는 것을 먹지 못하는 사람들이 있다는 것이, 나 같은 우파 자본주의자 입장에서는 너무 세상이 뭔가 잘못된 것 같다는 생각이 찾아온 거야, 사회 경제적으로 장애인들이 부자일 가능성은 높지 않을 수 있어도, 장애인의 부모님이 부자일 수는 있잖아, 그런데 대한민국에는 돈이 많아도 장애인들이 즐길 만한 좋은 곳이 별로 없더라고, 그래서 '장애인을 포함한 가족이 기념일이나 중요한 날에 꼭 찾고 싶은 레스토랑', '한국을 여행하는 장애인들이 꼭 한 번은 들르고 싶게 만드는 명소'처럼, 값비싼 돈을 내지만 어느 곳에서도 만날 수 없는 서비스를 제공하는 곳을 만들고 싶은 거지, 계산을 하고

나오며 모두가 기분 좋아질 수 있는 그런 곳, 이런 때에 얘기하는 쾌락주의라거나, 어떤 자본주의적 가치라거나, 이런 얘기를 덧붙이기 위해서 사람에게는 철학이 필요한 것 같아, 뭐 때로는 사실 별로 개연성은 없는 개똥철학 덧붙이기인데도, 또 종종 그 개똥철학이 생각 외로 설득력이 생길 때가 있거든, 없는 것보다 있는 게 낫지, 사람은 결국 자신의 가치와 신념에 따라 생각하고 행동할 때에 사람다워지는 것이라고 생각해, 우리는 인간이고, 수분과 단백질 등등 몇 종류의 성분으로 주로 이루어져 있지만, 물질세계의 자연적인 움직임과 달리, 바로 인간됨과 인간 문화의 특별한 점은, 그렇게 재화와 물질의 움직임에 가치와 신념을 담을 수 있는 것이라고 생각해"

2015년 4월, 2017년 8월

연소일기 삼십 대 편

# 목표와 지표

2

집안의 기둥이었던 친척이 젊은 나이에 교통사고로 사망한 이후에, 나는 어쩐지 삶의 중요한 목표 중 하나를 '죽지 않는 것'으로 설정했다, 좀 더 구체적으로는 부모님이 나를 성장시키기 위해 투자한 인생에 대해 상당한 수준의 물질적 정신적 보상이 이루어지기까지 일단 생존하기, 라고 할 수 있다, 언뜻 농담 같은 얘기처럼 보일 수도 있겠지만 그 생각의 배경은 쓸쓸한데, 정을 들여 키운 자식이 젊은 나이에 사망하는 것이 얼마나 말도 안 되게 허망하고 상실감이 큰 것인지 절절히 느꼈기 때문이다, 병사할 확률은 적더라도 반대로 사고사할 수 있는 확률은 인생에서 생각 외로 높기 때문에, 일단 죽을 수도 있는 종류의 취미 및 엔터테인먼트 활동을 금지하고(생각 외로 많다, 안전하지 않은 지역으로의 모든 종류의 여행, 해상 스포츠, 이륜차 운전, 혹은 사륜차 운전이라도 속도를 즐기는 종류, 소위 스릴을 즐기는 모든 신체 활동 등), 물리적 위험이 생길 수 있을 정도로 사람이 많은 곳은 가급적 피하거나 최대한 조심하며, 바쁜 경우에 무단 횡단 하더라도 충분히 좌우를 살펴야 한다는 프로토콜 등을 스스로에게 만들었다, 전염병 조심도 물론이고, 질병을 종종 치사율 위주로 바라보기도 하는데, 그런 의미에서 가습기 살균제 사건 같은 것에 굉장히 분개하기도 했었다, 그런 식으로 사람들을 사망할 수 있는 위협에 쉽게 노출시키면 안 되지,

3
서기슬은 도대체 뭐 하는 사람인지 혹은 뭐 하고 다니는 사람인지 모르겠다는 것은 사실 나의 가족에서부터 아주 친한 친구들, 연인, 늘 만나는 지인을 포함해서 많은 사람들이 갖고 있는 인식인데, 나는 늘 내가 하는 일을 열심히 설명하고 있지만, 들어도 잘 모르겠다거나, 워낙 수시로 바뀐다거나, 혹은 굳이 그 동기나 목표를 이해하기를 포기했고 쟤는 알아서 잘 살고 있으니까 그러려니 하는 것 포함해서, 이제 가까운 주변 사람들은 별로 신경 쓰지도 않는 것 같다, 스스로 생각하기에는 나는 늘 아주 뚜렷하고 분명한 목표를 갖고 있고, 큰 틀에서 그 목표를 향해서 꾸준히 가고 있다고 생각하는데, 그 단위나 사고 방식이 타인에게 잘 공감되지 않은 종류의 것인 듯하다, 아마 대부분의 혼선이 발생하는 이유를 쉽게 정리하자면 '서브 퀘스트를 너무 열심히 해서' 정도로 정리할 수 있지 않을까 싶다, 역시나 스스로 생각하기에도 종종, 부업 혹은 곁다리의 일에 너무 깊숙이 빠져드는 경우가 있는데, 이것도 천성이라 어찌하긴 쉽지 않은 듯하다,

4

다만 스스로 정의하는 궁극적 목표는, 탐구, 창작, 이 두 가지에 깊이 연관되어 있다. 나는 종종 생각 외로 많은 사람들이, 삶의 단계를 이해하는 방식으로 '자산' 혹은 '수입'을 지표로 삼고 있다는 것에 놀란다. 물론 그것은 단지 돈 자체가 목표라기보다는, 얼마 전 만난 내가 좋아하는 형의 표현에 의하면, 100억에서 볼 수 있는 시야가 따로 있고, 1000억에서 볼 수 있는 시야가 따로 있기 때문에, 적당한 선에서 타협하지 않고 '최대치'로 살아가고자 하는 노력이 중요한 것이고, 자본주의 사회에서 가장 쉽게 영향력과 지위를 반영하여 목표할 수 있는 것이 자산이라는 관점일 것이다. 그럼에도 많은 사람들이 영향력의 관점이나, 창작의 관점, 탐구의 관점 같은 것에서 인생의 목표를 묻지 않는다는 것은 좀 아쉬운 일이다. 이를테면 이전에 페이스북에도 몇 차례 적은 바 있으나, 한 번 정도는 타임TIME지의 가장 영향력 있는 100인(most influential 100)에 오른다거나, 내가 쓴 저서가 아이비리그 대학의 필독서 목록에 들어간다거나, 나름으로는 목표도 지표도 뚜렷한 기준들을 여러 각도에서 갖고 있음에도, 그런 것을 굳이 먼저 꺼내서 얘기하기도 어렵고 사람들끼리 서로 '그런 꿈'을 굳이 묻지 않는다. 뭐 그런 것을 꼭 묻고 얘기하며 살아갈 필요가 있는 것은 아니지만, 꿈의 내용이 직업적 형태가 아님에도 불구하고 꿈에 대한 질문은 늘 직업적 성취에 한정된 식이고, 결국 꿈에 대한 질문 자체도 국지적이거나 한정적이라면 그에 대한 대답도 아마도 국지적이거나 한정적인 대답을 할 수밖에 없을 것이다, 문제는 그런 제한이 쉬운 오해를 불러일으킨다는 것이다, 그 목표에 휴고상 혹은 네뷸러상 수상이라거나(영문 SF 분야의 권위 있는 상이다), H-Index 10점이라거나(이것은 10번 이상 인용된 논문을 10편 출간했다는 것으로 연구자들의 대표적 성과 지표 중 하나이다) 하는 달성 '지표'가 없는 것은 아니지만, 아무래도 나에게 그것보다 중요한 것은 나만의 장르를 만드는 것 혹은 나 자신이 하나의 장르가 되는 것이다, 탐구와 창작은 각각의 활동이 현실 세계에선 다른 경로에 있지만 아주 끝에 가면 만나게 되는 지점이 있다, 창작이 끝에 가서 한계 지평을 넘으려면 반드시 창작자는 반드시 새로운 것을 탐구해야 하고, 모종의 영역에 대한 탐구가 세상에 기록으로 남아 보존되고 전파되려면 창작이 함께해야 한다, 그러니까, 하나의 장르가 된다는 것, 은 손쉽게 표현한 문학적 갈무리이고, 좀 더 풀어서 쓰자면, 독창적이고 새로우면서도 기존의 제도권에서 인정할 수 있는 작품을 연속적으로 창작함으로써 후대에게 롤 모델이 되거나 연구의 대상이 되거나 그로부터 영향받은 이들이 집단을 이루어 '서기슬다운 것'이 서기슬 바깥에서 정의되거나, 그렇게 기록되고 토론되며 하나의 위치를 차지할 수 있는 문화적 상징으로 소비되는 것, 정도라고 할 수 있다, 장르가 된다는 것은 무엇이 서기슬적인 것인가 아닌가에 대한 논쟁도 생길 수 있다는 얘기겠지, 그래, 내가 하고 싶은 것은 언제나 문명을 개척하거나 문화를 확장하는 것, 나는 어떤 식으로든 인류에게 새로운 삶의 양식, 그러니까 일종의 라이프 스타일을 제시할 수 있는 사람이 되고 싶다, 지금까지 발명된 삶 양식에는 훌륭한 점도

많지만 이상한 점도 너무 많으니까,

2019년 10월

# 타인에 대한 생각

# 이국종 교수

1

타인을 비난함으로써 자신의 정체성을 유지하려는 사람들이 있다, 그것은 쉬운 방법이기 때문이다, 적이 실재로 존재하건 존재하지 않건, 그 적의 실체를 생생하게 묘사하고 비난할수록 내집단內集團의 지지자들로부터 인기를 얻을 수 있다, 하지만 물론 그렇지 않은 사람도 있다, 특별히 누구를 비난하거나 깎아내리지 않아도 자신의 정체성으로 꼿꼿하게 설 수 있는 사람들,

2

이국종 교수와의 인터뷰에서 어쩌면 손석희 앵커는 뻔한 유도질문을 했다, 기피 전공인 외상 외과에는 인력이 부족하지만, 젊은 의사들이 성형외과로만 몰리는 것에 대해 어떻게 바라보냐는 것이었다, 역시나 손쉽고 편리한 프레이밍이다, 하지만 이국종 교수는 성형외과를 부정적으로 바라볼 필요 없다는 취지의 답변을 했다, 성형외과 의사들이 자기보다 치열하게 연구하고 공부하는 사람들이라고, 의료 서비스로서 삶의 질에 기여한다고, 일견 단호한 말투였다,

3

어쩌면 타자에 대한 배격과 비난은 보편적인 의사소통 방법이다, 정치와 종교뿐 아니라, 어떤 새로운 혹은 고유한 가치를 주장하려는 많은 사람들은 '난 달라' 그 한 마디를 위해, 남의 삶을 모욕 주는 일에 열렬하다, 때로는 절절한 비난과 비꼼의 역사를 훈장처럼 달고 다니는 듯하다, 소위 진보적이라거나 혹은 보수적이라거나, 서로가 각자 열렬한 애국지사인 사람들, 가끔 어떤 사람들은 그렇게 상대를 욕하면서 단단해진 껍질을 벗겨내면 그 안에는 뭐가 남나 싶기도 하다, 나도 때로는 혹시 알량한 나의 정체성을 위해 때로는 편리하게 남들을 욕보이려 하진 않았었나, 반성도 든다, 혹은 지금도 편리한 양비론을 펼치고 있는 것은 아닐지,

4

과장해서 표현하자면 우리는 모두 어떤 감옥에 갇혔다, 현대 사회를 가둔 부자유와 불합리라는 구조는 아이러니하게도 개별적인 자유와 합리성의 총합으로 이루어져 있다, 각자의 얘기를 들여다보면 썩 틀리지 않다, 입장 바꿔 생각해 보면 서로 일리 있는 얘기들이다, 그렇게 서로 갇힌 사람들끼리 칼을 겨누고 아웅다웅할 때에, 감옥의 구조를 겨누고 삶을 날카롭게 벼리며 사는 사람도 있다, 물론 어렵고 불편한 방법이다, 종종 타인에 대한 비난에 열중인 사람들은 자신의 위치가 언제 사라질지 몰라 겁먹은 사람들 같다, 무언가 늘 급하고 격렬하다, 반면에 어렵고 불편한 방법을 사는 사람들의 말투에선 어떤 지지부진하고 지

연소일기 삼십 대 편

리멀렬한 지루함마저 느껴진다, 긴 싸움을 해 왔다는 증거일 것
이다,

5
어설픈 영웅화도 삼가야겠지만, 수많은 손쉬운 기대를 퉁명스
럽게 거절하고 제 갈 길 가는 사람의 일이야말로, 우리가 책에
서나 보던 이야기 같기도,

2017년 11월

# 김명남 선생님

번역가 김명남 선생님은, 어른으로서의 지혜를 나누려 하거나 그 어떤 가르치려는 말을 자주 하는 사람이 아니지만, 그런 것까지 포함하여, 우리가 가질 수 있는 괜찮은 어른의 롤 모델이라고 생각하고 있다, 정직하게 정진하는 종류의 프리랜서의 삶, 방법론에 대한 제안, 혼자의 삶을 잘 유지하려는 모습, 무엇보다도 지성과 소통을 사랑하고, 이쯤에서 투신한다거나 무언가 내바친다는 표현을 쓰는 것이 낯설고 엉뚱하게 보일지 모르겠지만, 한편으로는 국어로 된 지식과 교양의 보급에 그녀가 투신했던 무언가는, 생계와 직업을 위해 살았던 한 명의 삶으로 이해하기에는 그보다 넓은, 조금은 더 숭고하거나 멋진 부분이 있다고 생각한다

2019년 11월

# 천영록

1

'네가 가장 자주 만나는 친구 다섯 명의 평균이 너를 결정한다'
라는 문장을 생각할 때마다 '나는 그럼 곧 영록이 형을 만나러
가야지'라고 늘 생각하게 되는 사람, 그러므로 영록이 형에 대
해 설명하는 것은 내가 추구하는 인간상에 대한 구체적인 단서
를 준다.

2

사람 냄새 나는 곳에 돈 냄새 잘 안 나고, 돈 냄새 나는 곳에 사
람 냄새 잘 안 나는 법인데, ㈜두물머리 천영록 대표님은 내 주
변의 가까운 사람 중에선 드물게 둘 다 갖고 있는 사람이다. 내
가 영록이 형으로부터 배운 것, 그리고 우리가 함께 깨달으며
나눈 것은, 근본 원리에서부터 연역해서 비롯된 삶의 철학이 실
제로 구체적인 수행 전략이 되고, 그것이 다시 사업 성과로 이
어질 수도 있다는 믿음이었다. 선문답 같은 철학적 고민을 전략
으로 만들고 실제로 성과를 내는 몇 안 되는 사람. 인간의 삶 면
면에 대한 경제학적 분석과 인문학적 분석 양쪽 모두를 잘하는

드문 사람, 그러므로 사실 영록이 형을 스타트업의 대표나 금융인으로 소개하는 것은 상당히 협소하다, 나는 내 일기의 다른 구석에 써놓았듯이 coach, teacher, mentor의 도움을 받는 일에 시간과 노력을 투자하고, 그 원칙을 실행하기 위해 애썼는데, 내가 대학생 시절부터 그러니까 형도 이제 막 증권사 신입 사원을 시작했을 때부터 형을 멘토로 만날 수 있었던 것은 내 삶에 많은 긍정적 영향을 줬다, 하고 싶은 일을 선택할 때에, '돈을 한 푼도 벌지 못해도 그 일을 할 것인가, 혹은 돈이 100억이 있어도 그 일을 할 것인가' 생각해 보라는 프레임을 제안한 적이 있고 이 명제는 종종 나의 고민거리가 되었다, 서기슬을 인정하고 칭찬하면서도 늘 무리하게 앞서 나갈 때에 날카롭고 차가운 말을 따뜻하게 해 주는 멋진 사람, 영록이 형은 공식적으로 연소일기 삼십 대 편 전체 일기 중에 인물 고유 명사로 가장 자주 등장했다,

4

우리는 대학 시절 동아리 때문에 친해졌는데, 형은 한때 성대사랑 게시판에도 글을 많이 쓰고 멘토링 및 강연 등도 해서 성균관대 후배들 사이에서 유명함, 구글에서 천영록(Julius Chun)을 검색하면 유튜브 영상과 블로그 글 등을 만날 수 있다, 너무 좋은 말만 쓴 것 같아서 마지막으로 친분을 담아 농담을 더하자면, 개인적으로 좋아하는 그의 어록 중에 제일 좋아하는 것은 '에미넴을 듣고 이해하기 위해서라도 영어 공부를 할 이유는 충분하다'임, 우리는 원래 흑인 음악과 동양 철학 얘기를 나누며 친

해졌던 역사가 있다, 지금은 자주 스타트업과 경영에 대한 얘기를 나눈다, 고민의 역사가 비슷하다면 인간과 산업에 대한 통찰의 여정 역시 비슷할 수밖에 없을지도,

2019년 11월

# 싸이

우리 안의 평창에는 싸이의 자리가 하나 정도는 있었던 것 같다, 식상하고 지겹다고 하지만 막상 올림픽 행사에 싸이가 등장하지 않자 아쉬워하고 실망했던 사람들, 싸이에 대한 전체적인 평가는 뒤로하더라도, 일단 중학교에서 한국인의 정서에 대해 '한恨'과 더불어 '흥興'이 있다는 내용 같은 것을 배우는 한은, 싸이에게는 분명히 한국적이라고 할 수 있는 면이 있다, 조선 반도에 사는 사람들은 제창과 군무를 좋아한다, 나는 싸이 같은 역할을 지칭할 용어가 문화적으로 미학적으로 새로이 필요하다고 생각한다, 이를테면 농악에서는 꽹과리를 치는 사람을 '상쇠'라고 하는데, 상쇠는 단지 연주자의 하나가 아니라 전체적인 장단을 지휘하고 이끄는 역할을 한다, 또한 '잡색'이라고 하여 일종의 광대와 같은 역할로, 악기 연주를 하진 않지만 상쇠와 별개로 혹은 상쇠의 지휘에 따라 즉흥적인 춤으로 흥을 돋우는 역할도 있다, 상쇠와 잡색 모두 뮤지션 혹은 댄서로 설명되지 않는다, 왠지 연소선생스러운 급진지한 논조 같지만 얘기하는 김에 더 해 보자면, 조선 반도에서 싸이가 지닌 지위와 문화적 의미를 되새겨 볼 때에, 그에 대한 지칭으로 '가수'라고 하는, 가창자와 관객의 일방향적 관계를 상정한 단어는 부족해 보인다, 우리는 그런 것을 좋아한다, 음악을 틀고 호응을 유도하는 DJ와는 또 전혀 다른, 수많은 사람 앞에서 땀을 뻘뻘 흘리며 육중한 몸을 흔들어 떼창을 이끌어 내는,

2018년 3월

# 미셸 푸코

## 2

학교 다닐 때 배웠던 철학자들 중에서, 지금 와서 다시 생각할수록 대단하다고 생각하는 두 사람, 1번은 단연코 미셸 푸코, 그러니까 막상 철학과 학부 시절 수준에서는 여러 철학사 수업을 통해 인류사에서 '이데아의 후손'인 것 같은 수많은 진리 개념들을 다루다 보니, 미셸 푸코가 철학사에서 제법 국지적인 혹은 특정한 영역을 점유하고 있는 철학자 정도라고 생각한 바도 없지 않으나, 와, 미셸 푸코가 코로나바이러스 같은 전 지구적 위기를 예견한 것도 아니고 미투 운동 같은 페미니즘 운동을 예견한 것도 아닐 텐데, 『감시와 처벌』은 코로나바이러스 시대에 처한 프라이버시 문제나 국가 공권력 작동 방식에 대한 문제라거나, 현대 사회에서 여성들이 겪는 제도적 성추행과 직업적 환경적 억압에 대해, 인간과 사회에 대한 통찰력 있고 명료한 이해를 제공하는 저작이었던 것이다, 근대를 넘어 현대를 맞이한 인간이 처한 일들에 대해 심도 있는 이해를 제공한 동시에, 철학사적으로도 '현대'라는 문을 연 것이 미셸 푸코, 라고 써도 과장법처럼 느껴지지 않

을 정도임,

*두 사람 중 2번은 헤겔임, 『법철학 강요』 때문.

2020년 7월

# BTS와 방시혁

1

BTS가 장기 휴가를 간다고 한다, 좋은 소식이다, 나는 여러모로 BTS가 오래가길 응원하는 사람이니까, 2018년 개봉한 BTS 다큐멘터리 영화를 보면 중간에 방시혁이 이런 말을 하는 장면이 나온다, '행복할 방법을 찾아 봐야 되지 않을까, 너희가 이런 식으로 살면(너무 바쁘고 힘들게 살면) 불행해지지 않을까 걱정된다, 너희들은 음악이 좋아서 시작한 것이고 그게 너희를 행복하게 만들 거라고 생각했지만 그게 아닐 수도 있다' 문장은 정확지 않지만 그런 취지의 얘기였다, 월드 투어를 다니고, 연습과 공연으로 몸을 혹사하고, 바쁜 스케줄에 사생활은 없고, 또 창작과 퍼포먼스에 대한 스트레스는 그대로이고, 그런 와중에 꺼낸 얘기였다, 그냥 지나가듯 꺼낸 얘기일 수도 있지만, 방시혁이 BTS를 어떻게 보는지를 반영하는 말이라고 생각했다, 그냥 하는 소리라도 행복이라느니 저런 말을 절대 입 밖에 내지 못할 프로듀서가 훨씬 많을 것이다, 그렇기 때문에 방시혁은 BTS를 만들었구나, 하는 생각도 들었다,

2

특히나 한국적인 대중문화 환경에서, 자기가 공을 들이고 투자한 아이돌 그룹을, 상품이나 사업이라고 생각하지 않을 수 있는 프로듀서는 많지 않을 것이다. 실제로 아이돌 그룹을 만드는 일이란 자본이 들어가며 엄연히 돈을 넣어 놓고 리턴을 기다리는 투자자가 있는 '사업'이다. 그런 관점에서 보면 Working Day가 하루 빠질 때마다 매출이 줄어드는 것을 보는 입장에서, 상품에게 무려 장기 휴가를 주는 일이란 쉽지 않은 일이다. 인간으로 보기 때문에 가능한 일이고, 지금부터 약간 SM 까는 얘기인데, SM 엔터테인먼트라고 해서 그 구성원 개개인이 아이돌 그룹을 모두 순전히 도구라고 여기는 일은 많지 않겠으나, 종종 어린 아이돌 그룹이 과노동에 혹사당하는 것을 보면 마음이 아프다. 새 앨범 나오면 '잠 고문' 하듯이 애들 굴리는 일은 좀 줄었으면 좋겠는데, 내가 좋아하는 레드벨벳은 그나마 다 성인이라 다행이지. 미성년 아이돌에 관련된 사업은 규제하는 게 맞다. 청소년 수면권을 위해 방송 야간 녹화에 미성년이 참여하지 못하게 규제하는 것은 잘한 일이다.


5

그런데 거창한 아이돌 얘기가 아니라도, 이건 사실 현대 사회를 살아가는 대부분의 직업인들에게 해당되는 얘기이다. 구성원들의 휴식과 회복, 재생산을 돕는 일, '업주'의 입장에선 "왜 그래야 하는데?"라고 질문할 테고, 그것이 직원들로 하여금 더 좋은 퍼포먼스를 내게 하기 위해서라도 반드시 필요한 일이고 중요한 일이라고 설득해 봐야, 대표 정도 되는 사업자에게는 설득하기 힘든 일이다, 보통은 그만한 공감 능력도 없거나, 애초에 그런 것은 공감하지 못할 정도의 일 중독자들이 사업자가 되는 것일 수도 있고, 그렇기에 영영 이해할 수 없을 수도 있다, 방시혁은 본인이 아티스트이고, 또 BTS 아이들을 아티스트라 생각했기 때문에, 자기가 만들어 낸 작품이 아니라 모종의 동업자 정신에서만 나올 수 있는 공감과 배려가 있었을 것이다,

6

'필요한 것은 동업자 정신', 이것이 연소선생이 30대에 들어서서 깨달은, 몇 개 안 되는 삶의 법칙 중 하나인데, 설명하자면 긴 얘기지만 짧게 쓰자면 저 열 글자로 설명할 수 있다, 단지 필요한 것은 동업자 정신이라는 것, 이를테면 교수님들 중에는 동업자 정신으로 제자를 대하는 사람이 있고 끝끝내 제자를 자신의 작품으로 남겨 두고자 하는 이들이 있다, 다른 직업군에 비해서도 좀 극단화되는 직업이 대학원생을 지도하는 교수와 같은 직업이다, 도제식으로 젊은이를 양성하는 직업, 물론 순전히 자기 제자를 자신의 작품으로 취급하는 교수님들에게서 좋은 결과물이 나오는 경우도 있지만, 보통은 자기 제자를 동료로 대할 수 있는 교수님들이 더 훌륭한 교수님이며, 또한 그 제자들이 더 훌륭해진다, 무엇보다 아름다운 결과는, 제자가 동업자 정신으로 다시 자기의 교수를 찾게 된다는 것이지, 어떤 교수들은 평생 그것이 어떤 것인지 알지 못하고 누리지 못하고 은퇴한다, 중요한 것은 이게 '동료 의식'과는 조금 다르다는 것이다, 사실

연소일기 삼십 대 편

나는 동료 의식은 종종 연약한 것이라 생각하고, 본인의 '업'을 정의하지 못한 사람은 아무리 동료 의식이 투철한 사람이라도 동업자 정신을 갖기 힘들다는, 조금은 복잡한 이해를 갖고 있다. 역설적인 듯 보이지만 동업자 정신이 투철하면서도 간간이 동료 의식이 떨어지는 사람도 많이 보았다. 동료 의식이란 말 그대로 훨씬 작은 단위의 같은 일을 함께 할 때에 발휘되는 협동이나 신뢰 같은 것이고, 동업자 정신이란 역시나 자신이 속하는 '업'에 대한 인식을 포함하고, 말 그대로 서로 같은 업에 종사하고 있다는 인정과 존중을 포함하는 것이니, 실은 말의 의미만 잘 살펴봐도 '동료 의식'과 '동업자 정신'은 상당히 다르다. 아무튼 나는 방시혁이 BTS에게 동업자 정신을 갖고 있다고 생각했다. BTS가 휴가 휴식을 통해 자신들을 보살피고 삶을 재충전하는 방법을 더욱 잘 익히고, 또한 더욱 훨씬 멋진 일들을 해냈으면 좋겠다.

2019년 8월

# 박찬욱과
# 우리에게 필요한 철학

1

박찬욱은 한국일보 인터뷰에서, 대학에서 영화를 전공하는 학생들에게 해 주고 싶은 조언이 있느냐는 질문에 이렇게 말했다.

2

"더 늦기 전에 전과하라고 말하고 싶다(웃음). 영화는 너무 많은 인내와 운도 필요하다. 특히 감독은 쉽게 권하기 힘든 직업이다. 프로듀서는 우직하게 자리를 지키면서 계속 경력을 쌓아 가다 보면 어떤 성취를 이룰 수 있다. 감독은 참 권하기 힘들다."

3

이게 맞는 조언이라고 본다, 그런 면에서 박찬욱은 영화감독 이전에 인생 선배로서 괜찮은 사람이다, 영화감독 외에도 힘들고 소수만이 성공할 수 있는 수많은 직업에 대해, 계속해서 도전하라느니 포기하지 말라느니 하는 얘기는 굳이 강조해서 할 필요가 없는 것 같다, 어차피 할 애들은 뜯어말려도 한다, 애매하게 고민하는 이들을 괜히 부추기는 얘기를 해서는 안 된다, 낮은 확률로 운 좋게 성공한 사람들이 자신의 삶만 돌이켜 내뱉는 성공담들은, 누군가에게는 악성 허위 과장 광고가 될 수 있기 때문이다, 무엇보다도 박찬욱 감독의 말은, 영화를 좋아한다고 해서 꼭 영화감독을 꿈꾸지 않아도 삶의 의미에 대해 얘기할 수 있는, 그런 철학에 대해 생각하게 했다,

4

대안적 철학이 필요하다, 요즘은 약간 그런 철학적 고민을 하고 있다, 내가 좋아하는 쾌락주의와, 그리고 적당한 개인주의, 더불어 약간의 회의주의를 버무린, '보통 사람을 위한 행복의 철학', 대단히 군자가 되거나 깨달음을 얻은 현인이 될 것은 아니며, 지성의 끝자락에 도전하는 물리학자나 철학자가 될 것은 아니더라도, 그래도 세상에 대한 이해와 납득은 필요하다, 서로의 토론과 공감이 모여 체계화된 철학은 모두의 질문에 알맞은 답을 주는 방식으로 시대와 함께 변모하는 것이라 생각한다,

5

이를테면, 근래에 '킨포크kinfolk'라고 불리거나 혹은 '휘게hygge'라고 불리는 삶의 양식은, 단지 잡지 제목에 머무르거나 트렌드용어 수준이라고 생각지는 않는다, 이들을 아우르는 가치는 '소박한 삶에서 느끼는 행복'이다, 나는 그런 삶의 양식들이 그 나름의 인류사적 함의를 지닌 현상이라고 본다, 실제로 킨포크 라이프가 확산된 이유를 미국발 금융위기와 그로 인한 자본주의에 대한 실망에서 찾는 사람도 많은 것처럼 말이다, 그러니까

생계에 위협을 느끼지 않을 정도로는 경제적으로 풍요롭고, 많은 기술이 고도로 발달한 사회이면서, 정치적으로는 민주주의의 성숙기에 도달한 사회, 하지만 자본과 기술의 부작용도 보았다는 점 등등, 킨포크나 휘게 등이 추구하는 바는, 한 사회가 특정 전제 조건을 충족했을 때에 나타나는 구체적 현상이라는 것이다,

6

동시에 21세기에 맞는 철학적 서술 방식, 에 대한 고민도 하고 있다, 일단 철학이 문자 언어만을 통해 확산되는 데에는 한계가 있다, 물론 종종 철학의 전파 방법은 때로는 연극이거나 소설이기도 했다, 앞서 언급한 킨포크라거나 휘게, 그리고 일본에는 '단샤리'라는 것이 있다고 하는데, 이러한 삶의 양식들은 '이미지'로서 급속도로 전파되었다, 여기서 포스트모던을 들먹이고 싶지는 않지만, 철학의 권위를 출판된 문자 언어에 의존하는 것은 확실히 모던하지도 못한 사고방식이다, 다큐멘터리 영상이 왜 철학 자체가 되거나 철학의 소통 수단이 될 수 없는가, 지금 나도 문자 언어의 형식으로 말하고 있는 주제에 할 소리는 아니지만, 한 사람이 하나의 정합한 논리적 체계에 대해 설명할 때에 그 전달 방식은 문자 언어를 초과하여 이미지나 영상으로 확장되어도 좋다고 생각한다,

7

다시 처음으로 돌아와서, 특히 한국 사회의 경우, 마음이 병들

어 있는 수많은 청년들을 구원하기 위해 누군가는 '왜' 꼭 모두가 영화감독이 되지 않더라도 의미 있는지, 모두가 스타가 되고, 전문가가 되어 각자 분야에서 성공하는 사람이 되지 않더라도, 우리가 인간됨을 충분히 다하며 살 수 있고 그 삶이 행복할 수 있는지, 그에 대한 믿음, 을 얘기해 줄 필요가 있다고 생각한다, 답이 지금 있는 것은 아니지만 우리가 같은 질문을 가질 필요는 있다, 철학은 거기에서 시작하기 때문,

2017년 3월

# 보아

보아 님 데뷔 20주년에 나도 한마디 얹기, 그저 멋지게 살아 내고 있는 자체로 다른 이들에게 롤 모델이 되는 사람은 많지만, 보아는 그중에서도 좀 더 특별하다, 2000년, 가장 어린 나이에 데뷔해서 자신의 스타일을 잃지 않으면서 케이 팝 역사에 그 궤적을 함께한 아티스트이기도 하지만, 동시에 자기 몫의 삶을 이겨 내고 견뎌 낸 모습에서 더욱 멋진 사람, 나는 이제 35세가 되었는데, 요즘도 보아를 보면 동기 부여가 된다, 보아는 데뷔를 할 때부터 욕을 먹었다, 당시에는 보아도 15살이었고, 나도 15살이었고, 같은 반의 H.O.T. 팬이던 여자애는 아무리 봐도 개연성이 없는 이유로 보아를 미워했다, 루머의 내용은 당시 중딩이던 내가 받아들이기 굉장히 충격적이었는데, 누구의 애를 임신했었다는 소문이 있다 뭐 그런 식이었다, 그 내용이 충격적이기도 했지만 그보다도, 순진무구한 표정을 하고서 '우리 오빠들이 이상한 애 때문에 나쁜 영향을 받지 않도록 그런 애는 사라져야 한다'며 진심 어린 태도로 보아에 대한 말도 안 되는 루머를 발설하고 있는 그 여자애의 태도가 충격적이었다, 그 후 고등학생이 된 어느 날 나는 게임에 열중하고 있었는데, 신규 출시 게임의 고레벨을 선점해서 게임 아이템을 팔아 용돈을 벌 생각이었고(바람직한 일은 아니지만 그때에는 또 그런 것이 동년배들의 주된 관심사였다), 굉장히 전략적인 동시에 성실하게 집중적으로 게임 플레이를 하고 있었다. 그때에 출시한 곡이 보아의 '아틀란티스 소녀'이다. 그 음악을 틀어 놓고 열심히 게임을 했다. 심지어 공부를 한 것도 아니고 게임을 하던 와중이었지만, 내가 보아의 음악을 보며 들을 때마다 했던 생각은 '진짜 여전히 이렇게 열심히 하는구나'였다. 그때가 고작 18살. 그런데 놀랍게도 보아는, 그로부터 다시 십여 년 동안, 매번 그 모습을 바라볼 때마다 '우와, 진짜 여전히 그렇게 열심히'를 보여 주었던 것 같다. 보아의 모습을 보며, '쟤는 저렇게 화려하게 사는데, 나는 이렇게 대충 사네'라는 생각이 든 적은 오히려 없었는데, 그것은 보아가 세상에 이름이 등장한 직후부터 '나 같으면 때려치웠을 텐데 진짜 열심히 하는구나'라는 생각이 들게 할 만큼, 같은 나이지만 많은 것을 포기한 동시에 또 많은 것을 짊어져야 했던 삶을 사는 것으로 보였기 때문이다. 나는 요즘도 삶이 조금 지루해지거나 스스로 나태해질 것 같으면 보아의 노래를 듣는다. 그것도 그 어린 시절 보아가 앳된 얼굴에 참 '열심히'라는 모습으로 춤추며 노래하던 '아틀란티스 소녀'나 '넘버원' 같은 것.

2020년 9월

# 일상다반사

# 나의 애착 잠옷 바지

1

겨울에 집에서 편하게 입는 잠옷 바지가 있다, 모양은 흔히 추리닝 바지라고 불리는 것과 비슷하게 생겼는데, 재질은 훨씬 부드럽고 뭔가 '집 안에서 입으라고 만든 옷'처럼 생겼다, 몇 년 전 엄마가 마트에서 그냥 사다 준 것인데, 그 이후로 이 바지는 나의 '쓸데없이 고집스럽게 좋아하는 물건' 목록에 포함되어 있다, 왜냐하면, 몇 년 전 엄마가 이 바지를 사다 주었던 이후로 다른 바지를 입을 수 없게 되었기 때문이다, 옷이 낡아지니까 엄마가 몇 번이나 새로운 바지를 사다 주었으나 나는 바지를 바꿀 수 없었다, 다른 것은 불편해서 입을 수가 없다, 지금은 똑같은 것을 하나 더 사서, 부모님 집에 하나, 대전 방에 하나, 이렇게 두 개를 갖고 있다,

2

나는 문득 이 바지를 만든 곳이 어디인지 궁금해졌다, 몇 년을 입으면서 어디에서 만든 것인지 관심도 없었던 것이다, 그런데 그도 그럴 것이, 브랜드를 보고 산 것도 아니고 그냥 마트의 잠

옷 비스무레한 것 파는 데에서 싸게 파니까 엄마가 집어 온 것이라고 했다, 옷의 디자인에 특별히 브랜드가 강조되어 있는 것도 아니다, 그러다가 몇 년이 지나고서는, 왜 다른 잠옷 바지를 만드는 곳에서는 이런 품질을 못 만드는 거지, 라는 생각에 봉착한 것이다, 몇 번의 불편한 바지들을 떠나보낸 후에야 말이다, 그제야 바지 호주머니 옆에 슬쩍 쓰인 글씨가 눈에 들어왔다, Cozyeazy, 이게 혹시 브랜드명인가,

3
찾아 보니 코지이지는 놀랍게도 '잠옷'만 전문으로 만드는 의류 회사였다, 현재에는 OEM도 하지만 창업 후 상당 기간 국내 원단, 국내 생산을 고집하고 있었고, 동대문 매장을 운영하고 있으며 전국 대형 마트와 속옷 가게 등에 납품한다고 한다, 도매 중심이기 때문에 브랜드 광고를 할 필요는 없었던 듯하나, 잠옷 도매 시장에서는 품질로 유명한 것처럼 보였다, 특별히 브랜드 스토리 등을 찾아볼 수는 없었으나, 웹에서 검색 가능한 몇몇 정보에서는, 포근하고 편안한 옷을 만들겠다는 창업주의 철학이 느껴졌다,

4
역시 그랬군, 하는 생각이 찾아왔다, 내가 지금 글을 쓰면서도 입고 있는 이 바지는 '잠옷 장인'이 만든 바지였어, 그 면바지 하나가 대단한 차이 있겠냐고 되물을 수 있겠지만, 언어로 풀자면 객쩍을 정도로 사소한 것들임에도, 그 사소함이 모였을 때

연소일기 삼십 대 편

에, 고집스럽게 좋아할 수밖에 없게 된다, 이를테면 겉감의 감촉과 안감의 감촉, 신축성, 바지 길이와 디자인 같은 기본적인 요소에서부터 이미 남다르게 편안하다, 특히 '주머니'를 보자면, 주머니가 집 안에서도 핸드폰을 넣고 있거나 사소한 물건을 넣을 수 있을 정도로 실용적이면서, 주머니의 크기나, 방향이나, 깊이가, 걸리적거려서 불편하지 않을 정도로 딱 작고 적절하다, 주머니에 자꾸 손을 넣었다 뺐다 하면 낡아질 수 있는 입구 부분에 덧감이 박음질되어 있고, 허리 고무줄은 아주 편안하게 느슨하면서, 그럼에도 주머니에 조금 무거운 것을 넣어도 바지가 흘러내리지 않도록 딱 알맞게 탄력이 있다,

5

고도의 잠옷 브랜드 광고 같지만, 사실 이것은 사랑에 대한 얘기이다, 누군가 나에게 사랑에 대해 묻는다면 이런 식으로 설명하는 것이 가장 근접한 방법이다, 왜 좋으냐고 물으면 그 작은 것들에 대해 각각 대답하는 것이 너무 사소해 보이거나 굳이 언급하기도 서로 부끄러운 작은 것들일지도 모르지만, 그 작은 차이의 집합으로 인해 쓸데없이 고집스럽게 좋아하게 된다, 이 바지를 처음 입은 이후로는 이것만 입었고, 앞으로도 이것만 입을 것이다, 바꾸고 싶지 않다, 애착은 오래될수록 깊어지는 것 아닌가, 내가 사랑을 느끼지 못하는 모든 것들은, 서로 다른 이유로 모두 조금씩 불편하다, 하나의 사물에 사랑을 느낀다는 것은, 어느 나라로 이사를 가든 꼭 가져갈 목록에 포함된다는 것이거나, 마지막 하루를 살게 될 때에 옆에 갖고 있고 싶다는 의

미이다, 사람에게 사랑을 느낀다는 것도 마찬가지겠지, 모든 여행에서, 그리고 모든 마지막 날에 함께하고 싶다는 것, 쓸데없이 고집스럽게 좋아하게 된다는 것,

2017년 2월

# 우리의 사랑 성심당

선거철에 대전 제1당 성심당이라는 농담을 보았다, 성심당 사장님이 무소속으로 대전 지역구 선거에 나오면 당선 가능할까, 일단 나는 대전 시민이라면 찍을 것이다, 이것은 역시나 농담 같은 얘기지만, 한 번 돌이켜 생각해 보면, 정치인이나 지도자라는 이들이 진정으로 진심으로, 마음을 다해 무엇을 해야 하고 지역민에게 무엇을 주어야 하는지에 대한 단서가 될 수 있다고 생각한다, 한곳에서 오래 자리를 지키며 지역 사람들과 교류하고 공감하는 것, 변치 않고 나누고 가꾸는 것, 자부심이 되는 것,

2020년 4월

# 거절을 잘하자

3

친절한 사람이 되려고 노력하지만, 막상 인생의 큰 후회들은 '왜 그때에 더 따뜻하게 말하지 못했을까'에서 오기보다는, '왜 그때에 더 모질게 끊어 내고 거절하지 못했을까'에서 왔다. 정중하면서도 강력한 거절, 그것은 수많은 설득과 협상의 케이스 중에서도 여전히 가장 어려운 문제에 속한다.

2017년 6월

# 일요일 아침의
# 대피 훈련

1

시끄러운 화재경보 소리에 잠을 깼다, 겨우 잠든 지 세 시간 정
도밖에 안 된 시간인데, 아 진짜 아침부터 누구야, 빨리 꺼져라,
라고 생각했지만 도저히 화재경보음이 주는 불쾌감이 가만히
누워 있을 수 있는 수준이 아니라서 일어나기로 했다, 위이잉하
는 사이렌 소리와 따르르를ㄹㄹㄹㄹㄹ하는 소리가 결합되어 도
저히 자연 세계에서는 발생할 수 없는 볼륨과 진동수로 온몸의
긴장을 깨운다,

2

사실 이전에도 한 번 이 오피스텔(2004년 준공)의 화재경보 시스템
은 오작동한 적이 있거니와, 별로 가스 불 틀어서 밥해 먹는 사
람도 없는 이 건물에서(특히 일요일 아침 7시 30분에) 굳이 불이 났다고
생각하긴 어렵지만, 어쨌든 그 소리에서 도망치는 방법은 방을
나가는 법밖에 없었다, 나는 남아 있던 일요일 분량의 긍정적
기운을 모두 끌어올려서, 그래도 화재경보음이 울릴 때마다 화
재 대피 훈련을 해 두는 것은 좋겠다는 생각으로 옷을 입고 나

가기로 했다,

3

정말 불이 난 상황이라면 어떤 것들을 챙겨야 할까? 가방에 노트북과 이것저것 소중한 물건을 챙길 수도 있었지만, 지갑 핸드폰 마스크만 챙기고, 생수 한 병을 챙길까 말까 하다가 은근히 '1층 편의점에 있잖아'라는 생각으로 그냥 나서기로 했다, 막상 지갑을 챙기려고 하니 하필 평소에 지갑을 두지 않던 자리에 지갑을 둬서 약간 당황했다, 경보음 자체가 물리적으로 정말 패닉을 촉발할 만한 자극 요소이지만, 실제 상황이면 더 당황했을 듯, 한창 여름이지만 왠지 옷도 긴팔을 입었다, 나름 훈련 성실 참여의 자세로 긴팔 셔츠 착용, 이렇게 대피 시에 어떤 순서로 무엇을 챙기고 어떻게 움직여야 하는지를 생각만 해 보는 것으로도 훈련 효과가 있는 것 같았다, 정말로 평소에 한 번도 생각해 보지 않은 것이니 말이다, 생수를 챙길까 고민했던 것도 민방위 훈련 콘텐츠에서 화재 시에 물에 적신 수건 등으로 호흡기를 보호할 수 있다는 얘기 때문이었다, 아시다시피 화재 발생시 사람은 보통 화상으로 죽는 게 아니라 질식으로 죽는다,

4

방을 나서니 복도는 아주 평온한데, 생각 외로 '화재 시 자동으로 열립니다'라고 쓰여 있던 복도 끝 통 창문이, 평소 본 적 없는 모양으로 활짝 열려 있었다, 음 그래도 안전장치가 그럭저럭 잘 작동하는군, 건물은 역시 소방법을 잘 준수해야 해, 라고 생

연소일기 삼십 대 편

각하며 느릿느릿 '그래도 엘리베이터는 탈 수 있겠지' 하고 엘리베이터 쪽으로 갔는데 방화 셔터가 내려와 있었다, '오늘 콘텐츠 좀 본격적인데?'의 느낌, 다른 호실 사람들이 슬쩍슬쩍 문을 열어 보거나 동향을 살폈지만, 역시 나는 이왕 이렇게 된 거 빠르게 비상계단을 이용해 건물을 빠져나가기로 했다, 인생에서 심심찮게 소환되는 일화이지만 예전에 민방위 훈련용 앱 콘텐츠 기획에 참여한 적이 있는데, 게임식으로 의사 결정과 내용을 학습하는 그 앱은 시작 30초 만에 지진 시에 엘리베이터를 이용하려고 하면 즉시 사망하면서 게임 오버 되는 약간은 허무 개그 같은 구성을 갖고 있었다, 하지만 그때에도 지금에도 나는 생명에는 '만약에'가 없다고 생각한다, 오피스텔 입주하고 나서 이용해 본 적이 손가락에 꼽히는 계단을 착착착착 내려가며, 혹시 연기 나는 층이 있으면 막 불이야 소리 지르고 사람들 깨워야 하나 했지만 다행히 그런 일은 없었다, 그러면 도대체 화재경보는 왜 울리게 된 것일까, 누가 점화형 모기향 같은 것을 피우다가 종이에 불이라도 붙었나 이런 생각을 하며 내려왔다,

5

3분짜리 대피 훈련인 셈이지만, 만에 하나 정말 어딘가에 불이 났을 수도 있기 때문에, '화재경보음이 들리면 밀폐된 공간을 벗어나는 것이 항상 옳다'라는 생각을 한다, 안전 불감증은 안 된다, 가까운 친구들에게는 종종 하는 얘기지만 나는 20대에 친척의 죽음을 경험한 후로 '죽지 않는다, 죽을 만한 짓을 하지

않는다'를 상당히 높은 행동 기준으로 두고 살아가고 있다, 솔직히 내 방이 3층이나 4층 정도만 되어도 이렇게 즉시 나오진 않았을 텐데, 만에 하나 정말 불이 나고 대피가 어렵게 되면 내 방은 최악의 경우 완강기를 이용하거나 뛰어내릴 수도 없는 10층이기 때문에, 정말 만에 만에 만에 하나라도, 내 생명은 소중하니까, 빨리 뛰쳐나온 것이다, 나는 '일상에서는 하지 않는 일이지만 그 일을 했다가 내가 죽을 수도 있는 확률이 발생하는 어떤 일'을 의식적으로 피하고 살고자 한다, 이를테면 헬멧을 쓰지 않고 전동 킥보드 같은 것을 타고 차도를 달리는 행위 같은 것, 그리고 스릴을 즐기는 종류의 모든 체험은 50대 이후로 미뤄 뒀다, 나는 살아오며 늘 인구 대비 중앙값 이상의 행운을 살고 있다고 느끼기에 나에게 불의의 사고 같은 것이 발생하리라고는 생각지 않지만, 아무리 낮은 확률이라도 목숨이 걸릴 수도 있는 게임에는 열심히 참여하는 것이 좋다, 건물에서 화재경보음이 울렸을 때 1등으로 뛰쳐나오기 같은 것, 그런데 나는 1등은 아니었다, 불안 정도가 높아 보이는 아줌마 한 분과 역시나 시끄러워서 깬 것 같은 젊은 아저씨 한 명이 이미 현관에 나와 있었다,

6

사실 이 일기는 사이렌 소리가 꺼질 때까지 가만히 벤치에 앉아 있기 심심해서 쓰기 시작했는데 안타깝게도 아직 해결이 안 된 모양임, 그래도 나오니 하늘도 너무 맑고 공기도 좋고 선선하고 좋네, 아침거리를 먹으러 가야겠다, 의도치 않은 낮

선 여행을 나선 기분으로 모처럼 아침밥을 챙겨 먹는 일요일 아침이다,

2020년 7월

# 아버지의 은퇴

예전에는 아버지가 혼자서도 잘 지내는 분이라는 생각을 갖고 있었다. 친구 없이도 잘 지내는 사람이라는 의미는 쉽게 세상 만물과 친구가 되는 사람이라는 의미일 수도 있다. 아버지는 과묵한 편인데 자기 자신과 대화하는 일에 익숙한 것일 수도 있다. 그렇게 아버지는 혼자서도 잘 지내는 분이었다는 생각. 그런데 요즘은 은퇴하고 시골에 혼자 계신 아버지를 보며 생각이 좀 바뀌었다. 혼자서도 잘 지내는 분이 아니라 실은 혼자 있길 좋아하는 분이었다고 말이다. 아버지의 시골집에서 며칠을 함께 보내며 심지어 이런 생각이 들었다. '아, 일생 동안 얼마나 혼자 지내고 싶으셨을까?' 자기 방도 없이, 안방은 엄마 것이고 거실이 방은 아니니까, 소파 위에서 살아진 인생. 아버지의 삶에는 정원이 없었다. 도시의 소음 속에 사는 일뿐이었다. 얼마나 혼자만의 시간을 갖고 싶었을까. 실은 전원주택이 중요한 것이 아니고 자신만의 시간과 공간에서 사는 일이 중요했던 게 아닐까. 이제 얼마나 다양한 소리에 귀 기울이게 되었을까. 이제 아버지의 삶에는 어떤 즐거움이 더 많이 생겼을까. 아버지 세대가 직업과 은퇴를 살아갔던 방식은 내가 살아갈 것과 제법

다를 것이지만, 아버지의 은퇴는 지금의 나에게 새삼스레 삶의 과정을 생각하게 한다, 아버지는 아버지로 30년을 살다가 60세가 넘어서야 개인의 삶을 찾았다, 어디까지가 과정이고 어디까지 목적지였을까,

2018년 5월

# 시골 단상

1

시골에 오면 종종 눈에 띄는 장면 중 하나가, '애가 애를 키우는' 모습이다. 이것은 자식을 많이 낳던 농경 사회의 일면이어서, 아마 우리 엄마도 삼촌 이모를 저런 모습으로 키우지 않았을까 싶다. 한 번은 울진 읍내의 목욕탕에 갔다가 두 형제를 보았다. 형은 초등학교 고학년 정도로 보이고 동생은 갓 유치원에 들어갈 나이 정도로 보이는데, 동생을 머리 감기고 씻기고 챙기는 형의 모습이 한두 번 해 본 솜씨는 아니었다. 물론 서울에도 애가 애를 키우는 일은 없지 않겠으나 옥수동에 살며 한남동으로 일하러 오가는 내 눈에는 좀처럼 보이지 않을 일이지. 요즘 애들은 더 응석쟁이이고 옛날 사람들이 더 어른스러웠던 것은, 단지 세대 차이로 인한 착각이 아니라 상당히 실질적 차이가 있을 것이다. 자라나는 아이들에게 많은 의무가 부과되는 것이 바람직한 일은 아니나, 사람은 본인이 지고 있는 책임이나 역할만큼 내적으로 성장하게 되는 것도 틀리진 않을 테니.

2

최근 울진에서도 식당에 가면 동남아 출신의 여성들이 자주 보인다, 이것도 한편 '농촌 사회'적인 모습인데, 그들이 시집을 왔는지 단지 돈을 벌러 이민을 온 것인지 모르지만 어느새 노동력의 상당 부분을 차지하고 있는 것은 분명해 보인다, 물회를 파는 가게 아줌마는 한국 사람을 쓰면 먹고살 수가 없는 일이라고 했다, 근로 계약이나 최저 임금 같은 법의 보호도 제대로 받지 못하는 고용일 테지만, 이쪽에선 정말로 점주도 같이 서민이라서, 그런 문제가 눈에 보이지도 않는다, 나는 개인적으로 최저 임금제의 지역별 차등에 대해 찬성하는 편인데, 최저 임금을 산정하는 방식 자체가 이미 국가 전체의 소비 수준이나 물가를 고려하고 있는 것이니, 같은 전제하에서 지역별 소비 수준이나 물가를 따지는 것이 좀 더 합리적으로 보인다, 그렇게 생각하면 서울 한복판에서 장사하거나 흑자인 사업체를 운영하면서 최저 임금 비싸다는 얘기 들먹이는 몇몇 사장들의 말은 시골의 어려움을 생각하면 조금 배부른 얘기가 아닐까 싶은 수준,

3

시골에 4일 있었는데, 도시의 다른 그 무엇도 그립지 않지만 아이스크림이 먹고 싶다는 생각만은 간절하다, 오늘부터 나의 중독증 목록에 아이스크림을 추가해야겠다, 그렇게 좋아하는데도 사실 지금까지 그 목록에 아이스크림이 없었던 것도 이상하지만, 이전에 며칠 시골에 오면서도 편의점에서 초콜릿이나 간식거리를 꼬박꼬박 챙겼었는데, 본의 아니게 농촌 식단으로 4

일을 모두 채우고 나니 정말 달콤하고 고소한 쾌락주의적 맛과 향이 무척이나 그리워지는 것이었다,

4

이건 울진이 아닌 다른 시골에서 봤던 얘기, 이름을 보아 여자아이인 것으로 추정되는 어떤 아이가 예술 중학교에 합격했다는 현수막을 보았다, 딱 봐도 전교생이 50명이 안 되어 보이는 정말 시골 동네 초등학교였는데, 일면식 없는 나 같은 사람, 그저 여행하며 지나가는 아저씨마저 왠지 박수를 쳐 주고 그 아이를 응원하고 싶어졌다, 나는 도농 격차 해소라거나 지역 균형 발전 같은 것이 쉽게 가능하리라 믿지 않는 자본주의자이지만, 한편으로는 꿈 있고 재능 있는 아이들이, 삶의 기예를 펼칠 수 있도록 도와주는 시스템을 만드는 것은 모두에게 중요한 일이라 생각한다,

2019년 9월

연소일기 삼십 대 편

# 그 말 한마디

1

가르쳤던 학생들을 만나면, 내가 했던 말이 그대로 나에게 돌아올 때가 있다, 그러면 무척 기분이 이상해진다, 때로는 자극과 동기 부여를 위해 했던 말이기도 했고, 때로는 생각하기와 글쓰기를 위한 규범 같은 말도 있었다, 이를테면 "글은 문장력이 좋아서 잘 쓰는 것이 아니라, 할 말이 분명한 사람이 잘 쓰는 거잖아요" 같은 말이 돌아오거나, 학생이 말하는 중에, "정답이 필요한 게 아니라, 논리가 필요한 거잖아요"라고 얘기가 섞일 때에, 아, 맞아, 그렇지, 하면서 문득 나 자신을 반성하게 된다,

2

그렇게 내가 했던 말 몇 개는, 아이들에게 '그 말 한마디'가 되어 오랫동안 자리하고 있는 경우가 있는 것 같다, 시간이 지나도 아이들이 또렷하게 기억하고 있는 말들, 새삼 말의 무게를 생각하게 된다, 그리고 나 역시 다른 사람으로부터 들어서 갖고 있는 '그 말 한마디'를 생각하게 된다, 생각을 크게 바꾼 말들,

내내 따라다니면서 나에게 영향 주는 말들,

3

손금과 관상을 보다 보면, 의도보다는 조금 더 무거운 말을 하게 될 때도 있다, 어쩐지 나에게는 지나가는 수많은 말 중의 하나였던 것인데, 상대방에게는 오래 남는 말들이 있다는 것을 깨닫게 된다, 지금보다도 사람 보는 눈이 한참 없던 어릴 적에 동아리 누나 손금을 봐준 적이 있다, 그때에 '드라마틱한 연애와 결혼이 있을 것 같아요' 같은 얘기를 했었다, 마침내 그 누나가 오래 사귄 연인과 결혼을 할 때에, 그때 했던 얘기가 생각나서 물어봤는데, 그 누나는 정말 그 말 한마디를 오래 담아 두고 생각했다는 것이었다, 다사다난한 일들 속에서 수백 번도 더 생각했다고,

4

그런 얘기를 들으면 경계 없는 책임감을 느끼다가도, 또 '그 말 한마디'는 결국 듣는 사람의 마음속에 있는 것 아닌가 생각이 들기도 하고, 내 말이 위험하거나, 혹은 내 말에 힘이 있거나, 이렇게 생각이 들기보다는, 말은 애초에 내 것이 아니고 말이라는 것 자체가 그 맥락 속에서 힘이 있거나 또 위험한 것이구나, 하는 생각을 하게 된다,

5

'좋은 글 많이 써요'였다, 나에게는, 20대 동안에는,

연소일기 삼십 대 편

6

한편으로는, 참 많은 말이 오가도, 결국은 그 몇 마디만 남는다는 생각도 든다, 그때 얘기했던 속내, 혹은 지나간 약속, 사랑 고백, 내 편 들어 주었던 이야기, 믿는다던 한마디, 고맙다던 짧은 얘기, 사람들은 이런 것들을 내내 붙잡고 사는 것 같다,

2016년 7월

# 연속적인 시간

"항상 우리에겐 충분한 '연속적인 시간'이 필요한 것 같아, 일에
서도 마찬가지이고, 관계에서도 마찬가지이고, '총시간'이 중요한
부분도 있지만, 한 번에 얼마나 연속적인 시간을 쓰느냐가 중요
할 때가 있지, 하루에 1시간씩 세 번 끊어서 총 3시간을 공부하
는 것과, 한 번에 집중해서 3시간을 연속으로 공부하는 것의 차
이랄까, 사람과 친해지는 데에 있어서도, 30분씩 수십 번 만난
사람과는 '총시간'이 많아도 가까워지기 쉽지 않지, 하지만 때로
는 한 번 같이 밤을 새며 얘기를 나눠 본 사람과 더 가까워지
는 법이니까, 이런 생각을 하게 된 이후로, 엠티라거나 함께 가
는 여행이라거나, 그런 것들을 좀 다시 보게 되었어, 특히 엠티
는 낯부끄러운 장기 자랑이나 피곤한 술 게임 같은 것 빼고 말
이지, 그렇다고 해도 낯선 곳에 가서 여러 사람과 함께 자는 것
을 그다지 좋아하는 스타일이 아니었는데, 확실히 삶의 어떤 단
계에서는 그런 단체 활동이 효과적인 부분도 있겠더라고, 몇 시
간을 한 방에서 마시며 얘기하며 마주하게 될 때에만 나오는 얘
기들이 있는 거지, 그 어떤 지점, 그건 확률적인 걸 수도 있지만,
형질 변화의 역치 같은 것이랄까"

2017년 3월

연소일기 삼십 대 편

# 겁나는 일

1

세상 사람들에게 비난 받는 일보다 훨씬 더 두려운 일은, 맹목적 동조자들에게 둘러싸여서, 그들의 말만이 진실이라고 믿으며 도취되어 살아가는 일이다, 실제로 그렇게 살아가는 벌거벗은 임금 같은 이들이 있다, 그들을 한심하게 생각하는 만큼, 혹여나 나도 그렇게 되는 날이 있지 않을까 두렵다, 한편 내 말에 동조하고 나를 인정해 주며 좋은 말만 해 주는 사람들 속에서 살아가는 선택이 얼마나 달콤하고 안전한 삶인지도 잘 알고 있다, 하지만 가끔 나는 인간적으로도 친하고 동료로서 신뢰하는 사람들에게, '아 좀 너무하네' 싶을 정도의 뼈 때리는 조언들을 종종 들으면 그 순간은 곤란한 기분이지만, 집에 와서 일기 쓰면서 얼마나 감사한 일인지 모른다는 생각을 하게 된다, 그런 조언을 되새기는 일이야말로 언젠가 벌거벗는 창피를 면하는 일이기 때문이다,

2019년 6월

# 시대가 바뀌었다

1

시대가 바뀌었다, 나는 아직 90년대가 생생하다, 그때에는 초등학생도 아니고 국민학생이었는데, 여자 사람이 무엇인지에 대한 인식도 분명하지 않은 꼬꼬마였으나 TV에 나오는 심은하가 예쁜 것은 알았다, 동네 슈퍼에는 백 원을 넣고 이기면 동전 크기의 메달이 나오는 오락기가 있었는데, 그게 내가 처음 배운 도박이었다, 할머니는 사과를 숟가락으로 긁어서 내 입에 떠먹여 주셨다, 대전 엑스포는 초월적인 세계였고, 사람이 북적이는 '자연농원'에서는 길을 잃은 적이 있다, 지나간 추억이거나 몇 개의 장면들은 오랫동안 내 머릿속에 남아 계속해서 나를 만든 것 같다, 지금 생각해 보면, 애니메이션 '인사이드 아웃'에서 '핵심 기억'이 개인성을 만드는 장면을 묘사한 것은 정말 그럴싸하다,

2

그런데 시대가 바뀌었다, 이걸 인식하거나 인정하는 일이 가끔 어려울 때가 있다, 사춘기를 보내고 나의 성격을 만든 것은

연소일기 삼십 대 편

2000년대의 일인데, 그마저도 박제된 시공간처럼 머나먼 옛날처럼 느껴진다. 지금은 기술이 무르익어 돌이킬 수 없는 21세기이고, 사람들이 이제 인공 지능에 대해 토론한다. IT 기술이 가져온 삶의 변화는 열거하기 어려울 정도로 무수하다. 지난 시간에 대한 기억이 생생할수록 '시대가 바뀌었다'는 것 역시 생생하게 다가온다. 이제 20세기에 만든 이론 중 몇 개는 통하지 않는 시대가 되어버렸다. 모쪼록 내가 스스로에게 한 가지 바라는 것이 있다면, 50대쯤 되었을 때에 부디, 나를 만든 규범과 세계관에 갇히지 않고 '시대가 바뀌었다'는 것을 인정할 수 있는 사람이 되는 것.

2016년 6월

# 고양이 키우듯이

며칠 전에는 좀 지치고 힘든 하루를 보낸 날이 있다, 그래서 복합 비타민과 마그네슘 한 알에, 우롱차 한 잔을 마시고 컴퓨터 앞에 앉았는데, 마침 이런 내용의 트윗을 보았다, '힘들면 소주를 마시지 말고, 힘들면 비타민을 드세요', 아무래도 혼자 사는 성인일수록 자기 자신을 잘 양육하는 데에 신경 쓸 필요가 있다, 요즘 내가 찾아낸 괜찮은 비유는, '쉽게 병들 것 같은 고양이 키우듯이' 자기 자신을 키우면 될 것 같다는 것이다, 좋은 재료의 음식을 섭취하게 하고, 감각과 신체를 잘 사용할 수 있는 놀이도구를 사 주거나, 혼자 둬야 할 때와 누군가와 놀아야 할 때를 잘 구분하는 것, 그런 식으로 말이다, 자기 자신을 충분히 잘 기르지 않으면 다른 사람을 사랑할 에너지도 잘 나오지 않는다,

2018년 1월

연소일기 삼십 대 편

# 1년의 운동 회고

1

121회, 지난 1년간 헬스장 출석한 횟수이다, 1년 만에 헬스장 등록 갱신하면서 혹시 그동안 몇 번 왔는지 알 수 있냐고 물어 봤더니 담당 직원이 알려 줬다, 1년을 365일이라고 하면 거의 3일에 한 번꼴, 그러니까 이틀을 쉬면 그다음 날은 꼭 헬스장에 방문하기를, 무려 1년 동안이나 지속했다는 결론이 된다, 물론 초기에는 출석률 자체를 KPI(핵심 성과 지표)로 훨씬 열심히 다녔고 최근에는 바빠서 좀 뜸했기 때문에 온전히 균등하게 3일에 한 번 다닌 것은 아니겠지만, 그래도 나는 굉장히 나 자신에 대한 대견함에 휩싸였다, 세상 그 어떤 일이든 자신에게 도움 되는 일을 이틀 걸러 한 번은 꼭 하기를 1년 동안 반복하는 것은 그것이 무엇이든 간에 칭찬받을 일이다, 이 감사와 영광을 제가 구독 중인 헬스 유튜버 외 제 주변의 운동러 지인들에게 돌립니다,

2

다른 수많은 팁과 노하우는 대부분 유튜브에 있으니, 나처럼 귀

찮음이 많고, 어렸을 때부터 운동을 그리 좋아하지 않으며, 규칙적으로 무언가 하거나 일정을 지키는 일은 초등학교 때부터 포기한 사람들을 위한 운동 팁을 한 번 써 보겠다, 나는 이 방법론의 이름을 '리버스 릴랙싱reverse relaxing'이라고 이름 붙여 보았다, 역휴식 방법, 이는 쉽게 얘기하자면, 운동을 하고 쉬는 게 아니라, 먼저 쉬고 운동을 한다는 간단한 방법론이다, 나는 이 방법을 처음 시작하고 시간이 흐를수록 이 방법론의 효과를 절감했다, 나는 운동을 가기 싫은 이유와 그때에 내 안에서 일어나는 합리화 방식, 그 구체적이고 말초적인 기분에 대해 나름 반성하며 스스로를 분석해 보았고, 그리고 대부분의 원인이, 저녁에 이미 엄청 피곤한 상태에서 헬스장에 출석할지 고민한다는 데에서 기인한다고 결론을 내렸다, 그렇다고 성격이나 생활 패턴상 아침에 하루를 시작하기 전에 운동을 할 수 있는 기질은 더욱이 아니므로, 운동 시간은 저녁일 수밖에 없었다, 하지만 대부분의 경우 하루를 열심히 살았다면 저녁 시간에는 운동을 안 해도 이미 피곤하다, 운동할 기운이 남아 있지 않은 경우가 대부분이다, 그래서 '먼저 쉬는 시간'을 포함해서 총운동 시간(헬스장 총방문 시간)으로 잡고, 일단 운동 전에 릴랙싱에 시간과 공을 들이는 습관을 만들고자 했다, 이것이 리버스 릴랙싱이다,

3

릴랙싱 방법은 여러 가지인데, 헬스장 사우나 이용하기, 헬스장 안마 의자 이용하기, 개인적으로 보유하고 있는 마사지건(massage gun) 이용하기, 폼 롤러와 마사지 볼로 셀프 마사지 하기,

아예 타이머를 맞춰 놓고 30분 잠들기 같은 것이었다. 아주 가끔은 저녁에 퇴근길에 수기 마사지를 받고 운동을 가는 사치를 누리기도 했다. 3-40분씩 먼저 쉬고 운동을 하자면, 실제로 운동은 20분 정도만 하는 경우도 굉장히 많았다. 다만 스트레칭은 종종 그 자체로 워밍업이 되기도 하고, 사우나를 한다고 해도 체온 올려 약간의 땀 흘리는 워밍업은 이미 되어 있는 편이니, 15-20kg 미니 바벨을 들고 스쿼트(squat), 벤치 프레스 등으로 아주 간단한 준비 운동만 한 다음에, 바로 고중량으로 바벨운동이나 머신 운동을 한다. 그리하여 지난 1년간 121회를 초과하는 출석률을 달성하는 동안, 인바디 같은 것을 꾸준히 재보지 않았지만, 일단 키가 1센티 정도 컸고(척추가 펴진 효과로 추정), 박사 과정 5년을 보내고 평균 미만으로 망가져 있던 환자 수준의 몸을, 그래도 3대 운동 3RM 330kg 정도 드는(데드리프트 130, 스쿼트 130, 벤치 프레스 70) 몸으로 만들 수 있었다. 나는 기본적으로 '힘들지만 참고 견디며 열심히' 하는 장르를 좋아하지 않으므로, 헬스장 가는 일에 대한 접근성, 반복성, 즐거움에 초점을 맞춰서 습관을 설계하려 했다. 사실 근골격량과 체지방률이 어떻고 다이어트 효과가 어떻고 이런 것보다 훨씬 뿌듯한 점이 바로, 이렇게 계획과 고민과 방법에 따라 효과적 습관을 정착시켰다는 것이다. 운동은 온전히 내 삶으로 들어왔다. 일상으로 만들려면 미워하지 않는 것에서 시작해야 했다. 미워하지 않으려면 그것이 나를 힘들게 하면 안 된다.

4

데드 리프트 처음 배울 때에 나중에 정강이 까지는 줄 모르고 데드 리프트 치게 될 것이라는 말을 듣고는 약간 오버하는 화법이라고 생각했으나 요즘은 고중량 치다 보면 정강이 안 까지는 날이 없다, 정강이 보호 토시 같은 것을 사야 하나 고민 중, 종종 이렇게 하나의 유기체가 작동하며 중요한 기능을 수행할 때에 필연적으로 방치되거나 훼손되는 작은 부분들이 있다, 나같이 인자약(인간 자체가 약함) 출신의 일반인이 체중의 1.5배에 달하는 중량을 들려면 모든 집중이 등과 허리와 허벅지의 움직임 그리고 부상당하지 않게 몸의 각도와 중력 방향을 인식하는 일과 발뒤꿈치 정도에 가 있어야 한다, 사실 정강이 피부 따위가 중요한 것은 아니다, 하지만 그렇다고 안 중요한 것이라고 하여 항상 훼손되거나 방치되어야 하는 것만은 아니고, 정강이가 자꾸 까지면 정강이를 신경 쓰느라 본질에 대한 집중을 포기할 우려가 있기 때문에 꼭 해결해야 하는 문제라는 생각을 해 봤다, 쓰라린 정강이를 붙잡고 헬스장 사우나 온탕에 들어가서 뜨뜻한 물에 몸을 지지면서,

5

운동을 하며 가장 많은 '변화'라고 느낀 것은 '나'라는 자아의 인식 세계 안에 근육과 골격이 들어오게 된 것이다, 이것은 당장 근육이 발달하면서 몸이 탄탄해지거나 건강해지는 느낌과는 조금 다른 것이다, 나는 아마도 오랜 시간 동안 '나'라는 자아의 물리적 실체를 뇌와 소화 기관으로 생각하고 있었던 것 같

연소일기 삼십 대 편

다, 그러니까 오랫동안 내 일기장 속에서 '컨디션이 좋다'라는 것은 요즘 뇌가 작동을 잘한다는 의미였고, '몸이 안 좋다'라는 것은 배탈이 나 있으며 속이 안 좋다는 의미였다, 즉, 몸이 좋다 혹은 안 좋다는 것은 늘 뇌의 작동이거나 소화 기관의 작동에 종속되어 있었다, 내 몸에서 문제시되는 부분은 주로 뇌와 소화 기관이었기 때문이다, 물론 대근육과 소근육과 관절과 인대가 늘 작동하고 있었겠지만 의식적으로 인지되지 않았다, 그러다가 이제는 내가 어떤 방향으로 어떻게 힘을 쓰기 위해서 내 몸의 해부학적 역동이 어떻게 발생하는지 알게 되고, 이를 좀 더 메타적으로 인지하게 되면서(정확히는 운동하는 와중에 당장 눈에 보이지 않는 내 몸 근육 안의 움직임을 상상 속에서 이미지화할 수 있게 되면서) 모든 움직임 속에 근육의 존재감과 작동이 좀 더 생생하게 다가오기 시작했다, 나는 23세에 이종관 교수님 수업에서 들었던 메를로퐁티의 '몸의 현상학'과 그 몸의 지향성에 대해 이제야 조금 더 이해하게 된 것 같다, 오랜 과제를 잊지 않고 살아가면 그 문제의 답에 근접하는 체험을 언젠가 얻게 된다, 이것은 아무런 실리적 효용을 발생시키지 않고, 성과나 변화라고 부르기 어려운 것처럼 보이지만, 신체에 대한 인지가 향상된 지금에야, 세상을 지각하는 바에 대한 나의 철학은 오랜 정체기를 거쳐 다음 단계로 나아갈 수 있게 되었다, 철학도로서는 기쁘고 더욱 뿌듯한 일이다,

2020년 7월

# 비간섭적 공존

2

문득 나윤수네 집에 놀러 가고 싶은 토요일이었다, 어려서부터 나와 성장기를 함께 보냈다고 할 수 있는 친구인 나윤수는, 이십 대 초중반 무렵 우리 집에서 걸어서 15분 정도 거리에 살았다, 나윤수네 놀러 가고 싶은 토요일이라는 것은 막연한 심상이기보다는 상당히 구체적인 현상을 가리킨다,

3

토요일에 나윤수네 집에 놀러 가면 무엇을 하느냐면, 그러니까 아주 구체적으로 아무것도 하지 않는다, 예를 들어 그 어떤 하루를 떠올려 묘사해 보자면 이런 식이다, 내가 가면 나윤수는 자기 방에서 컴퓨터로 '와우(온라인 게임)'를 하고 있고, 나는 바지를 갈아입은 다음에 거실 소파에 앉아서 나윤수가 틀어 놓는 야구 중계를 본다(나는 평소 야구 중계를 챙겨 보지 않지만 윤수가 틀어 놓았으니 보는 것이다), 그러다가 그게 재미없으면 예능 재방송이나 케이블에서 틀어 주는 영화를 보다가, 집에 있는 간식거리를 축낸다, 심지어 나는 그냥 소파에 옆으로 누워 잠들기도 한다, 그러니까

만나서 서로 꼭 흥미로운 얘기를 나누거나 같이 무언가 목적을 가지고 노는 게 아니라, 그냥 같은 집에서 빈둥거리는 것이다, 그러다가 같이 배달 음식 시켜 먹고, 쓸데없는 얘기를 나누다가 그러고 나는 집에 오는 것이다,

4

삼십 대가 되어 그 시간을 떠올리면, 당시에는 아무렇지 않은 일상이었지만 지금은 그때의 장면이 굉장히 각별한 기분인데, 아무것도 하지 않고 같은 공간에 머물러 시간을 보내는 잉여로움이 실은 상당히 평화로운 것이었다, 혼자 있는 것도 아니고 같이 무언가 하는 것도 아닌, 공간 공유라고 해야 하나, 비간섭적 공존이라고 해야 하나, 그것이 자유로운 기분과 사회적 결속 사이의 특정한 욕구를 담고 있을 수도 있다,

7

상호 간섭적인 대가족의 삶은 탐탁지 않지만, 어쩐지 식사할 때만큼은 대가족적인 분위기를 좋아하는 나는, 유토피아와 현실 사이에 구체적인 꿈 목록 하나를 갖고 있다, 요즘 흔히 쓰는 표현을 빌려서 설명해 보자면 대안 가족의 공동 주거 형태인데, 연립 주택(빌라)이나 다층 주택을 짓는 것이다, 그래서 가족마다 각자의 집이 있고, 지하나 최상층 혹은 옥상에 공유 공간을 만드는 것이다, 영화 혹은 음악 감상실이나, 공유 거실이 있어서, 필요한 때에 각 가구에서 직접 활용하거나 다 같이 모여서 종종 당연하다는 듯이 파티를 하는 것, 이게 바로 에피큐리언적인

삶 아니겠는가, 이런 발상을 처음 한 이후로 또 뭐든 찾아 보고 연구하는 성격 탓에, 유사 사례도 찾아 보고, 건축에 들어가는 비용이나 법리적 문제 등을 찾아 보며 타당성을 검토해 보았다, 1가구 혼자서 하면 과도한 비용일 수 있지만, 3가구 이상이 모였기 때문에 경제적으로 효율화할 수 있는 부분이 있으므로, 마음 맞는 가족만 구하면 현실화할 수 있겠다는 생각을 해 봤다, 몇몇 사람에게만 이 꿈과 계획을 얘기해 봤는데, 이미 내가 프로젝트를 꾸리면 참여하겠다고 한 사람도 몇 명 있음, 여러분도 참여하세요, (가칭)연소 빌리지 프로젝트,

2015년 12월

# OCISLY

2

얘기가 나왔으니 말인데, 글을 쓰지 않는 이유와 글을 쓰는 이유를 합치면 나에게는 대충 세상 모든 것의 이유가 되는 것 같다, 돌이켜 보니 그런 표현을 쓴 적이 한 번 있다, '시를 쓰게 했던, 그리고 시를 못 쓰게 했던', 당신, 쓸 때에는 몰랐는데 지금 생각해 보니, 대충 모든 것의 핑계였고, 혹은 이유였다는 얘기로군,

3

공부하느라 힘들지?라는 말에 고3 때에는 늘 이렇게 대답했었다, '공부를 해야 힘들죠'라고 말이다, 힘들고 괴로워서 누구를 원망하지는 않을 정도로만 딱 노력하면서 사는 것, 건강에 이로운 게으름이다, 그로부터 10년이 더 지났는데도 여전히 공부가 본업이라는 것도 우스운 일이거나 혹은 기쁜 일인데, 요즘은, 공부하느라 힘들지?라는 말을 들으면 꼭 이렇게 대답한다, '공부는 힘들지 않아요, 항상 공부가 아닌 것들이 힘들죠'

5

'복숭아를 좋아하는'은 일종의 식별 코드 같은 것이다, 인디언 이름 같은 거지, '늑대와 춤을'이나 '주먹 쥐고 일어서' 같은 인디언 이름 말이다, 서기슬 씨는 온라인상에서 유목민처럼 글쓰기를 하고 돌아다니는데, 종종 다른 필명을 쓰고 있어도 본질은 같다는 것을 밝히기 위한 것, 실제로 한 독자가, 다른 커뮤니티에서 다른 필명으로 글을 쓰는 나를 보고서, 복숭아 좋아한다는 얘기 때문에 동일인으로 확신하여 나를 발견한 사례가 있다,

12

사랑이 힘든 것은 아니고 주로 사랑이 아닌 것들이 힘들었지, 편집점은 드라마를 만들지만 순전히 장면의 미장센 때문에 같은 지점을 수십 번 돌이켜 보았던 때가 있었다, 내 나름으로는 훌쩍 자랐는데, 어떤 서사는 지겹게도 한결같다, 그 반복되는 시퀀스가 지겨운 면도 있지만, 대답은 언제나 같습니다, 사랑한다는 말은 모두 진심이었고, 늘 똑같지는 않겠지만요,

13

일론 머스크의 우주선 회사 스페이스 엑스가 세 번째 로켓 귀환에 성공했다고 한다, 이 회사는 이전에는 일회용이었던 우주 발사 로켓을 다시 착륙시켜 재활용하는 혁신으로 주목받았는데, 지상에서 발사한 로켓을 바다 위에 떠 있는 바지선에 착륙시키는 방식이다, 그런데 그 바지선의 이름이 아주 낭만적인데 바로 "Of course I still love you(a.k.a OCISLY)"이다, SF 소설

의 내용에서 따왔다고 하나, 어쩐지 지구를 떠났던 로켓이, 다
시 돌아와 착륙하는 배의 이름 그 자체로 어울리는 것 같다, Of
course I still love you

2016년 5월,

# 새벽반 일기

# 서울

3

사랑하는 레스토랑이 문을 닫는 일은 정말 슬프다, 몇 번이고 사랑하는 사람과 함께 가서 추억을 쌓고 싶었는데, 회상할 추억의 장소가 없어져 버렸다, 거리도 변하고 건물도 없어진다, 그래서 사람들은 고궁을 찾는 것일까, 없어지지 않을 숲이나 산은 좋은 추억의 장소일까, 가끔은 지긋지긋하기도 하다가도 이 서울이라는 도시를 포기하지 못하는 이유는, 뻔한 얘기이지만 여기에 추억이 있기 때문이다,

2020년 9월 씀

# 봄

어릴 때에는 엄마에게 별것 아닌 것들을 신기한 듯 소리 지르고 다녔다, '이거 봐 엄마, 꽃이 피었어, 저거 봐, 하늘에 구름이 하나도 없어, 저기 봐, 고양이 새끼인가 봐' 그렇게 하나하나가 신기하고, 세상 모든 것이 새롭게 눈에 들어오던 시절이 있었다, 작은 것이라도 세상의 예쁜 것들에 기뻐했다, 이후로 오랜 시간 동안, 세상은 더 이상 나에게 신기하지 않았다, 계절은 계속 바뀌었지만 세상은 마찬가지인 것 같았다.

그런데 오늘은 문득 나도 모르게 당신에게 전화해서 소리치고 싶어졌다, 이것 봐요, 꽃이 피었어. 이것 봐, 봄이야! 넘어질 듯 두 팔 벌리고, 정신없는 아이처럼 당신에게 뛰어가고 싶었다,

2017년 3월

연소일기 삼십 대 편

# 감정의 폭

확실히 20대를 거치면서 감정의 폭이 늘어난 것 같다. 따지자면 삼십 대가 된 나의 감정은 팔레트의 색이 다양해지고, 악기의 음역대가 폭넓어졌어. 이십 대 초반 어느 무렵까지는 확실히 감정이 훨씬 단조롭고 회색이었다. 기분이 안 좋고 우울해지는 지점도 그리 깊지 않았고, 기쁘고 벅차는 순간도 그리 높지 않았지. 감정의 높이도 깊이도 달라지고 감정의 색깔도 다양해지는 선물을 당신으로부터 받은 것 같다. 고마운 일이다.

2016년 9월

# 정형미와 비정형미

정형미는 정형미대로, 비정형미는 비정형미대로 각자의 아름다움이 있다, 자연에는 온전히 정형적이고 균형적인 아름다움도 있고, 또한 반복 없고 임의적인 비정형의 아름다움도 있다, 그렇기에 인간이 만들어 내는 예술 작품도 마찬가지일 것이라 생각한다, 반듯하게 정리된 패턴과 각진 인테리어가 눈길을 끌던 날도 있었고, 어질러진 방 안이 편안하게 다가오는 날도 있었다, 그런데 사람의 감정도 마찬가지였다, 예쁘게 절제되고 단정한 멋이 무겁고도 매력적으로 다가올 때가 있었고, 혼란스러움과 그 흐트러진 감정이 아름답게 다가올 때도 있었다, 어떤 사랑은 명료했고, 또 어떤 사랑은 모호했다, 어느 한쪽만을 사랑한 것은 아니다,

2020년 10월

연소일기 삼십 대 편

# 질투는
# 정확한 감정이다

1

질투는 정확한 감정이다. 사람들은 슬퍼해야 할 때에 화가 나거
나, 원망해야 할 때에 우울한 경우가 있기도 하지만, 질투는 늘
분명한 방향으로만 움직인다.

2020년 9월 씀

# 사랑의 묘약에 대한
# 정치 사회적 담론

0

사랑의 전부 혹은 대부분이 호르몬의 작용으로 설명될 수 있다
는 것이 과연 그렇게 나쁜 것인가

18

'사랑의 전부 혹은 대부분이 호르몬의 작용으로 설명될 수 있
다는 것이 과연 그렇게 나쁜 것인가'라는 문제에서, 아무래도
나쁘게 보는 쪽의 이들은, 은연 중 개입과 통제에 대한 거부감
을 갖고 있기도 하다, 만약 현재보다 훨씬 안전하고 무해한 방
법으로 인간의 성욕을 온전히 제어할 수 있는 약물이 발명된다
면, 우리는 성범죄자들에 대한 화학적 조치로 성욕 감퇴를 처
방할 수 있는가? 그래도 괜찮은가? 혹은 그래야만 하는가? 절
대 하면 안 되는가? 그렇다면 만약 기업에서 강성 노조를 설립
하고 분노를 결집하여 집단 행동을 하려는 자들을 색출하여 그
들에게 고용 계약에 따라 강제로 분노를 감소시키고 연대에 대
한 의욕을 저하시킬 약물을 투여한다면, 그래도 괜찮을까? 이
런 경우들은 모두 외부의 권력에 의해 통제되는 경우이다, 그렇

다면 반대로, 본인이 원하는 경우라면 어떨까? 갱년기를 앞두고 있고 서로에 대한 의욕은 완전히 잃어버렸지만 오랜 신뢰와 정을 갖고 있는 중년 부부가, 상담 클리닉에 방문해서 다시금 20대 같은 뜨거운 사랑을 나누고 고양된 감정을 느끼고 싶다며 호르몬 처방을 요구하면 그것은 실행될 수 있는가?

19
통제와 개입의 권력, 그리고 자유 의지에 대한 문제는 또 다른 복잡한 철학적 사회적 문제가 있다, 하지만 인간사에 유례없이 사상의 발전보다 기술의 발전이 빠른 시기에 우리는 살고 있기 때문에, 앞 문단에서 제시된 문제들은 전혀 멀리 있는 얘기가 아니다,

20
그렇다면, 한때에 사랑의 감정을 느낄 수 있었으나 모종의 사건으로 우울증에 걸려 불감증이 되어 버린 젊은이가, 다시금 사랑의 충만감과 열정을 느껴 보고 싶다며, 합법적이고 안전하고 효과가 좋은 사랑의 묘약을 자신에게 처방해 달라고 온전한 자유 의지를 통해 요청한다면, 그것은 받아들여져야 하는가? 그때에 그가 느끼는 사랑은, 비교적 자연적인 사랑과 질적으로 다른가? 자연적이냐 인공적이냐에 따라 인간의 사랑 중 어떤 것이 더 중요한지 나눌 수 있는가? 그러한 비자연적인 감정 생성은 모두 금지되거나 혹은 극히 한정적인 경우에만 제공되어야 하는가? 아니면 사회 경제적 지위에 관계없이 누구나 손쉽게 접

근할 수 있도록 민주화되어야 하는가?

23

우리는 이전까지 인간적이라고 믿고 있던 것들의 위기에 직면할 것이고, 혹은 이미 잔뜩 위기인 상황이다, 하지만 그것이 인간 자체의 위기냐면 그렇게 생각지는 않는다, 증강 인간이나 사이보그의 등장은 확실히 과거의 인본주의에는 위협인 것일 수도 있다, 그렇지만 '새 인간'을 사는 것이 무엇이 나쁜가, 이미 죽음은 '필연적 운명'에서 '선택의 문제'로 넘어오고 있다, 죽음은 의료 자원의 활용이라는 측면에서 당사자가 지닌 사회 경제적 지위에 의해 차별되는 선택의 문제가 되고 있고, 안락사는 당사자가 거주하고 있는 지역의 법령이나 문화적 진보 정도에 따라 이미 명백한 '선택'의 문제이다, 어떤 의약 혹은 의학적 조치, 전자적 방식을 포함한 유사 의료적 조치는, 마치 불임 시술처럼 특정한 사람을 사랑맹으로 만들어 버릴 수도 있다, 사랑 때문에 큰 상처를 반복적으로 받은 사람들은 선택적으로 그런 조치를 원할 수도 있지 않을까, 반면에 모종의 계기로 사랑맹이 되어버린 사람들은 사랑의 묘약을 원할 수도 있다, 과학이 빠르게 발전하는 동안 이 모든 것이 그렇게 나쁜 것은 아니라는 것이 내가 글을 쓴 이유였고, 어쩌면 이미 다가오고 있기 때문에 받아들이고 적응해야만 하는 문제일 수 있다는 생각이다,

2018년 10월

연소일기 삼십 대 편

# 음악을 듣다가

1

음악을 듣다가, 한 구절만 반복해서 듣고 싶은 순간이 있었다,
건반을 치는 손가락이 생생하게 보이고, 선율이 귀 뒤로 미끄러
질 때, 소리들이 각자의 부피를 갖고 떠오를 때에, 나도 모르게
눈이 가늘게 감겼다,

2

그리고 그 몇 마디 말만을 반복해서 듣고 싶은 순간이 있었다,
특별한 내용은 아니지만, 속삭이지도 않고 부르지도 않았던 음
성이, 당신과 나만이 알아들을 수 있는 단어들이, 혹은 그 단어
의 뒷면들이, 얕게 흘러나오는 짧은 말의 시간 속에 영영 갇혀
서, 당신의 입술 근처 작은 소리들, 고백도 약속도 아닌 보통의
낱말들을 부여안고, 가늘게 감은 눈으로 영영 잠들지도 않고 싶
었다,

2017년 2월

# 불면증

불면증에는 여러 원인이 있지만, 기본적으로는 하고 싶은 말을 다 하지 못한 데에서 온다, 하고 싶은 말이 있는데 들을 사람이 없는 것도 아니고, 혹은 부끄러워서, 미안해서, 두려워서, 꺼내지 못하는 것도 아니고, 그저 하고 싶은 말이 있으나 나는 그 말의 첫마디가 어떻게 시작하는지 몰라서, 그러다가 밤을 새는 병이 불면증이다, 그 감정도 아니고, 그 고뇌도 아니며, 그 고민도 아닌, 사실 분류라도 해 볼 수 있었다면 진작에 잠들 수 있었을, 정체 모를 몇 가지 감각에 의해 벙어리처럼, 으으, 어어, 하면서 더듬더듬 꿈의 찰나를 만지다가, 또 깨고, 다시 찰랑거리는 꿈의 수면 위를 디뎠다가, 깊이 빠지지 못하고 몸은 가볍게 떠오른다, 이성도 감정도 아니고, 꿈도 현실도 아닌, 말해 본 적도 없고, 써 본 적도 없는 빈 자리에, 하지만 삼켜지지도 않고 뱉어지지도 않는, 가슴께 어딘가에는 분명히 자리하고 있는 것만 같은, 숨이 가늘도록 누르고 있지만, 숨 막히게는 하지 않는, 어제도 내일도 아니고, 깨어난 것도 아니고 잠든 것도 아닌, 사랑인지 미움인지 모를 자리에, 가득하게 잠겨있던 시간,

2016년 12월

# 왈칵

왈칵, 이라는 기분이 불안하기도 하였지만, 때로는 내심 그렇게 되기를 바랐던 순간들도 있었다, 졸졸 흐르던 일들이 온통 엎질러지게 되는 것, 다 엉망이 되더라도, 순식간에 끝나고야 마는 것, 어느 순간은 관계가 가까워지는 일도, 멀어지는 일도 그랬다, 누가 그러더라고, 잠을 확실하게 깨는 방법은 커피를 마시는 게 아니라 커피를 엎지르는 거라고, 정신이 퍼뜩 드는 것이다, 하지만 지나고 나서 또 생각해 보니, 그 엎질러진 커피를 무릎에 적시고, 뚝뚝 떨어지는 갈색 물방울들을 바라보며, 뭐 어때, 당장 뜨거워서 데는 것도 아니고, 젖어서 큰일 날 것도 아니면, 아픈 것도 아니고 시끄러운 것도 아니고, 꼭 그렇게 화들짝 일어나면서 터는 시늉을 해야 하나, 엎질러지고 그냥 살았어도 됐을 텐데, 왜 꼭 놀라고 심장이 뛰어야만 했나, 그런 생각도 드는 것이다, 어떡하면 좋지 하고 찡그리는 얼굴로 주위를 살필 필요가 있었나, 괜찮아, 옷을 버리게 될 수도 있겠지만, 엎질러질 수도 있는 거지, 내 일이니까 난 괜찮아, 이걸 바라보는 넌 괜찮아? 하고 태연할 수는 없었나, 싶은 것이다, 하지만 또 왈칵, 아니 당장 쏟아지지 않더라도, 금세 왈칵 쏟아질 것처럼만,

아슬아슬하게 걸친, 그 찰나를 보면, 또 심장이 뛰겠지, 쏟아진 후의 일은 쏟아진 후에 생각하고 싶어, 라는 마음으로 별걱정 없이, 그렇게 불안하지 않아도 됐을 텐데, 조금씩 흘리는 것이나, 왈칵, 쏟아지는 것이나, 주워 담을 수 없다는 것은 매한가지라면,

2016년 9월

연소일기 삼십 대 편

# 너의 그런 면

너의 늘 어딘가 어설프고 애매해 보이는 그런 면을 사랑해, 생각해 봤는데 그렇게 어설프고 애매해 보이는 것은 네가 항상 무언가 애쓰고 있기 때문인 것 같아, 힘을 빼고 자연스럽게 하면 되는데, 늘 힘주고 애쓰는 마음 때문에 모든 마음과 행동이 어설프고 애매해져, 그러니까 나는 아마 너의 그런, 늘 애쓰고 있는 면을 사랑하는 것일 수도 있지,

2020년 10월

# 사랑한다고
# 말하는 것은

8

덕분에 나에게 사랑한다고 말하는 것은, 그리고 사랑하자고 말하는 것은, 꽃길을 걷자는 이야기가 아니라 함께 엉망진창으로 뛰어들자는 얘기처럼만 느껴졌다. 당신과 함께 바닥나고 싶어, 당신이 아무것도 아니게 되어도 당신을 좋아할 거고, 내가 아무것도 아니게 되어도 좋아해 줘. 이런 마음. 말했다시피 내 경우는 사랑을 '견디는 힘'이라고 생각했다. 나 자신을 사랑해야 나의 불온함까지 견디며 살아갈 수 있는 것이고, 사랑이 많아야 그 모든 불일치와 불편함을 견딜 수 있게 된다. 사람들이 자신과 다른 것에 폭력적인 이유는 사랑이 부족하기 때문이다. 모든 경계에는 견디기 힘든 불편함이 있다. 사랑만이 그 뚜렷한 경계를 흐릿하게 붓질한다. 당신과 나 사이, 일치하지 않는 경계를 사랑이 지우고 있으니, 둘이 아닌 하나처럼 보이게 되는 것, 그런 것이라고 생각했다.

2016년 9월.

# 연소일기 이십 대 편 특선

이하는 목차에 표시되지 않은 부록입니다.
히든 트랙이거나 쿠키 영상 같은 것이니 책을 모두 읽지 않은 분들에겐 말하지 말아 주세요.
'평범함에 대하여'는 제가 제일 좋아하는 글이고, 나머지는 꼭 대표성이 있다기보다는 좋아하는 글 몇 개를 편하게 꼽아 본 것입니다.
여기까지 읽어 주셔서, 저의 독자가 되어 주셔서 다시 한번 감사드립니다.

# 평범함에 대하여,

1

평범하다는 건 정말로 멋진 일이다, 오래 끓인 국물에는 절대로
조미료가 따라오지 못할 깊이가 있다, 평범함은 속으로 익는 것
이다, 모양이 변하지 않고 색깔이 변하지 않고, 또 맛이 변하지
않고 은은하게 향만 깊어지는 것이다, 특별히 남다른 것도 아닌
데 무엇이 그리 맛있어서 유명한지 모르겠다던 칼국숫집의 국물
맛이, 다른 칼국수를 먹을 때마다 생각나는 것이었다, 엄마 밥처
럼, 아무것도 아닌 것이기에 그 누가 일부러 따라 할 수도 없는
것, 잔뜩 부풀어진 짠맛들을 걷어 내고 홀연히 식탁에 남는 숭
늉 같은 것, 마알간 무늬만 남는 은은함, 그 평범함을 사랑했다,

2

특별히 예쁜 것은 아니지만 전반적으로 사랑스러운 표정, 특별
히 재밌는 건 아니어도 내내 즐거웠던 시간, 특별히 어디가 좋
은지는 몰라도 곁에 있으면 편안하게 다가왔던 온기, 그렇게 평
범하다는 수식어가 어울리는 시간들이 어쩌면 수많은 자극적인
시간보다 더욱이 인상적이었다, 특별히 슬픈 것은 아니지만 전

반적으로 우울한 하루가 더욱 힘들듯이, 두드러지게 보이는 것 없이, 이유를 알 수 없이, 천천히 가만히 조금씩 떠오르는 감정들은 쉽게 내 삶을 지배했다, 평범함은 속으로 익는 것이니까, 격정적이지 않고 평범했기 때문에 오랜 시간 그 작은 희망과 절망들에 이끌렸는지도 모르지, 그리고 특별히 보고 싶은 것은 아니지만 내내 조금씩 그리운 당신,

3

나의 꿈은 평범하게 늙어 가다 죽는 것이다, 우리가 평범함이라고 불렸던 기준들이 차츰 특별함이 되어 간다는 것이 우리의 비극이다, 십수 년 전 평범한 가정이라고 부르던 아침 드라마 속의 4인 가족이, 이제는 마치 아주 화목한 가정처럼 되어 버린 21세기가 찾아왔지, 결핍이 만연한 사회에서 평범한 스물다섯은 너무 많은 것을 요구받고, 사회 진출이나 결혼을 준비하는 젊은이들에게 '보통의' '무난한' 수준이라는 것들은 꼭 경쟁의 문턱 너머에 있다, 줄을 서도 기회가 오지 않는다, 나의 꿈은 스물다섯 살다웠던 스물다섯 살인 나를 회상하고, 또 아버지다웠던 아버지인 나를 회상하며, 인생만큼의 인생을 가꾸던 장면들을 하나하나 회상할 수 있도록 늙어 가는 것이다, 차고 넘쳐 흐르는 것도 아니고 부족한 것도 아닌, 내 삶만큼의 삶, 욕심부리지도 않았지만 그래도 주어진 만큼은 바닥냈었다고 회상할 수 있는 청춘을 사는 것,

2010년 11월

# 식물성

1

내가 오늘 집에 와서 꿀물을 타다가 생각해 봤는데, 이별은 아마 식물성인 것 같다, 그것도 굳이 따지자면 섬유질이 아주 풍부한 식물성이지, 그러니까 이별을 삼키는 것과 이별을 소화하는 것은 별개의 문제라는 얘기이다,

2

일거리가 없는 소처럼 지루한 하루를 보내고 멍한 표정으로 여름 햇살을 곱씹고 있으면 누군가 와서 묻겠지, 아니 너는 아까 삼킨 이별을 왜 다시 곱씹고 있는 거야, 그러면 이렇게 대답하면 되는 것이다, 이별을 삼키는 것과 이별을 소화하는 것은 별개의 문제야, 이건 여러 번 토해 냈다가 다시 씹어 삼키지 않으면 소화가 안 되는 거라고,

3

그러므로 이별을 곱씹을 때에 나는 마치 풀밭에 다리를 고스란히 모아 엎드려 누운 초식 동물이다,

4

아, 이런 글을 쓰고 있다면 내가 엊그제 이별이라도 겪은 것으로 생각할 수도 있을 텐데, 꼭 사랑이 떠나간다는 이별이 아니라, 익숙한 것과 멀어지는 모든 이별에 대한 얘기이다, 사실 사랑하는 사람이 떠나가거나 사랑하는 사람으로부터 떠나는 일이란 하나의 세계가 멸망하는 일과 같아서, 고작 풀을 씹는 것 정도에 비유할 수도 없다,

5

하지만 또 큰 이별이든 작은 이별이든 차근차근 곱씹어 소화하는 연습을 하고 있는 것도 사실이다, 질긴 단어들이 입 속에 머물다가 삼켜졌다가, 다시 게워져 나왔다가 삼켜지는 일이 반복되고 있다, 꼭 눅눅한 햇살뿐인 여름이라서 그런 것은 아니다,

2013년 7월

# 생각을 크게 해라

0

이관민 교수님과 오랜만에 통화하였다가 문득 생각이 나서, 교수님이 예전에 나에게 하셨던 말씀을 페북에 올렸더니, 아무래도 그 '생각을 크게 한다'에 대해 부연 설명을 좀 해야 할 것 같아서 쓰는 글,

1

"사람은 생각하는 것만큼만 할 수 있다. 생각을 크게 해라" 이 말은 꿈을 크게 가져야 한다거나 높은 목표를 세워야 한다는 것과는 조금 다르다, 꿈을 크게 가져야 한다는 의미도 상당 부분 포함되어 있겠으나, 대통령이 되어야겠다고 생각한다거나, 세계 제일의 학자가 되어야겠다고 생각한다거나, 이런 것이 꼭 생각을 크게 하는 것은 아니라는 얘기이다,

2

그러니까 교수님은 '생각을 크게 해라'라는 것의 의미를 직접 부연하거나, 혹은 그렇게 해야 한다는 사실을 강변하기보다는,

직접 생각을 크게 하는 것이 무엇인지 계속해서 보여주는 것으로 나를 가르치셨으므로, 그 내용들을 내가 이해한 대로 서술하여 옮기자면 다음과 같다, 참고로 이건 자신의 '좁음'을 계속 지적받으며 배워야만 하는 것이기 때문에, 날카로운 말 몇 마디에 상처받는 사람들은 배울 수 없는 종류의 것이었지,

3
본인이 속한 단계(Tier)보다 높은 단계에서 현재 단계를 생각하라,

4
중학생들은 중학생들만의 가치와 경쟁이 있다, 한 학교에서, 한 반에서, 누가 수학 문제를 몇 개 더 맞았고, 누가 더 비싼 나이키 신발을 갖고 있으며, 누가 더 힘이 세고 또 힘센 친구를 많이 갖고 있는지, 이런 것들은 시시각각 그 중학생들을 이끄는 힘이 된다, 그들 사이에서 '목표'가 되기도 하고 '동기 부여'가 되기도 한다, 하지만 이 중에서 많은 것들은 시간이 지나면 아무것도 아니거나, 고등학생 대학생들 입장에서 보면 우스운 것이거나, 혹은 다른 동네 중학교만 가도 별로 중요하지 않은 것일 수도 있다, 오히려 그 중학생 단계에서 더 중요한 것들은, 그보다 높은 단계에 있는 사람들, 고등학생, 대학생, 사회인 등이 더욱 잘 알고 있다,

5
그런데 이것은 꼭 철없는 중학생만의 이야기가 아니다, 취업을

앞둔 대학생도, 학위를 앞둔 대학원생도, 직장인도, 사업가도, 전문직에 종사하는 사람도, 그들은 자신도 모르게 그들 스스로의 단계에 갇히게 된다, 그나마 중학생 고등학생은 시간이 지나면 환경이 변하므로 새로운 계기를 맞이할 수 있지만, 성인 이후로는 그 '생각의 크기'에 따라서 그저 정체된 삶을 사는 사람과, 계속해서 새로운 삶을 사는 사람이 구분되기 시작한다, 이것은 꼭 수직적인 상승이라기보다는 '의미 있는 발전 혹은 변화'에 대한 것이다, 내가 맞이하게 될 단계, 내가 추구하는 단계, 현재의 나보다 더 많은 시간과 노력을 들여야 도달할 수 있는 단계, 그 수준에서 생각해야만 현재를 더욱 잘 살 수 있다,

6
본인이 속한 범주(Category)를 최대한 넓게 설정하라,

7
그 중학생이 자신의 범주를 인식하는 방법은 다양하다, 한 가족이 구성원, 한 학급, 한 학교, 한 지역, 이렇게 생각하고 마음먹기에 따라서 내가 어디에 속해 있는지를 다르게 생각할 수 있다, 그런데 이 범주를 어떻게 정하느냐에 따라 '내가 할 수 있는 일의 최대치'와 '내가 갈 수 있는 곳'이 달라진다,

8
물론 교수님이 항상 강조하던 것은 세계 수준의 사고 방식이다, 이러한 관점은 특히 '미국으로 유학을 가지 않고 서울의 일

연소일기 삼십 대 편

개 대학에서 혼자 독립적으로 연구하고 있던' 내가, 결국 아카데미아에서 국제 저널을 통해 자신의 연구 결과를 발표하는 일은 항상 '세계'를 향한 일이라고 생각할 수 있도록 해 주었다, 무슨 차이가 있느냐면, 내가 정보를 습득하는 범주, 내 연구 결과가 영향 미치게 될 범주, 내가 소통할 수 있는 사람들의 범주를 넓히게 됨으로써, 자연스럽게 더 큰 목표를 갖게 되고 더 구체적인 동기 부여를 갖게 된다, 생각의 범주를 넓힌 후에 꿈을 크게 갖게 되는 것과, 단지 대통령이나 대학자 같은 큰 꿈을 막연히 외치는 것은 차이가 있다, 큰 꿈을 먼저 가지면 그 과정이 막연할 수 있지만, 그 과정에 해당하는 사고방식의 통로를 넓히면 자연스럽게 '오 맙소사 이 길을 가려면 정말 열심히 해야 되겠네'를 먼저 깨닫게 된다, 그리고 넓고 먼 길을 생각할 수 있는 만큼 그 종착점인 꿈도 자연스럽게 커지게 되는 것이다,

9
최대한 파급(influence)이 큰 방식으로 하라,

10
교수님이 나에게 항상 하시던 말씀 중의 하나가 '일을 하려면 크게 해야지'였다, 앞서 얘기한 '단계'와 '범주'의 이야기도 서로 배타적인 논의는 아니듯이, 파급을 크게 해야 한다는 것 또한 서로 충분히 겹치는 이야기이다, 같은 맥락 속에 있다, 이 파급에 대한 논의는 구체적으로는 두 가지 의미로 나뉠 수 있는데, 하나는 선택을 해야 한다면 '더 많은 사람에게 영향을 줄 수

있는 방향'으로 하라는 것이고, 다른 하나는 어차피 시간 쓰고 신경 쓰고 노력을 들여야 하는 일이라면 '판을 최대한 키워서 그 성취도 크게 해라'라는 이야기이다,

11

이것도 생각의 습관인 것 같다, 특히 교수님은 '우리끼리 자기 만족하고 끝내는 것'을 수시로 비판하였는데, '말 솜씨로 자위 (verbal masturbation)'하지 말고 진짜 성취에 집중하라는 말씀이었다, 물론 세상에는 정말로 자기만족으로 충분한 일도 있다, 하지만 처음에 기획한 일이 더 큰 영향력을 지니고 있었음에도, 그 과정상의 미흡에 의해 자기만족으로 합리화되는 결말을 특히 지양하라는 것이었고, 일이란 처음에 기획한 것보다 결말에 이르러 더 큰 영향력을 지닐 수 있도록 추구하며 노력을 다해야 한다는 것이었다, 나 또한 의미 부여와 합리화의 화신이었으며 지금도 그러하지만, 교수님의 이러한 말씀은 내 실제적인 행동을 바꾸고, 몇 가지 더 의미 있는 성취를 해내는 데에 큰 영향을 주었다,

12

정말 그렇게 되리라 믿어라, 못 해낼 이유가 없다면,

13

여기서 '믿음'이라는 표현을 사용하는 데에는 조심스러움이 있다, 일단 성공한 기독교적 보수주의자들이 자기 계발서에서 주

장하는 것처럼, 믿음으로 밀고 나가고, 시련을 극복하면 결국은 잘되리라는 논의와는 조금 다르다, 세상 일은 생각한 대로 된다거나, 말이 씨가 되어 긍정의 힘으로 큰일을 이룰 수 있다거나, 이런 것과는 차이가 있다, 이관민 교수님이 '할 수 있다고 믿어라'가 대신에 '생각을 크게 해라'라고 말하는 데에는 그 분명한 구분점이 있다, 나는 교수님을 만나기 이전에도 '특별히 안될 이유가 없다면 할 수 있는 일'이라는 종류의 사고방식을 실천에 옮기며 지냈는데, 실제로 덕분에 또래의 친구들이 하지 않을 만한 일을 몇 개 성취하며 살았다고 생각한다, 그러니까 어떤 일에는 실제적 장벽과 심리적 장벽이 있는데, 실제적 장벽이 없다면 심리적 장벽을 지닐 필요는 없다는 얘기이다, '정말 그렇게 되리라 믿어라'라고 하면 교조적 선언 같은데, 구체적으로는 '될 수 있는 일을 갖고서 굳이 안 된다는 이유를 만들지 말아라'가 쓰다 보니 더 정확한 표현일지도 모르겠다, 주로는 실패에 대한 두려움이나 자신의 한계에 대한 걱정 때문에 사람들은 스스로 심리적 장벽을 만든다,

14

이관민 교수님은 실제로 서기슬이 박사 학위를 받은 이후에 근성과 통찰을 발휘해서 비즈니스를 성공시키고 자신을 회장님으로 모실 수도 있을 가능성도 있다고 생각하신다, 내가 비즈니스로 성공하면 고문으로 모시겠다고 했더니, 자기를 회장으로 모셔야지 아무것도 아닌 고문 따위로 모시면 되겠냐고 하셔서, 회장님으로 모시기로 했다, 농담으로 주고받은 이야기지만 교수

님의 대인배적 기질과 나의 자신감 폭발이 함께 있었으므로, 그러지 못할 이유는 없겠다는 공감은 있었다, 그러니까 결과론적 긍정이 아니며, 능력과 기회가 부족한 것이 아니라면 '못 할 이유는 없다'라는 도전적 자세인 것이다,

15
일단 교수님이나 나나 막연한 긍정주의자가 아니고, 이것은 소통과 공감에 중요한 점이었다, 왜냐하면 교수님은 '그렇게 해선 아무것도 안 되지, 그런 방식으로는 넌 해낼 수 없어'라는 식의 말씀도 심심찮게 하시기 때문이다, 교수님의 표현상의 위압 때문에 그런 말은 듣는 이에 따라서는 큰 의욕 저하를 일으킬 수도 있는 발언이었다, 확실히 'You can do it'은 아닌 것이다, 하지만 '해낸 사람들'을 잘 분석하고, 그들이 지닌 것은 무엇이고 나에게 없는 것은 무엇인지를 잘 분석하면, '너도 해낼 수 있다'라는 것이었다, 자기도 해냈고, 너보다 못한 애들도 해냈으니, 너도 그 어떤 목표를 이룰 수 있을 것이라는 이야기, 그래서 교수님은 적지 않은 비용의 외부 워크숍으로 나를 교육시키고, 다른 교수님들과의 연구 기회를 만들어 주시고, 대기업 직원들을 교육하도록 시키고, 나를 통번역 대학원 준비반에 보내 영어를 공부하게 하고, 혼자서 독립적으로 프로젝트를 진행하도록 하셨다, 그때에 내가 받던 기대는 긍정과 믿음이 아니라, '아직 부족해서 쌓아야 할 것이 많지'라는 현실성이었다, 교수님은 언제나 서기슬이 대단하고 훌륭하고 믿음직스럽다기보다는, 딱 이렇게 말씀하셨다, smart enough to do it,

16

적고 보니 어쩐지 뻔한 자기 계발서의 이야기처럼 되었네, 다만 내가 선언적으로 적은 문장들이 온전히 서로 배타적인 것도 아니고, 그 문장들로 교수님에게 배운 것을 모두 포함하는 것도 아니지만, '생각을 크게 한다'라는 것은 분명히 단지 '꿈을 크게 갖는다'와는 다르며, 우리가 학업을 쌓고 혹은 어떤 성공을 위해 매진하는 과정 면면 모두에 적용할 수 있다는 점을 얘기하고 싶었다,

17

물론 이것은 전적으로 목표 지향적이며, 자기 성취적인 사람들에게나 해당하는 얘기일 수도 있다, 특정한 사회적 경제적 지위를 누리고 싶거나, 자기 분야에서 다수가 인정할 만한 의미 있는 성취를 만들어 내고 싶어 하는 사람들에게나 유효한 논의라는 의미이다, 개인적으로는 특히나, 큰 욕심 없는 사람들에게 이런 사고방식을 강요하고 싶지 않다, 특히 교수님 같은 경우는, 자신이 정말로 하고 싶은 일이 없는데 외부의 기대나 사회적 유인에 의해 끌려가는 삶을 살고 있다면, 괜히 피곤하게 살지 말고, 혹은 열심히 하는 척하면서 자기 자신이나 주변 사람들 괴롭히지 말고 적당히 포기하고 조절하며 살면 된다는 얘기를 아무렇지 않게 함으로써, 어쩐지 자존감이 낮고 자격지심마저 있는 사람들에게는 '큰 상처!'를 주는 경우도 없지 않았던 것 같다(분명 악의는 없었지만), 내 경우는 조금 더 부드럽게, 완곡하

게, 결코 '의지 없는 자들'을 무시하지 않는 방식으로, 여러 삶의 방식으로 인정할 수 있다는 입장에서, 사실 인생에 큰 욕심 없다면 이런 저런 얘기에 신경 쓰지 말고, 하루하루의 즐거움 속에 살아도 괜찮다고 생각한다, 안분지족도 자기만의 방식이 있다면 멋있는 삶이다,

18
하지만 자신은 정말로 원하는 것이 있다고 주장하고 있다면, 생각을 크게 해야 한다, 사람은 생각한 만큼만 할 수 있기 때문이다, 나는 이것이 내가 이관민 교수님으로부터 물려받은 중요한 유산이라 생각한다,

2014년 5월,

# 터놓고

요즘은 좀 그런 것들과 터놓고 지내고 싶다는 생각도 든다, 키치적인 것, 이라고 얘기하면 그 또한 말투가 불필요하게 진중하고, 그보다도 좀 더 조악한 것, 아니면 통속적인 것이라고 해야 할까, 뒷골목스러운 것, 그만 삶의 속내를 들켜 버리는 조금 부끄러운 것, 엄마가 공짜로 얻어다 주었던 싸구려 물건들, 늦은 시간 골목 구석에 숨어서 키스하던 고등학생이라든가, 배고파서 낯선 곳의 분식집에 들어가 혼자 라면 먹은 것, 어디 가서 남에게 얘기하면 짠해지는 것, 그런데 거기에 실은 삶의 진실들이 담겨 있는 것, 여름에 슬리퍼를 끌고 혼자서 아스팔트 위를 걸으며 여행하는 기분으로,

2011년 5월

# 조용한 오후

누군가 나를 부르는 것 같아
잠이 깬다.
조용하다, 소리도 말라 굳어 버린 듯.
창으로 들어온 오후 햇빛에
공중에 떠 있던 먼지들만 제 모습을 들키고
오래된 여름이불 고인 땀 냄새만
나를 덮고 있는데
옆집 어린 계집애의 박자 어긋난 피아노 소리만
나지막이 들리고
나비야 나비야 이리 날아오너라 노랑나비 흰나비
꿈속을 헤매느라 뒤척였을 뿐인데
해만 조금 기울었을 뿐인데
누군가의 얼굴이 생각나지 않는 것에 슬퍼한다.
날 부르는 어떤 소리도 들리지 않는데
오늘도 시간에 속은 듯
무언가에서 멀어진 기분에,
서서히 노을이 스며들어 와

연소일기 삼십 대 편

눈부시게 적셔 오는 속눈썹
말라 굳은 눈곱을 닦으며
단지 살아가는 것뿐인데,
빈 유리컵에 식은 보리차 담아다가
꿈꾸느라 마른 목을 축이며.

2005년 8월

# 우리는

우리는 아주 오랜 시간을 들어야만 눈치챌 수 있는 긴 운율을
살고 있는 것,

2012년 12월

끝.

# 연소일기

삼 십 대 편

초판 1쇄 발행  2022. 12. 15.

**지은이**  서기슬
**펴낸이**  김병호
**펴낸곳**  주식회사 바른북스

**편집진행**  김재영
**디자인**  최유리

**등록**  2019년 4월 3일 제2019-000040호
**주소**  서울시 성동구 연무장5길 9-16, 301호 (성수동2가, 블루스톤타워)
**대표전화**  070-7857-9719 | **경영지원**  02-3409-9719 | **팩스**  070-7610-9820

•바른북스는 여러분의 다양한 아이디어와 원고 투고를 설레는 마음으로 기다리고 있습니다.

**이메일**  barunbooks21@naver.com | **원고투고**  barunbooks21@naver.com
**홈페이지**  www.barunbooks.com | **공식 블로그**  blog.naver.com/barunbooks7
**공식 포스트**  post.naver.com/barunbooks7 | **페이스북**  facebook.com/barunbooks7